MELISSA

騎士団長様に頼み込まれて
婚約を結びましたが、
私たちの相性は最悪です

JN188502

桜百合

Illustrator
三浦ひらく

この作品はフィクションです。
実際の人物・団体・事件などに一切関係ありません。

騎士団長様に頼み込まれて婚約を結びましたが、
私たちの相性は最悪です

MELISSA

第一章　私と婚約してください

「ソフィア嬢は剣に触れたことは？」

「いえ、ございませんけれども」

「それはもったいない。これからの時代は女性も剣を扱うことができるように訓練すべきだと思うのです」

「はあ……」

「もし私と結婚した暁《あかつき》には、二人で剣の道を極めましょう」

男性は曇り一つない澄んだ瞳《ひとみ》で、まっすぐとこちらを見つめながらそう告げた。

その発言に一切の迷いは見受けられない。彼はきっと本気でそう思っているのだろう。

見合いの場にふさわしくない発言に、私は戸惑いを感じながらも男性の方を見上げる。

彼から向けられる強すぎるほどの視線に思わず目を逸《そ》らしてしまいそうになるが、深呼吸をしてその姿を目に焼き付けた。

漆黒の短い髪に輝く赤い瞳、そしてスッと流れるような整った目鼻立ち。

その身体は筋肉に覆われておりかなりの高身長、おまけに公爵家嫡男でこの国の騎士団長ときた。

先ほどからの身のこなしも自信に満ち溢《あふ》れた堂々としたもので、その揺るぎない立場の強さを表しているように見える。

彼の名は、サマン・シード。

今日初めて顔を合わせた私の見合い相手だ。

この国で知らぬ者はいないというほどの剣の腕前、そして男らしい容貌に憧れぬ令嬢はいないというほどのお方である。

シード公爵家は王族との繋《つな》がりもあるほど古くから続く名門貴族で、代々この国の騎士団長を務め上げてきたという輝かしい経歴を持つ。

一方の私はというと、しがない伯爵家の娘だ。

金髪に茶色い瞳の容姿もどちらかといえば地味な方で、舞踏会などの華やかな場所は得意ではない。

サマン様とはとてもではないが釣り合わないだろう。これは本来ならば決して生まれるはずのない出会いなのだ。

なぜそんな私がサマン様の見合い相手としてこの場にいるのか。

――何か裏でよからぬ企みでも……？

見合いの話が我が伯爵家に持ち込まれた時から疑心暗鬼でいた両親と私であったが、本人を前にしてその理由を悟ったのである。


遡ること一時間ほど前、シード公爵邸を訪れた父と私はまず公爵の挨拶《あいさつ》を受けた。しかしどうもその様子がおかしい。

「本当に、本当に来ていただき感謝しております。あのような愚息ですが……ぜひ前向きに考えていただけると助かります」

なぜかひたすらに下手《したて》なのだ。先代騎士団長を務めていたシード公爵ともあろうお方が、アプラノス伯爵である父に頭を下げている。もはやこの時点で既に何かがおかしい。

父もまさかの出来事に困惑している様子を隠せない。

「シード公爵様ともあろうお方が……頭をお上げください。むしろ我が家の方こそ、こんなしがない伯爵家でよろしいのでしょうか……もっとふさわしい令嬢が……」

「そのことに関しては全く気にしていません！」

父の発言を遮るかのように、公爵はブンブンと顔の前で手を振って否定した。その勢いに私たち親子は目を丸くする。

「むしろ、我が家と縁を結んでもらえるのならば土下座して礼を言いたいくらいなのです」

「土下座は謝罪の時にするものでは……」

父の口からはそんな言葉が飛び出した。

するとその時ガチャリと扉の開く音がして、一人の男性が颯爽《さっそう》とこちらへ歩いてくる。

「ああ、愚息が来たようです……」

その姿をチラと見た公爵の顔には、なぜか油汗のようなものが浮かんでいる。

白いシャツを腕まくりして黒いトラウザーズを身に着けているその男性は、やがて公爵のところまで歩みを進めると、突然勢いよく頭を下げた。その勢いに私たちはまたもやびくりと震えてしまう。

「父上、遅くなり申し訳ございません。剣の練習に身が入りすぎまして」

「遅い！　今日は大切な大切な見合いであると、何日も前から口を酸っぱくして言っていたであろうに！　大体その格好はなんだ！　相手方に失礼ではないか」

『父上』という言葉から、この年若い男性がシード公爵令息サマン様であるということを知る。

サマン様は公爵のその言葉に自らの服装を見下ろすと、一体何がだめなのかわからないといった表情を浮かべてこう告げた。

「非公式の見合いですので、特に問題はないかと思っておりましたが……」

すると今度はシード公爵の顔がみるみるうちに真っ赤に染まっていく。

「問題大ありだ！　まずはアプラノス伯爵と御令嬢に謝罪と挨拶をせんかい！」

何やら始まった親子喧嘩《げんか》。前騎士団長と現騎士団長の言い争いは、それは迫力のあるものであった。

だがそんな中私は、『これが社交界で噂《うわさ》のサマン様なのか』と呑気《のんき》なことを考えていたのだ。

令嬢なら誰《だれ》もが一度は憧れると聞くほどのお方である。

お会いするのは初めてであったが、その噂通り男らしく魅力溢れるお方だと思った。

公爵との言い争いを見るに、少し無頓着というか適当なところがあるのだろうか？

しかし騎士団長ということもあるだろうし、むしろ少しくらい大雑把《おおざっぱ》な方がちょうどいいのだろう
とその時は思っていたのだが……。

「アプラノス伯爵、そして御令嬢。お待たせしてしまい大変申し訳ございませんでした」

サマン様はこちらを向き直すと、ものすごい勢いで……まるで腰からぽっきり折れてしまうのでは
ないかというほど激しく一礼した。

思わず固まってしまった私と父の様子にサマン様は気づいていない。

――ここは軍隊なのかしら？

「は、あ、いえ……お気になさらず……さほどお待ちしておりませんし」

かわいそうに、隣に立つ父は呆気《あっけ》に取られてしどろもどろである。

そして見合いの張本人である私も、これから先を考えて気が遠くなりそうになった。

『あとは若い二人で』

そんな見合いの決まり文句で中庭へと放り出されてしまった私とサマン様は、どことなく気まずい雰囲気《ふんいき》のままポツリポツリと会話を続ける。

シード公爵家の庭園はそれはそれは華やかで美しいのだが、今はそれをゆっくりと鑑賞する気にもなれなかった。

「今日は騎士団のお仕事は大丈夫なのですか？」

「今日は元々あまり予定を入れていないので、代理の者に任せてあります」

「そうですか……」

すぐに会話が終わってしまった。

元々騎士団のことにも詳しくなければ、社交界での流行《はや》りなどにも疎《うと》い私。公爵令息であるサマン様にふさわしい話題を提供することは不可能だ。

――き、気まずい。会話が続かないわ……。

社交界での華やかなイメージとはかけ離れた目の前のサマン様の様子に、私はもう帰りたくて仕方がない。しかしまだ席を外して十分も経《た》っておらず、父たちの元へ戻ることも難しいだろう。

私は絞り出すように質問を投げかけた。

「あの、サマン様のご趣味は……？」

「それは無論、剣術です。ああ、剣の手入れをすることも大好きです。それから、新しい剣を購入することも。先日手に入れたこの剣などは、我が国で一本しかない貴重なものなのですよ」

そう言って突然鞘《さや》から剣を引き抜いたサマン様を見て、私は驚きのあまり声を失う。これほど間近で剣を目にすることは生まれて初めてだ。

手で握る部分はだいぶ年季が入ったような色合いをしているものの、刃先は鋭く外の光に反射してきらりと輝いている。

——他《ほか》の剣とどこが違うのかはよくわからないけれど……。

そんな私の反応にも気づかず、彼は自慢げに剣を眺めている。

確かにその剣先が放つ輝きは相当なものであったが、果たしてそれがどれほどの価値を持っているのかはもちろん私にはわからない。

「……そうなのですね」

返答に迷った私は、こんなふうに無難な返しをすることしかできなかった。

無口なお方かと思いきや、どうやらそうではなかったらしい。意外にもすらすらと飛び出す剣術愛に、私はたじたじになってしまう。

「私は剣の手入れには細心の注意を払っているのです」

無事に剣が鞘へと戻されたことを確認した私は、思わずホッとため息をつきそうになった。

「剣の、お手入れ……ですか？」

「はい。いざという時に民を守るためには、常に剣の状態を最高のものにしておかねばならないでしょう？　それに錆《さび》などが目立っていては剣に対して申し訳ない」

「は、はあ……確かに」

剣に申し訳ないという言葉の意味がいまいちしっくりとこない私ではあったが、とりあえず彼の言うことに同調する。

「それで、先ほどの質問についてですが……休みの日は鍛錬をしているか、鍛治屋に足を運ぶことが多いですね」

「休みの日まで鍛錬を……」

当たり前のことのように言っているが、一体このお方はいつ身体を休ませているのだろうか。

「常に剣に触れていないと、気が落ち着かないのです。もう病気ですね」

「そうですか……」

自分から投げかけた質問ではあったが、なんとも返答のしようがなく言葉に詰まってしまう。

またもや沈黙が続くと思われたが、意外にもそれは訪れなかった。

「ソフィア嬢のご趣味は？」

ふと思い出したかのように、サマン様の方からそんな問いを投げかけられたのだ。

「え……わ、私ですか？」

まさか質問されるとは思っていなかったため、裏返ったような声が出てしまう。

「私ばかりが話していても意味がありません。お互いのことを知らなければ……ソフィア嬢の趣味を教えてください」

「私は……」

思わず口に出すのを戸惑った。なぜなら先ほどまでのサマン様の趣味とはかけ離れたものであったから。


——ええい、もうどうにでもなれだわ。


「……私の趣味は読書でしょうか。あとは甘い物を食べるのも好きですね」

元々成立する見合いでもないのだ。もう結果など気にせずにありのままを伝えようと決心する。

どちらかというと私は家の中で静かに過ごすことを好む性格だ。

もう少し外の世界に目を向けろとよく父に言われているが、正直面倒臭く感じてしまう。

そんな私は社交界へのデビューを終えてからも参加した舞踏会は数少なく、だからいつまで経っても婚約がまとまらないのかもしれない。

もうすぐ二十歳《はたち》になるが、私の中で結婚への焦《あせ》りは一向に生まれてこないのが現状だ。

すると私の回答を耳にしたサマン様は腕を組み、ふむ……と唸《うな》った。

「あの、どうかされましたか？」

「いえ。最後に読書をしたのはいつだったかな……と記憶を辿《たど》っておりました」

「本はお嫌いですか？」

「嫌いではありません。剣術の基本などの参考書は穴が空くほど読みました。ですがどうしても身体を動かしていないと実戦で鈍《なま》ってしまうので、動かずにジッとしていることが苦手なのです」

——剣術の参考書は果たして読書のうちに入るのかしら？

私の頭の中にはそんな疑問が浮かんだ。確かに文字は書いてあるのかもしれないが……。

「サマン様は、甘い物はお好きですか？」

そんな疑問を振り払うために話題を変える。すると彼は再び腕を組み、うーんとしかめっ面《つら》で唸《うな》り始めたではないか。一体今度はなんなのか。

「……あの？」

「甘い物は食べません。食べるとしても、果実ぐらいでしょうか。それもほんのたまに、ごく少量ですが」

彼の答えは私にとって信じがたいものであった。

「まあ……なぜですの？　甘い物を食べると気持ちがホッと落ち着きませんか？」

甘い物が苦手な男性もいるとは聞いてはいたものの、まさかサマン様がそうだとは思わなかったのだ。気持ちが落ち込んでしまったり身体が疲れている時などは、甘い物が一番だ。特に温かいココアは今日のような寒い日にはうってつけである。

するとサマン様は私の問いに目を軽く見開き、驚いたような表情を浮かべてこう告げた。

「なるほど、そう思われる方もいるのですね。ですが私は甘い物を食べると体重が増えやすいのです。鍛錬において体重増加は御法度《ごはっと》。それに、甘い物は眠気を誘う。これも突如迫り来る危険へ俊敏に対応するためには、仇《あだ》となってしまう」

「はあ……ソウデスカ」

いかに甘い物がサマン様にとって敵であるかを長々と説明されたが、最後の方はほとんど頭に入ってこなかった。つい返事が片言になってしまったような気がするが、幸い彼は気にしていない様子。

──全く考え方が合わないわね。

別にサマン様に私の趣味を押しつけるつもりはない。だが自分の好きなことをことごとく否定されてしまっては、いい気持ちはしないだろう。

──何もそこまで否定しなくてもいいじゃない。

当人の様子を見るに、そこに悪気は全くなさそうなところが厄介《やっかい》だ。恐らく自分の体験した事実をそのまま述べているだけなのだろう。

私は心の中で小さく首を振ると、気を取り直して次の話題へと移ることにした。

「サマン様はどのような家庭を築くのが夢ですか？」

「どのような家庭……とは？」

それは意外な質問であったようで、サマン様は必死に言葉を探しているように見える。

「夫婦円満ですとか、子どもはたくさん欲しいですとか。一つくらい何かありますでしょう？」

「……考えたこともなかったな」

困惑したように赤い瞳を揺らすその姿に、私まで不安になってしまった。

「全く考えたこともなかったのですか？　結婚とは、家庭を築くものですのに」

「確かに言われてみればそうですね……。我が公爵家を途絶えさせぬための手段としか考えたことがなかった」

口元に手を当てながら、サマン様はそんなことを呟《つぶや》く。

「手段……ですか。結婚が、手段……」

次から次へと飛び出す突拍子もない発言に、私は眩暈《めまい》がしそうになった。壁があったらもたれかかっていたかもしれない。

「まあ強いて言うならば、いざという時は共に剣を持ち、互いを守りながら敵と戦うことのできる夫婦になりたいですね」

「……それは夫婦というのでしょうか」

「もちろん。我がシード公爵家は武力に優れた家系です。剣術に優れた女性が妻となれば、私とその女性の血を引く我が子も優れた剣の使い手となるはず。そうすればシード公爵家もますますの安泰となるでしょう」

よくわからない理論に私はすっかり呆《あき》れ返ってしまった。

女性騎士などこの国では限られた存在であるし、ましてや伯爵家の娘として育った私にはまるっきり縁のない分野である。

そして冒頭の発言ときた。

あれから私はなんと返事をしたのかも覚えていないほど神経がすり減り、疲れ果てた状態で父の元へと戻った。サマン様はこのまま鍛錬をおこなうらしい。

私一人で応接間へ戻ったところに、公爵と父からの痛いほどの視線が突き刺さってなんとも息苦しい。

心配そうにこちらを窺《うかが》う父に、必死に目線で無理だということを訴える。すると父も予《あらかじ》め予想していたのか、複雑な顔でそっと頷《うなず》いた。

「ソフィア嬢、愚息は失礼なことをしませんでしたかな？」

「い、いえ……特には……」

失礼という一言で表していいのかわからないことだらけであったが、そんなことをここで口に出す勇気はない。再び公爵とサマン様の間で親子喧嘩が勃発しそうだからである。

「では婚約は成立ということで……」

「ちょ、ちょっとお待ちください……突然のお話で娘も動揺している様子。数日以内には必ずお返事をいたしますので」

公爵の発言を遮るかのように、慌てた父の大きな声が部屋中に響き渡った。

本来ならば高位貴族であるシード公爵の発言を途中で邪魔することなど言語道断。しかし今はそのようなことを言っている場合ではないと思ったのだろう。

「しかし……そう言って縁談を断るつもりでは……」

「必ず、必ずお返事をいたしますので！　本日はこれにて失礼いたします！　ソフィア、帰るぞ！」

父はまるで機械のような早口でそう捲《まく》し立《た》てた。

いつもおっとりとした口調で話す父のいつにない剣幕に、隣にいた私は思わずギョッとしてしまう。

「頼む！　頼みます！　ソフィア嬢が頼みの綱なのです！　我が公爵家を救っていただきたい！」

父の発言をものともせず、公爵は先ほどのサマン様同様、腰が折れるのではないかというほど深く頭を下げた。その様子を、私たち親子は何とも複雑な気持ちで眺めるしかなかったのである。


「……なんだか疲れたな。この短時間でえらく老け込んだ気がするぞ」

「はい……ほんの一時間ほどの滞在でしたのに、同じく心身共に疲れましたわ」

「お前も大変だったな」

帰りの馬車ではひたすら無言であった私たち親子は、アプラノス伯爵邸へと戻るとようやく重い口を開いた。

「あの様子では、こちらから婚約の打診を断ることは不可能に近いだろう。シード公爵家はよほど切《せっ》羽《ぱ》詰まっているようだな」

父に連れられて執務室へと足を踏み入れると、私は父と向かい合うようにしてソファへと腰掛ける。すぐに侍女が温かい紅茶を注いでくれ、まずはそれを一口飲んで気持ちを落ち着かせた。温かい紅茶は先ほどの疲れを和《やわ》らげるように全身に染み渡っていく。

「……サマン様はいかがであった？」

「え……いや、その……」

あの方を言葉で表すのは非常に難しい。なんと答えづらい質問を父は私に与えたのか。

「お前が思った通りに話してくれないか」

「……噂通り男らしくて、女性の心を鷲掴《わしづか》みにするような男性でしたわ」

そうは言われたものの、私はとりあえず当《あ》たり障《さわ》りのない返答にとどめることとする。

「私は見た目のことを聞いているのではない」

　すると父は眉間《みけん》に皺《しわ》を寄せ、はあ、とため息をついた。

「あのお方と二人で話してみて、お前はどう思った？　何を感じた？　ここには私とお前しかいない。正直に思ったままのことを話しなさい」

　父の追及からは逃れることができそうになく、私は観念してありのままを伝えることにする。

「悪いお方ではないと思います。ですが……」

　うまい伝え方が見つからずに思わず口ごもってしまった。

「ですが、なんだ？」

「なんというか……根本的に私とは合わないのです。考え方も、趣味も、好きな食べ物も。何もかもが私とは合いません。これほど合わないお方もいるのだなと、ある意味感心してしまうほどです」

「そうか……」

「あのお方は結婚相手に求める条件として、共に剣を持って戦うこととおっしゃっていました。そのようなことが私にできるわけがありません。この結婚は無理です。どう考えても不可能ですわ」

　食べ物や趣味の違いは、結婚生活を重ねていく中で擂《す》り合《あ》わせていくことができるかもしれない。だが剣を持って共に戦うという考え方は、伯爵令嬢として生ぬるく育てられた私にはそぐわないものである。

「恐らく先ほどの様子からすると、無理にでも引き止められて婚約を結ぶ羽目になりそうではあるが……だめ元でお断りしてみよう」

「お父様、ありがとうございます。嫌なお役目を……申し訳ございません」

「お前のせいではない。だが厄介なことになったな……。それにしても、なぜシード公爵家はこれほどまで我が家に固執するのか……もっとふさわしい高位貴族の令嬢がいるだろうに」

父の言うことはもっともであった。彼ほどの地位を持つ男性ならば、何も伯爵家の私などにこだわる必要はない。しかし今そんなことを考えていても仕方がないのだ。

数日後、アプラノス伯爵家からシード公爵家に向けて、縁談を断りたいという旨《むね》をやんわりとしためた文が届けられた。

さすがに公爵家に向けて正直な理由をしたためることはできず、表向きはひたすらにこちら側に非があるということにしたらしい。

これで向こう方も諦めてくれることを祈ろう。父と私もそんな淡い期待を胸に抱いていたのだが……。


「な、なぜあなたがこちらに……」

数日後、私はまさかの光景に目を疑った。

手紙が公爵家へ到着したであろう頃《ころ》、突然サマン様が我が屋敷を訪れたのである。

何の前触れもない訪問、しかも相手はあのシード公爵令息で騎士団長だ。アプラノス伯爵家は上から下までてんやわんやの大騒ぎとなってしまった。

「急な訪問をお許しいただきたい。ですがもう一度あなたと話がしたかったのです」

中庭へと案内されたサマン様の元を訪れると、開口一番にそう告げられる。その赤い瞳は今日もまっすぐとこちらを見つめていた。

「縁談のお返事でしたら、先日父の方から手紙を……」

「知っています。ですから私が直接こちらへ伺いました」

会話が噛《か》み合っていない。縁談を断られた相手の家に、直接連絡もなしに押しかける男性などいないだろう。

「……失礼ですが、手紙をお読みになってはいないのでしょうか？」

「もちろん読みました。アプラノス伯爵家としては、この縁談を断りたいという旨が記されていましたね」

目の前のサマン様は顔色を一切変えることなく、淡々とそう告げた。このお方が今何を考えているのか、私には全くわからない。

「それでは、もうお話しすることなど何も……」

「あなたにお願いがあるのです」

「……お願い？」

きょとんとした顔でサマン様を見つめるが、相変わらず彼はその表情を変えることはない。

「最初は仮初《かりそめ》でも構いません。私と婚約を結んでもらえないでしょうか？」

「……サマン様は本気でそうおっしゃっているのですか？」

——正気とは思えないわ。

あまりの唐突な申し出に目の前が真っ暗になりそうになる。

気をしっかり持たねばならないと自らを奮い立たせるが、今にも心臓が口から飛び出してしまいそうなほどに動揺してしまっていた。

「はい。私は至って真面目《まじめ》です。しばらくの間あなたの婚約者として、一緒に過ごす許可をいただけないでしょうか？　先日の見合いの場ではあまりに時間が短すぎました。まだまだお互いのことで知らないことがあるはず。私はもう少しあなたのことを知りたいのです」

そう答えるサマン様の表情は真剣そのもので、公爵令息を前にしてもはや私に断るという選択肢は存在しないも同然であった。

ふと目をやれば、屋敷の中に通じる開きかけの扉から申し訳なさそうに手を合わせる父の姿が見える。

恐らくサマン様の突然の訪問を断ることができなかったことを謝っているのだろう。だが父の立場を考えればこれも仕方のないことである。

私は軽くため息をつくと、目を閉じて覚悟を決めた。どんなに悪あがきをしたところで、断ることのできる話ではない。こうなったらなるようになれだ。

「サマン様のお願いはわかりました。ですが……」

「ですが？」

サマン様は形のいい眉《まゆ》を僅《わず》かに上げてこちらを見つめる。

「もしもこの婚約がうまく行かずに、破談という結果となってしまった場合はいかがなさるおつもりですか？　シード公爵令息と婚約破棄をしたという汚点は、その後の私の結婚相手探しに大きな支障をきたすでしょう」

この国では、一度結んだ婚約はよほどの事情がない限り破棄することは認められていない。

例外として多額の金銭を用意することでそれが可能になるという噂は聞いたことがある。

シード公爵家ほどの家柄ならば、そういった特例措置も可能になるのかもしれない。

だが婚約破棄をしたという事実が消えることはなく、私は傷モノの令嬢として生きていくほかなくなるのだ。

「その点は大丈夫です。父にも頼み、必ずあなたにふさわしいお相手を見つけると約束いたします。全《すべ》ての瑕疵《かし》は私にあるということにしますので、あなたの顔に泥を塗るような真似《まね》はしません」

彼の言い分はわかった。この様子では、恐らく私を悪いようにはしないだろう。

だがすぐさま新たな疑問が浮かび上がってくる。

「なぜ私なのです？　失礼ながら、これまでにもサマン様とお見合いをした女性は何人もいたと聞いております。私より家柄も見た目も、あなたにふさわしい令嬢がいたはずなのではありませんか？」

正直すぎるほどの私の問いかけに、サマン様は難しげな顔をして黙り込む。できる限り私を傷つけないような言葉を選んでいるのだろうか。

「あの、私なら大丈夫です。お気になさらず、ありのままをお話しください」

下手《へた》に何かを隠されたまま関係を進めていくより、馬鹿《ばか》正直なほどに事実を教えてもらっていた方が安心だ。

「……ですが私の話を全て聞いた後も、あなたは私との婚約話を受けてくださるのでしょうか」

サマン様は正直な理由を話したことで、私から婚約を断られることを恐れているらしい。以前のシード公爵の様子を見る限り、私との縁談を逃せば次の相手を見つけることは難しいのだろう。

「それはお話の内容によりますけれども……。よほどのことでない限りは、お受けいたします……たぶん……」

サマン様はしばらくその赤い瞳を揺らしていたが、やがて思い立ったように口を開いた。

「確かにあなたの言う通り、私はこの数年間で何度も見合いを繰り返してきました。我が公爵家と家格が釣り合う侯爵家や伯爵家出身で、私と年齢の近い令嬢とはほとんどお話ししたことがあるかと。ですが結果はこのざまです。現に未《いま》だに独《ひと》り身《み》でいることが答えでしょう」

「……それほど大勢の令嬢とお会いしたというのに、未だに縁談がまとまっていないのはなぜなのです？　お相手を選《よ》り好《ごの》みされていたとか、そういうことなのですか？」

　サマン様ほどの好条件の男性ならば、相手に多少のわがままを言っても許されるのではないか。それともよほどの難癖をつけてしまったのだろうか。

「いや、そのようなことは一度もしていません。そりゃあ、私も男です。見目麗《うるわ》しい女性の方が好みではありますが、気立てがいい方ならばそこまで見た目は気にしません」

「そうですか……それではなぜ？」

　ますますわけがわからない。もしや何か特殊な性癖でもあるのだろうかと、変な考えまで浮かんでしまった。

　そんな私の頭の中を見透かされたかのように、その理由が明かされる。

「……見合いの席で、剣術の話ばかりしてしまいまして」

「ああ……」

「気づいたら相手の令嬢からは冷たい視線が……」

「そういえば、そうでしたわね……」

　瞬時に数日前の記憶が蘇《よみがえ》る。思い返せば私との見合いでもひたすら剣術の話しかしていなかった。

　このお方の頭の中は剣術でできているのかもしれない。

「幼い頃からずっと剣術しかしてこなかったもので、女性の好みなどが全くわからないのです。相手の令嬢の話も真摯に聞くよう努力はしましたが、私からの話題は剣術の話ばかり。窮屈でつまらないという理由で幾多もの縁談を断られてしまいました」

　ここまで話を聞いていた私は嫌な予感がした。

「あの、まさか他の方たちにもお伝えしましたか？」

「何をです？」

「その……共に剣を持って、互いに守り合う関係になりたいと以前おっしゃっていたことです」

「ああ、それは皆に言っていますよ。それを伝えたあたりから、皆同じような引《ひ》き攣《つ》った顔をしていました」

困ったような顔でそう言いながら頭をぽりぽりと掻《か》くサマン様の姿に、眩暈がしそうになった。

――これは……相当ね。

「サマン様がこれまでにお見合いをされた女性は、皆由緒正しき貴族の家に生まれた方たちです。そのような方たちがその手に剣を持つことなど、あり得ません。現に私も剣術など体験したことすらありませんわ」

「しかし我が公爵家は代々騎士団長を務める一族なのですよ。その公爵家の夫人がか弱い女性であるなど、示しがつかないのではありませんか……？」

サマン様は私の話に納得していないようで、少々不満げな様子でそう反論してくる。だが私もここで引き下がるつもりはない。

「それくらいのことで示しがつかなくなるのならば、所詮《しょせん》はその程度であったということです」

「っ……」

彼の瞳が僅かに見開かれた。

「なんですか？」

「いえ……あなたはなかなかにはっきり物事をおっしゃるのですね……」

おっと、公爵令息相手に言いすぎてしまっただろうか。

「そこまでおっしゃるのなら……サマン様のお母様は、剣をお持ちになるのですか？」

シード公爵夫人が剣術の達人であるという話など、これまでに聞いたこともない。

「私の母は幼い頃に亡くなってしまったので……。いまいち母の記憶というものがないのです」

「それは……大変失礼いたしました」

サマン様のお母様が亡くなられていたということは知らなかった。

さすがに口にしていい話題ではなかったのかもしれないと、途端に申し訳のない気持ちでいっぱいになる。

「いや、気にしないでください。あまりこの話はしたことがないので」

「ですが……」

「物心つく前であったので、逆に寂しいという気持ちすら芽生えませんでした。それにそのようなことを考える暇もないほど厳しく父に剣術を叩《たた》き込まれたので、そこは父に感謝ですね」

なるほど、彼がそこまで剣術にのめり込む理由が少しだけわかったような気がする。

「サマン様の考えはわかりましたわ。ですが女性にとって剣を持つということは、先ほどもお伝えしたように日常からかけ離れたことなのです。そのことを頭に留め置いてくださいませ」

「……わかりました」

意外にもすんなりと頷いたサマン様の様子に拍子抜けしそうになりながらも、ホッと胸を撫《な》で下ろす。

「ありがとうございます」

「それで、婚約の件は了承していただけたということでよろしいでしょうか？」

「へ？」

「ですから、仮初でもいいのでまずは婚約だけでもとお願いしたではありませんか」

そんなことはすっかり忘れていた。だが断ることのできない状況であるということは依然として変わっていない。相手はあのシード公爵令息、そして騎士団長様なのだ。

「まさか、この期《ご》に及んで断るおつもりですか？　どうかシード公爵家を助けると思って、受け入れてください」

そう訴えるサマン様の顔は本当に恐ろしいくらいに凛々《りり》しくて。この顔で何人の貴族令嬢たちが虜《とりこ》にされたのであろうか、などと不埒《ふらち》な考えがよぎってしまう。

この身分、見た目、そして騎士としての能力を持っていながら未だに独身であるとは、はたから見ればにわかに信じがたい事実だ。

――さぞ娼館《しょうかん》などで日頃の欲求を発散しているのでは……？

本気の相手はいないものの、実は女性関係が派手なのかもしれない。男きょうだいの多い私はそんな余計な知識だけは持ち合わせており、一層サマン様への疑いの目が強くなってしまう。

「私、まだ先ほどの答えをいただいておりませんわ」

「答え、ですか……？」

「はい。なぜ数多くの女性の中から私をお選びになったのか。そして一度はお断りしましたのに、なぜそこまで必死になっておられるのか不思議なのです」

私は貴族の娘の中では行き遅れの部類に入りかけている。

この国では十八歳を目安に嫁いでいくのが慣例となっているが、私は二十歳も近いというのに未だに婚約者すら決まっていないのだ。

恐らくサマン様は数多《あまた》の令嬢たちに縁談を断られ、残っていたのが私しかいなかったからだろう。

だからアプラノス伯爵家に婚約の打診をした……それはなんとなく予想できることである。

だが気になるのはたかが伯爵家ごときの至って平凡な私を、なぜそこまで必死に引き留めるのかということ。これまで断られた令嬢たちにも、こうして直接彼女たちの元を訪れて婚約を迫ったのだろうか。

「それは……」

「隠し事はしないでください。私なら何を言われても大丈夫です」

私の言葉にサマン様は一瞬瞳を揺らした後、意を決したように話し始めた。

「あなたを選んだのは先ほどの話でもうおわかりかと思いますが、残った令嬢があなたしかいなかったからです……。我が家は公爵家だ。妻として迎えるのは伯爵家までの令嬢が望ましいと、かねてより父から言われておりました。またその中でもある程度の知識や教養を身に付けていなければならないとも。そうなれば元々の人数が限られてしまうのです」

私は必死に侯爵家と伯爵家の令嬢たちの名前を思い浮かべる。

侯爵令嬢の中で一番の美貌《びぼう》と謳《うた》われたアストリア侯爵家のセレーナ様は、トーランド公爵家に嫁がれた。伯爵令嬢の中で一番の才女と呼ばれたデモン伯爵家のアライア様は、何年も前にセルラン侯爵夫人となられている。

その他にも顔が浮かぶ令嬢たちはとっくにどこかの貴族の元へ嫁いでいるのだ。

残っているのは異性関係が表沙汰《おもてざた》になるなど、公爵家に嫁ぐには少し問題のある令嬢しかいない。

確かにこれはサマン様の言う通りである。

「婚約の打診を断られ続け、最後の頼みの綱がアプラノス伯爵家でした。失礼なことを言っているのはわかっています、申し訳ありません」

「……事実ですから。私は行き遅れですし」

その事実は自分でもよくわかっているため、サマン様にそのことを指摘されても特になんとも思わなかった。

「あなたに縁談を断られてもこちらへ伺ったのは、あなたに興味を持ったからなのです……」

「……え？」

突然の言葉に、私は弾《はじ》かれたように顔を上げてサマン様の方を見る。

「これまでの縁談は、断られても気にも留めませんでした。こうして再び相手の元を訪れるのは、あなたが初めてなのです」

——サマン様が、私に興味を持った……？

ただ背が低いだけの、取り立てて目立った要素のない私である。大層な美貌やスタイルを持っているわけでもないというのに。

するとそんな疑問が顔に出ていたのだろうか。困ったような表情を浮かべながら彼はこう続けた。

「理由はなぜだかわからないのです。ですが、あなたともう少し距離を縮めてみたいと思いました。どうか、私の頼みを聞いてはもらえませんでしょうか……？」

その顔は真剣そのもので、彼が本気なのだということがわかる。

私とて、どうせサマン様以外に進んでいる縁談などないのだから、彼と婚約を結んでしまうのもありなのかもしれない。

ただ……。

「サマン様のおっしゃることはわかりました。もし婚約を結ぶのならば、その前に私から提案があります」

「なんでしょうか？　欲しいものがあるならばなんなりと……」

てっきり何かをねだられると思ったのだろうが、私には欲しいものなどない。

すうっと息を軽く吸い込むと、サマン様をまっすぐ見据えてこう告げる。

「これからデートを重ねて、お互いのことをもっとよく知っていきたいのです」

「で、デート……ですか？　それは、二人で出かけるという意味で合っていますよね？」

私の提案はよほど意外なものであったらしく、サマン様はその真っ赤な目を見開き呆気に取られている様子だ。

「はい、そうです。こうして屋敷や中庭で短い時間お話しするだけでは、お互いのことは何もわからないと思うのです。色々なところに出かけたり美味《おい》しいものを食べて寛《くつろ》いだり、二人でそんな時間を共有できたらなと」

婚約の話を断ることができないことは重々承知している。だが私はただ言われるがままにサマン様と婚約を結ぶことに納得はしていなかった。

――他にふさわしい令嬢がいないから私にしたということは、誰でもよかったということよ。たまたま残っていたのが私であっただけで、違う令嬢がいたならばそちらでも何ら問題はないのだろう。つまり、サマン様は私に対して何か特別な感情を抱いているわけではないのだ。

私も一応は伯爵家の娘であり、貴族同士の結婚に互いの気持ちなど関係はないのだということもわかっている。それでも、一人の女性として結婚に全く夢を見ていないわけではない。

「なるほど、あなたの言いたいことはわかりました。ですが……それは時間の無駄なのでは？」

「……はい？　今なんと……？」

予想外の返答に私の思考は停止する。

彼は今なんて言っただろうか？　二人で過ごす時間は無駄であると？

困惑した表情を浮かべる私に気づいたサマン様は、ハッとしたように言い直す。

「いや……無駄という言葉はふさわしくありません。言い方があれでした……失礼。ですが、そのようにデートを重ねたところで、形としては何も残りませんよね？　ただ時間をあてもなく潰《つぶ》しているだけで、何の成果も出せません」

「つまりは何がおっしゃりたいのですか？」

「私の考えとしては、すぐに婚約を結び日々の出来事などは手紙で共有した上で、最短で正式な婚姻を結ぶのが合理的なのではないかと」

——はああああ!?

心の中でついた盛大なため息が、つい口元から漏れ出てしまいそうになる。

本当にこのお方と考えが交わることは永遠にないのかもしれない。

初めて会ったあの見合いの日からわかりきっていたこととはいえ、その事実を再び突き付けられたような感覚に陥った。

大体それでは仮初の婚約などではなく、正式な婚約だ。それもかなり強引で性急な婚約である。

——サマン様に少しでも私のことを見ていただきたかっただけなのに。

何も私のことを好きになってくれなどという無理難題を突き付けるつもりはない。少しだけでも女性として意識してほしいと願ってしまった私が愚かであったのだろうか。

私はシード公爵家の窮地を救うための道具にすぎないのだと、時間をかける価値などないのだということを暗に仄《ほの》めかされたような気がして、ずしんと気持ちが重くなった。

やはり仮初だろうとサマン様の婚約者になることなどできない。

無理に相手に合わせようとしたところで、やがては限界が訪れるだろう。そのような相手と結婚できるはずがないのだ。

安易に婚約を結んだところで、どうせ最終的に婚約破棄する未来が予測できてしまう。結果がわかりきっているというのに行動を起こすなど、それこそまさに彼の言う時間の無駄ではないか。

「……ではこのお話はなかったことにいたしましょう。わざわざ足を運んでいただき申し訳ございませんが、どうぞお帰りくださいシード公爵令息様」

だんだんと腹が立ってきた。

なぜ私がこのような馬鹿げた彼の都合に付き合わなければならないのか。それほど切羽詰まって婚約をお願いするのならば、少しはこちらに歩み寄る姿勢を見せてもいいものを。

結婚とは一人の身勝手な気持ちで成り立つものではない。家と家との結びつきであり、それまでは他人であった二人が家族となる神聖なものなのだ。

少なくとも私は結婚に対してこんな考えを持つ男性と夫婦になどなりたくはない。夫婦となったならば互いを思いやりながら生涯を共にしたい、そんなささやかな願いは高望みなのだろうか。

「な!?　なぜそう極端なのですかあなたは!?　私はそんなに変なことを言いましたか?」

「ご自分が先ほどおっしゃったことをよく思い出してくださいませ。もうそれがおわかりでない時点で、私たちは無理だと思います。時間の無駄ですわね」

私は嫌味のように先ほどのサマン様の言葉を復唱した。

「待ってください！　それは困ります。先ほどのデートに対しての発言でしたら謝りますので、どうか……」

まさかここへきて断られるとは思ってもいなかったようで、いつもは冷静沈着に見えるその凛々しい顔に珍しく焦りの色が浮かんでいる。

だがそんなことは今の私には関係ないのだ。

そもそも私は別に結婚に対して焦りを持ち合わせていない。

相手の家柄だって、相性がいい相手ならば平民でも構わないとさえ思っている。……さすがにそれは父に止められてはいるが、私にとってそれほど結婚相手との相性は気にするところなのだ。

たった数回顔を合わせただけでこれほどのすれ違いが生まれているサマン様とは、どう足掻《あが》いても修復不可能のような気がする。

「これほどまでに考え方が合わないというのに、これから先婚約者としてうまくやっていく自信がありません。どうか他の方をお探しください。どうしてもとシード公爵様に事情をお話しすれば、縁組が可能となるお家を増やしてくださるかもしれませんし」

「だから、他の令嬢などもはや存在しないのです！」

「そんな事情は私には関係ありませんわ！」

「わ、私には関係大ありなのです！　……と、とにかくっ……」

貴族らしからぬ大声で言い争いをしていた私とサマン様であるが、突然彼は私の目の前で跪《ひざまず》いた。

「なっ、何を⁉」

「ソフィア・アプラノス嬢、あなたの条件を全て受け入れます。どうか、私との婚約を前向きに考えていただけませんか」

突如目の前で跪くサマン様を目の当たりにして、私は倒れそうになった。まさか彼がそんなことまでするとは思わなかったのだ。

「ちょ、おやめください。騎士団長様ともあろうお方が、私のような者にそのような真似をなさる必要はありません」

「それほど私は切羽詰まっているということを理解していただきたくて。土下座など容易《たやす》いことです。あなたが受け入れてくれるまで、お望みなら貴族たちの面前で何度でもして差し上げます」

「そんな……やめてください！」

サマン様はよほど婚約に焦り、頭でもおかしくなってしまったのかもしれない。

世の女性たちの憧れの的の騎士団長を土下座させた伯爵令嬢などと呼ばれてしまっては、恥ずかしくて社交界にも出ることができなくなる。

――これはもはや脅しよ！

しかし今をときめくシード公爵令息にここまで頼まれてしまっては、今度こそ逃げ道はないも同然。やはりこの婚約話を受け入れるしか私に道はないようだ。

「……もしも。もしも、デートを繰り返してもお互いにうまくいかないということがわかった場合は、すぐに婚約を破棄していただけますか？」

「何を今からそのような物騒なことを……最初から破棄前提で結ぶ婚約などおかしいでしょう？」

そう答えるサマン様には、私の本気が伝わっていないらしい。

「サマン様、私も本気でお話ししているのです」

私の強い視線に彼は一瞬たじろぐと、ごほんと仕切り直すように咳払《せきばら》いをしてこう言った。

「……わかりました。その場合は婚約破棄を認めるという旨、誠心誠意あなたに誓います」

「っ……」

突然向けられた真剣な眼差《まなざ》しに、思わず私は息が止まりそうになった。

そして次の瞬間……。

「……わかりましたわ。サマン様との関係を、前向きに考えさせていただきます」

こんな言葉が勝手に口をついて出ていた自分に驚いてしまう。私の言葉を受けて、サマン様は安堵《あんど》したような笑みを浮かべた。

「ああよかった……。では、これからよろしくお願いします、ソフィア嬢」

そう言いながら手を差し出すサマン様を前に、不覚にも胸がときめきかけてしまった。

──私ってば、なんて単純なのかしら。サマン様との仲を深めるなんて前途多難なのに。

自分の下した決断が今になって不安になるが、もう後悔しても遅い。一度受け入れてしまったものは仕方がないのだ。

彼の差し出した大きな手のひらにそっと自分の手を載せると、ぎゅっと握られる。

思わず顔を見上げると、じっと赤い瞳で見つめられていたことに気づいた。恥ずかしさにいたたまれなくなり視線を逸らした私を見て、サマン様がふっと笑みをこぼしたように思えたのは気のせいだろうか。

やがて二人並んで屋敷へと戻ると、サマン様の手が私の背に触れている様子を見た父が、この世の終わりのような顔をして立ち尽くしている。

この後に待ち受ける嵐を覚悟しながら、私はサマン様にソファへと腰掛けるよう勧めたのであった。


「ソフィア、お前は本当にそれでいいのか……?」

「何度その話を繰り返すのですかお父様」

「お前も言っていたではないか、全く趣味や考え方が合わないと」

あれから怒涛《どとう》の勢いでサマン様が父であるアプラノス伯爵に婚約を結ぶことを報告し、父はその申し入れを受け入れざるを得なかった。

――あの剣幕で迫られてしまっては、お父様に太刀打ちできるはずもないわね。

公爵家と伯爵家ではその家格に大きな差があり、ましてや相手は現役の騎士団長だ。あの射るような視線にはかなりの迫力がある。

満足気な表情を浮かべて颯爽と馬車に乗り込んだサマン様を見送った後、私は父からの質問攻めに辟易《へきえき》していた。

「だって断ることなどできるはずがないではありませんか。お父様だって私とサマン様を二人きりにして、自分はずっと他人事《ひとごと》のように見ていたくせに。そうおっしゃるなら途中で止めに入ってくだされればいいものを。あれから大変だったんですからね」

「シード公爵令息にそのような失礼な真似ができるはずないだろう！　下手をすれば、騎士団に目を付けられて恐ろしい目に……」

「さすがにサマン様はそのような真似はなさらないと思いますが」

「なんだ、既にサマン様に惚《ほ》れてしまったのか……？　確かに男らしいお方ではあるが……我が家とはあまりに何もかもが違いすぎる！」

「惚れてなどおりません！」

「そうか……お前がそのように声を張り上げるなど珍しい……まさかやはり……」

「お話とはそれだけですか？　今日はなんだかひどく疲れましたので、失礼いたします。夕食も自分の部屋でとらせてくださいませ」

これ以上ここにいると面倒なことになりそうだと判断した私は、父に背を向けて扉の方へと歩いていく。

この数日間で色々なことがありすぎて、私の気持ちはついていくだけで必死なのだ。

一週間前までは自分がサマン様と婚約するなど思ってもいなかったのだから。

――なんだか大変なことに巻き込まれてしまったわ。

「待ちなさいソフィア！　サマン様が、早速明日二人で街へ出かけたいとおっしゃっていた。急な話ではあるが、私にはそれをお断りする権限もないのでな……。お前もそのつもりで支度を済ませておくように」

「……かしこまりました」

急すぎて支度が果たして間に合うのかどうかもわからないが、こちらから断るという選択肢がない以上なんとか間に合わせるしかない。父からの報告でより一層疲れが増したような気がしたのは気のせいだろうか。


「何から何まで急すぎるのよ。大体、明日だなんて……着ていく服も用意できるかわからないわ」

「ですがお嬢様、シード公爵令息様といえば、今をときめくお方ではありませんか。あの若さで騎士団をまとめあげるなど、並大抵の努力では務まりませんわ」

自室へと戻った私は寝台に寝ころびながら、私付きの侍女であるナンシーに愚痴をこぼす。

なんとも令嬢らしからぬ姿であるが、ナンシーはそんな私の姿に驚くことなく淡々と明日着ていくドレスを選んでいた。

「あなたもお話ししてみればわかるはず。あのお方の妻となる女性はかなりの苦労を味わうことになるわ」

「……失礼ですが、その妻となられるのはお嬢様なのでは？」

「………」

返事のない私をナンシーが訝《いぶか》し気《げ》に見つめた。

「お嬢様はシード公爵令息様と婚約されたのですよね？」

「……そうだったわね」

あまりにも現実味のない話で、未だに私の中でも実感がないのだ。

お気に入りのクッションを抱き締めながら、目を閉じてそこに顔を埋《うず》める。

「お嬢様、そのように悠長に構えている余裕などありませんわ。急いでお支度を整えなければ。まだ髪型も、ドレスも決まっていないのです。それから今日は早めにお休みくださいね。いつものように夜更かしして読書などされませんように。明日のお肌に障りますわ」

私が幼い頃からずっとそばで仕えていてくれるナンシーは、もはや二人目の母のような存在だ。私がいかに普段だらしない生活を送っているのかも全てお見通しなのである。

「まあお嬢様の礼儀作法に関しては全く心配しておりませんので、その点は安心ですけれども」

これでも伯爵令嬢であるため、必要最低限の礼儀作法はしっかりと叩き込まれている。

さらに生来の読書好きも相まって、マナーに関する本にはひと通り目を通してきたつもりだ。

「褒めているのか、貶《けな》しているのかわからないわね」

「とにかく、ドレスをお選びください。装飾品はドレスに合わせて見繕いましょう。私も共にお手伝いいたします」

結局ドレスやら装飾品やらを決め終えた頃にはすっかり日が暮れてしまい、私は慌てて夕食と湯浴みを済ませることになってしまった。

「すっかり遅くなってしまいました。急がなければ……」

「まだ何かあるの？　もう眠くなってきてしまったわ」

「明日のために、今日は香油を用いてお肌と髪の毛のお手入れもいたしましょう」

張り切った様子のナンシーを前に、既に私は疲労困憊《こんぱい》だ。今さら何か手を加えたところで大して変わるような容姿でもないというのに……。

「たった一日では何も変わらないと思うのだけれど……」

そんなやる気のない私を一瞥《いちべつ》したナンシーは、呆れた表情でこう続けた。

「だから私は、あれほど口うるさく日頃のお手入れの大切さを説いてきましたのに……。まあよろしいですわ。お嬢様は元がようございます。磨けばきっとすぐに輝かれるはずです」

「そんなことを言ってくれるのはあなただけよ、ナンシー」

「さあ、お喋《しゃべ》りはこのくらいにしましょう。早く済ませなければ」

それから私は彼女の言う通りに磨かれ、いつもの自分からは想像もつかないような華やかな香りを身にまといながら眠りについたのである。

第二章　初めてのデート

「お嬢様、見違えるほどお綺麗《きれい》ですわ」

「……それはどうもありがとう」

迎えた翌日。朝食を済ませた私は早速ナンシーの手によって再び磨き上げられ、気づけば鏡の前に立っていた。そこに映る姿は確かにいつもとは別人のようである。

薄水色のドレスは街歩きをしやすいようにシンプルなデザインのものを選択し、ドレスの色に合わせて髪は水色のリボンでまとめ上げた。

「お嬢様の金髪がよく映えますわね」

ナンシーは完成した私の姿に満足気な表情だ。そんな彼女を見ていると、少し私も嬉《うれ》しくなる。

「ですがサマン様のお色が何もないのですけれど……本当にこれでよろしかったのですか？　何か赤や黒のものをお探しになった方が……」

「大丈夫よ、婚約者といっても昨日申し出をお受けしたばかりだし。さすがにまだそこまでの関係ではないと思うの」

この国の貴族の間では、人前に出る際は婚約者や配偶者の色をどこかに身に着けるという慣例のようなものがある。二人の関係を公《おおやけ》に示すための便利な方法なのだ。

ここ最近で言えば、昨年トーランド公爵家に嫁がれたセレーナ様が有名だろうか。

当時トーランド公爵令息であったオスカー様のお色である青色を全身に身にまとった彼女の姿は、夫であるオスカー様の愛を一身に受けているという証明となった。

私もその時の舞踏会に参加していたのだが、あの日のセレーナ様の美しさはひと際目を引いていたことを覚えている。

「そういうものなのですか？　まあ、次回まではしっかりと用意しておきましょうね」

ナンシーは僅《わず》かに首を傾《かし》げたが、すぐに気を取り直したかのように外出の支度を進める。

「……果たして次回があるのかどうか」

「何かおっしゃいましたか？」

「いいえ、何も」

――それにしても、余所行《よそい》きの服装でそれなりに見映えはよくなったものの、寂しい胸元だけはどうにもならないわね。

元々小柄な私はその胸元もかなりの控えめで、コルセットでかき集めたところでその大きさはたかが知れている。

着飾った胸元のあたりを見下ろしながら少し悲しくなるが、色気でサマン様を籠絡《ろうらく》したいわけでもないのでそこは気にしないこととしよう。

そんなことを考えているうちに、窓の外から馬車がこちらへとやってくる音が聞こえる。

その音に気づいたナンシーは窓の外に目をやり、私に目配せした。サマン様が乗った馬車が到着したようだ。

「お嬢様、お迎えの馬車が屋敷の下に到着したようです」

「すぐに行くとお伝えして」

私はもう一度鏡の前で身だしなみを確認すると、サマン様の元へと向かうために大きく深呼吸をしてから部屋を出る。

屋敷の玄関へと向かうと、既にそこには彼の姿があった。ただ立っているだけだというのに、まるで絵画のように凛々《りり》しいその姿に思わず見惚《みと》れてしまいそうになる。

「今日の装いはとても素敵ですね。お綺麗です」

顔を合わせて開口一番に、ニカっと笑いながらサマン様はそう告げた。まさかそんなに素直に褒められると思っていなかった私は、ぎこちなく固まってしまう。

「あ、い、いえ……侍女が色々と張り切ったもので……お恥ずかしい」

こんなことを言うつもりではなかったというのに、しどろもどろになっている自分が恥ずかしい。

「そんなことはありませんよ。先日の素朴な雰囲気《ふんいき》も素敵でしたが、今日は一層美しいです」

「……そ、それはどうもありがとうございます……」

――この人は本気でそう思っているのかしら？

何度も言うが、私は決して絶世の美女ではないのだ。もちろん卑下するほどのものではないものの、至って普通のどこにでもいるような容姿なのだ。

もしや誰《だれ》にでもこうした褒め言葉を贈っているのでは？

普段あまり褒められることのない私はそんなことまで考えてしまう。

複雑な感情を誤魔化《ごまか》すように彼の装いに目を向けた私は、今度は息が止まりそうになった。

「あっ」

「どうかしましたか？」

「そ、そのカフスは……」

「ああ、これですか。どこかにあなたの色をと思ったのですが、なにせ急だったものでこれしかなかったのです。お気に召しませんでしたか？」

サマン様は私の問いかけに対し、カフスを見せるかのように片腕を上げた。

「い、いえ。とても素敵ですわ」

「それならよかった」

袖口からちらりとその姿を覗《のぞ》かせていたのは金色のカフスだ。私の髪の色に合わせて選んでくれたのであろうことは一目瞭然である。かたや私はサマン様の色など全くもって身に着けていなかったため、途端に先ほどの自分の判断が恥ずかしくなった。

——大人《おとな》しくナンシーの言う通りにしておけばよかったわ。サマン様に失礼なことを……。

きっと彼はそのようなことで怒る人ではない。だがどうしようもなく申し訳ない気持ちが私の心を支配していく。

「申し訳ございません、そこまで考えが至らず……私はサマン様のお色を何も用意できませんでした」

「ああ、いいのです。元はと言えば私が急にお誘いしたのが悪いので。さ、行きましょう」

——やはりこのお方は優《やさ》しいのね……。

ありがたいことに大して気にも留めていなそうな様子のサマン様は、気まずさから俯《うつむ》いてしまった私に手を差し伸べる。男性らしく大きなその手に、恐る恐る自分の手を重ねた。

初めて触れる家族以外の男性の手はごつごつとした硬いもので、それがまた私にサマン様を必要以上に意識させる。しかし私は何でもないふりをして馬車に乗り込んだ。

「それで、今日の行き先なのですが」

馬車の中で向かい合わせに座りほっと一息をついたところで、サマン様が口を開いた。

さすがはシード公爵家。馬車の中は広々としていて、二人で乗っていても空間に十分な余裕がある。乗り心地も快適で、もう二度と実家の伯爵家の馬車には乗れなくなってしまいそうだ。

「事前に互いの意見を摺《す》り合《あ》わせる時間もなかったので……私の方で勝手に決めさせてもらったのですが、よろしかったでしょうか？」

「ええ、むしろありがとうございます。何から何まで」

――なんだ、思っていたよりも素敵な男性かもしれないわ。

初対面の時の印象が強烈すぎたせいか、サマン様に対するイメージはあまりいいものではなかった。だが今日の彼はどうだろうか。さすがは公爵令息といったところか、身だしなみも馬車に乗る際のエスコートも完璧だ。むしろ隣に並ぶ私の方が気後れしてしまうほど見目麗《うるわ》しい。

おまけにデートのプランもしっかりと考えてきてくれたのならば、今の時点で文句のつけようがない。

「それで、今日はどちらに？」

これが初めてのデートなのだから、きっと植物園などに行くのだろう。そこで草花を愛《め》でた後、今流行《はや》りのカフェなどに行くに違いない。

そんな呑気《のんき》な私の考えは、すぐに打ち砕かれることとなる。

「今日は鍛冶屋に行こうかと思っています」

「ああ、鍛冶屋ですのね。それは素敵で……今なんと!?」

「そうですよね、そう言っていただけると嬉しいです」

令嬢らしからぬ大声が出てしまったような気がするが、幸いここはシード公爵家の馬車の中。私たち二人にしかこの会話は聞こえていない。

そしてサマン様は、私が彼の提案に乗り気だと甚だしい勘違いをしているようだ。

「いやいやいや、今鍛冶屋とおっしゃいましたか？」

「はい、言いました。何か問題でも？」

そう言ってサマン様はきょとんとこちらを見つめてくる。

――そうだった。やはりこのお方はこういう人だったのね。

見た目の凛々しさと公爵令息ゆえの気品溢《あふ》れる振る舞いで、私はすっかり忘れてしまっていたのだ。初めてのデートに鍛冶屋を選択する男性がどこにいるだろうか。……いや私の正面にいるのだけれども。

「あの、鍛冶屋はデートで行くような場所ではないかと思うのですが……」

「そうですか？」

訝《いぶか》し気《げ》な表情を浮かべる私に対して、サマン様は首を傾げている。なぜ私がこんな顔をしているのか、きっと皆目見当もつかないのだろう。

「……鍛冶屋は、サマン様がお仕事の一環で行かれる場所では？」

何もわざわざ限られたデートの日に行かずとも、別の日に一人で行けばいいものを。

「互いの趣味を知るためには、それぞれが好む場所を訪れるのが一番かと思いまして」

「はあ……それはそうですけれど……」

「次回のデートではあなたの好きな場所へ行きましょう。今日はまず手始めに、私の好きな場所へ行ってはもらえませんか」

「……ですが、その……わかりましたわ」

「ありがとうございます」

まるで諭されるようにそう告げられた私は、それ以上何も言うことができなかった。

これ以上何を言っても無駄であると悟り、反論することを諦めて大人しく馬車に身を任せる。

サマン様もそんな私を一瞥《いちべつ》した後、その口は閉ざしたままだ。

――最初からなんとも微妙なデートになってしまったわ。

ほんの数十分の距離であるはずの鍛冶屋までの道のりが、とてつもなく長く感じられる。正面に視線を向けるのが気まずくて窓の外に視線を移すが、なんとなくサマン様のことが気になって、そっと横目で彼の方を見た。

「……っ」

なんと彼はじっと私の方を見つめ続けていたのだ。驚いた私は思わずびくりと身体が震えてしまう。

「……すみません。驚かせてしまいましたか？」

そんな様子を見たサマン様が申し訳なさそうに口を開く。

「いえ……何かごみでも付いていましたか？」

そう言いながらぱたぱたとドレスの裾を叩《たた》くが、それらしきものは見当たらない。

「……水色がよくお似合いだなと」

「は……」

「今日のドレスは本当にあなたにぴったりだなと思いながら、つい見すぎてしまいました」

「……」

まさかサマン様がそんなことを考えていたとは予想もしていなかった私は、なんと言葉を返せばいいのかわからずに思わず黙り込んでしまう。

「嫌な気分にさせてしまっていたら、申し訳ないです」

「いえ！　決してそのような……」

確かに突然の褒め言葉に戸惑っていることは事実であるが、そこに嫌な感情は一切なかった。

「私の方こそ、失礼な態度を……あまり褒められるということに慣れていなくて」

「そうなのですか？」

おずおずとそう答えた私を、サマン様は意外そうな顔で見つめ返してきた。

「ご覧の通り、ぱっとしない見た目ですので。背も低いですし、これといって社交界で目立つような特技もありませんから」

「ですがその……いや、なんでもありません。もうすぐ到着するので降りる準備をしていてください」

彼は何かを言いかけたように見えたが、その言葉を口にすることはなかった。その言葉が何であるのか気になりはしたものの、あえて私も尋ねる真似《まね》はしなかったのである。


ようやく到着した町はずれにある鍛冶屋は、古びた一軒家のような造りの建物の中にあった。煉瓦《れんが》でできた建物はなんとも趣があり、これまでの私ならば決して足を踏み入れることのなかった場所だろう。

慣れたように扉を開けて店の中へと入っていくサマン様の後ろをついていくと、店の奥から一人の男性が姿を見せた。

「これはサマン様、お久しぶりですな。ようこそいらっしゃいました。……そちらの女性は？」

出迎えた店主らしき中年の男性は、口ひげを蓄えた少し厳《いか》つそうな雰囲気の男性だ。

騎士団長でもあるサマン様に物怖《ものお》じせず挨拶《あいさつ》している様子から、どうやら店主は彼と顔なじみらしい。

「ああ、紹介しよう。彼女は婚約者のソフィア嬢だ。アプラノス伯爵家の御令嬢でな」

彼の紹介に合わせて私は慌てて頭を下げる。それと同時に、『私はサマン様の婚約者なのだ』ということをまじまじと実感した。

「サマン様が、婚約だって!?」

鍛冶屋の店主はまるで目玉が飛び出しそうなほどに驚いている。彼から見てもやはりサマン様は結婚に向いているようなお方には見えないのだろうか。

「相変わらず失礼なやつだ」

「いや……失礼いたしました。ですがあれほど剣術のことしか頭になかったお方が……」

「……とりあえず黙ってくれ。まあそういうことで、今日が私たちの初めてのデートなのだ」

するとここで店主の動きがぴたりと止まった。まるで信じられないものでも見たような形相をしている。

「……サマン様、今なんと？　私の聞き間違いでなければ、デートとおっしゃいましたか？」

「その通りだが何か問題でも？」

「婚約者様との初めてのデート!?　な、なぜそれでこんなところへ!?」

先ほどの婚約話に続いて再び衝撃を受けたらしい様子の店主に、私は心の中で共感の意を送る。

——まあ普通のお方ならそう思うのが当たり前よね。初めてのデートで鍛冶屋を選ぶ男性なんてサマン様くらいだわ。

店主は私の方をチラと見ると、まるで心から同情するかのような表情を向けてくる。

私はその視線に対して曖昧《あいまい》な微笑《ほほえ》みを浮かべながら頷《うなず》き、彼の趣味はわかっているということを目線で訴えた。

「婚約者様がよろしいなら私からは何も言いませんが……」

「私、鍛冶屋へ来るのはこれが初めてなのです。よろしければ色々と教えてください」

来てしまったものは仕方がない。せっかくなのでこれをいい機会として、鍛冶屋についての知識を深めて帰ろうと私は思い始めていた。

――それでサマン様のことを知るきっかけとできるのならば……。

「そりゃあ、女性でこのような場所へ来る方はほとんどいらっしゃいませんからね……」

「トミー、よろしく頼む」

トミー、と呼ばれた鍛冶屋の店主は、サマン様からの重ねての申し出に戸惑いの色を浮かべながらも、快く了承してくれた。


「ここに並んでいるのは全《すべ》て私が磨き、作り上げた武器たちです」

奥へ案内されると部屋中に吊《つ》るされた剣の数々が目に入る。どれもこれも丁寧に磨き上げられているらしく、輝きを放っていた。

「やはり使用しているうちに刃が欠けたり、戦いで血痕が付着したりすればそれが切れ味を妨げますからね」

「血痕……」

そうか、何の気なしに眺めているこの武器たちは、敵を殺《あや》めたり傷付けたりするための道具であるのか。きっとここに並べられている剣には数多《あまた》の兵士たちの血痕が染み付いていることだろう。

そう思うと、軽い気持ちでこの鍛冶屋に足を踏み入れた自分の覚悟の足りなさを痛感させられた。

「おいトミー。ソフィア嬢の前で物騒な話をするな」

サマン様が気を遣ってくれたようだが、そもそもここへ連れてきた張本人が言う台詞《セリフ》ではないだろう。

「私なら大丈夫です」

「申し訳ありません。女性のあなた様にそのようなことを……」

そう言ってトミーさんは頭を下げた。

「ですがサマン様は以前私に、妻となる女性には剣を持って共に戦ってほしいとおっしゃっていましたわ」

「それはっ……」

あの時の自分の台詞の意味をようやく思い出したのだろうか。ハッとしたような表情を浮かべたサマン様は押し黙る。

実際のところ、戦いに関する記述は書物で何度も読んだことがあるため特に苦手意識はない。世の女性たちのように、血を見て倒れてしまうようなか弱い性格ではないことも確かだ。

――この剣たちには、きっと命を落とした方々の無念な思いが刻み込まれているのね。

サマン様の心配に反してそんな思いを抱いている私は、やはり貴族令嬢としては変わっているのかもしれない。

「サマン様が思っているほど、私はか弱くありません」

「そうですか……それならば安心しました」

私たち二人の間には気まずい空気が流れるが、やがてその流れを吹き飛ばすかのようにサマン様がトミーさんに話しかける。

「そういえば、先日修理を頼んだ剣は出来上がっているか？」

「はい。ちょうど昨日終えたばかりでございます」

トミーさんはそう言うと大きな棚の中からひときわ目立つ立派な剣を取り出し、サマン様に向けて差し出す。彼はその剣を鞘《さや》から引き抜くと、軽く一振りするような真似を見せてから再び鞘へとしまった。

「助かった。代わりの剣はいくらでもあるのだが、やはりこれが一番しっくりくる」

その表情は晴れやかでとても嬉しそうだ。

「何か特別なものなのですか？」

私のような素人からすると、もはやどの剣を見ても同じものにしか思えないのだが、彼はこの剣に並々ならぬ思いを抱いているらしい。

「ああ、この剣は代々騎士団長の間で受け継がれているものなのです。つまりはシード公爵家の中で……と言ってもいいかもしれませんね。私は父から、父は祖父から受け継いできました。見た目はやはり古いせいもあって劣るのですが、切れ味は最高です」

「まあ、そうなのですね」

その話を聞いてから先ほどの剣を目にすると、同じ剣だというのになにやら愛着が湧《わ》いてきたようにも感じる。

「すばらしいですわ。こうして日々お手入れを欠かさずに、大事に使い続けておられるのですから」

私は素直にそう思った。先祖代々受け継がれてきたものを粗末に扱うことなく、尊重して大切に守り続けているのだ。そのサマン様の意識は騎士団長としてふさわしいものだとわかる。

「え……あ、ありがとうございます」

するとなぜかサマン様の顔が少し赤くなったように見えた。

――気のせいかしら？

「あの、どうかなさいました？　私ったら何か変なことでも……」

「い、いえっ！　なんでもありません」

サマン様はまるで邪念を振り払うかのように勢いよく首を振る。その様子がなんとも面白《おもしろ》くて、つい笑ってしまいそうになった。

もっと彼のことを知りたい、自然とそんな思いが生まれ始める。

「サマン様は、幼い頃《ころ》から騎士団長になりたいと思っていたのですか？」

「そうですね……というより、私に与えられた道はそれしかありませんでしたから」

サマン様曰《いわ》く、シード公爵には彼を含めて三人の子どもがいるらしい。

しかし姉は既に他家へ嫁ぎ、弟は身体が弱く、とてもではないが騎士の道へ進むことなどできない状況であったのだとか。

「弟は一年の大半を自然豊かな郊外にある別荘で過ごしています。やがてはシード公爵家の領地の管理などをできる範囲で手伝ってもらえればと」

「そうなのですね……」

シード公爵家の次期当主として、サマン様は数多くの重責にこれまで一人で耐えてきたのだろうか。

「物心ついた時から、私はいずれ騎士の道に進むよう育てられてきました」

「親が決めた道を歩くことを、不満に感じたことはなかったのですか？」

「幼い頃はありました。皆が楽しそうに遊んでいる様子を横目に、毎日剣の練習をさせられる日々でしたからね。ですが大きくなるにつれて、我が家が担っている役割を理解するようになってからは、これが私の使命だと思っています」

「使命……」

そう話しながら微笑むサマン様は、なんだかとても大人に見えた。

この歳《とし》になるまでそのようなことを一度も考えることなく過ごしてきた私は、甘えた生活を送っていたのかもしれないとも思う。サマン様が六歳ほど年上であるということを差し引いても、彼の方がよほど精神的に成熟しているように感じる。

これまでに抱いていた彼への印象が少し変わり、初めてのデートが鍛冶屋であったことなどもはやどうでもよくなりつつあった。


その後も店の中をひと通り案内してもらい、武具や剣についてさらなる知識を得ることができたところで、おもむろに店主のトミーさんが私にこう告げた。

「それにしても、サマン様は本当にすばらしい女性と出会うことができましたね。ソフィア様のような女性にはなかなか出会えませんせん」

「そのような……私はそれほどの者ではございませんわ」

突然褒められたことで顔が熱くなっていくのを、必死に手で扇《あお》ぐようにして冷ます。

「いいえ。貴族の御令嬢がこれほど真剣に、私のような者の話を聞いてくださるとは思ってもいませんでした。このような場所へ足を運んでも嫌な顔一つされず、鍛冶屋の仕事に興味を持ってくださる……そのような女性は滅多《めった》におりません」

そして彼はサマン様の方に目をやるとこう続けたのだ。

「よかったですね、サマン様。お幸せになってください」

サマン様はその声掛けに対して何も口を開くことはなく、軽く頷いただけであった。

「今日はありがとうございました。鍛冶屋と聞いて最初は驚きましたけれど、なんだかんだ楽しかったですわ。色々と新しい知識も得られましたし」

鍛冶屋を後にした私たちは帰りの馬車へと乗り込む。目的地は私の実家であるアプラノス伯爵邸だ。

予想以上に長居してしまったらしく、外へ出た頃にはすっかり空が夕焼けに染まっていた。日が暮れる前には実家へ帰らなければ、両親を心配させてしまうだろう。

「こちらこそ、私のわがままに付き合わせたような感じになってしまい、申し訳ないです」

馬車に乗り込んでからのサマン様はなんだか口数が少ない。

「お気になさらずに。その分次のデートでは私の好きな場所にお付き合いしてもらいますから」

そう笑って応《こた》えれば、彼は一瞬だけその赤い瞳《ひとみ》を見開いた。

「あなたは本当に……」

最後に何か呟いたように聞こえたが、その内容まではわからない。

「え？」

「いえ、トミーの言っていたことが少しわかったような気がしたのです」

「なんのことですか？」

私の問いかけにサマン様は瞳を揺らして迷うような素振りを見せたが、先ほどと同じようにそれ以上は何も答えてはくれなかった。

「いや、今の言葉は忘れてください。私の方こそ今日は楽しかったです。久しぶりに剣術や鍛練のこと以外を考えられた時間でした」

「……鍛冶屋にいる時点で考えていると思いますけれどね」

「いえ、私にとってはとてもいい息抜きの時間になりました」

こうして馬車は無事に屋敷の玄関前へと到着し、私はサマン様の優雅なエスコートで馬車から降りる。

「ここで大丈夫ですわ。今日は本当にありがとうございました」

「玄関に入るところまで、お送りしますよ」

「そんなに大きな屋敷でもないですし、一人で行けますわ」

「そうですか……また近々こちらへ伺います。次に会えるのも楽しみにしています」

そう告げるサマン様の表情に嘘《うそ》はない。少なからず彼も二人で過ごした時間を楽しいと思ってくれたのだろうか。

やがて彼が名残惜しそうに馬車に乗り込むと、ゆっくりと馬が動き始める。

——次はどんなサマン様が見れるのかしら。

そんな穏やかな気持ちで、私は彼の乗った馬車が走り去っていく様子を見送った。

アプラノス伯爵家の屋敷の玄関へ入った途端、待ち構えていた父と母に質問攻めにされる。

「ソフィア！　遅かったではないか、心配したぞ。大丈夫だったか？」

「サマン様はどうだったの？」

二人のあまりの勢いに呑み込まれそうになりながら、私は羽織っていたショールを家令に渡す。

「楽しかったですわ。想像していたよりも、ずっと」

私の返答がよほど予想外であったようで、父は目を白黒とさせている。隣の母は驚いた表情を浮かべながらこう尋ねた。

「デートはどこへ行ったの？　このあたりなら、新しくできたカフェかしら？」

「いいえ、鍛冶屋ですわ」

「え、何？　聞き間違いかもしれないわ、もう一度……」

「鍛冶屋へ行きましたの」

両親はそのまま固まった。二人の周りだけまるで時が止まってしまったかのように動かない。

「しっかりしてください」

「い、いやお前……鍛冶屋とは……あの鍛冶屋か？」

私の声掛けによりなんとか意識を取り戻した父は、しどろもどろになりながらそう尋ねてきた。

「どの鍛冶屋かわかりませんが、剣や武器を取り扱っているところでした」

「ああ……それは正真正銘の鍛冶屋だ」

父はよくわからないことをぶつぶつと呟きながら天を仰ぐ。

やはり初めてのデートに鍛冶屋という選択肢はおかしいのだろう。この事実を両親に話すべきではなかっただろうか。そんな考えが一瞬頭をよぎるが、今さら後悔しても仕方のないことだ。

サマン様のことを表面だけ取り繕って両親に伝えたところで、きっといつか綻びが生じてしまうに違いない。今のうちからありのままを伝えておいた方がいいだろう。

「でもソフィア。あなたは楽しかったのよね？」

あまりの事実に言葉を失ってしまった父を見かねて、母がそんなことを口にした。

「はい。私も最初はどうなることかと思いましたが……楽しかったですわ」

「サマン様はどんなお方だったの？」

母は幾分か冷静さを取り戻したらしい。その横で父は不安げな表情を浮かべながら私の答えを待っている。

「とても親切にしてくださいました。シード公爵家のことや、剣に対する思いなどもお話ししてくださって……」

先ほどまで一緒に時間を過ごしていたというのに、だいぶ昔の出来事のように感じてしまう。真剣な眼差《まなざ》しで剣術への愛を語るサマン様の姿を思い出し、思わず笑みがこぼれそうになった。

そんな私の姿を見た母は、安心したようにホッと息をつく。

「あなたが楽しかったと言うのなら、私たちがとやかく言うことではないわね。ねえ、あなた？」

「い、いや……うむ。そうだな、ソフィアが幸せならば、私たちはそれで……」

未《いま》だに信じがたいといった顔でそう告げた父を見ながら母は呆《あき》れている。

「それで、次のお約束はしたのですか？」

「はい。次は私が行きたいところに行こうとおっしゃっていましたわ。楽しみです」

楽しみ、という言葉が勝手に口をついて出たことに私は内心驚いていた。あれほど心配していたデートが、意外にも楽しかったのだという何よりの証《あかし》なのだろう。

そんな私に母も嬉しそうに頷いている。

「では次のデートに備えて支度を整えておくのですよ」

「はい、お母様」


私は両親と別れて自室へと続く階段を上る。今日は長時間の外出で、いつもの私ならばとっくに疲れ果てているというのにその足取りは軽やかだ。

自室へと到着すると扉を開けて、部屋の中央に置かれたソファに腰掛ける。するとすぐにナンシーが温かいお茶の入ったポットとティーカップを持参してやってきた。

「ただいま、ナンシー。下でお父様たちの質問攻めに捕まってしまって遅くなったわ」

「お帰りなさいませ、お嬢様。先にお着替えをされますか？」

「そうね、着替えてからお茶をいただこうかしら」

ナンシーの介助で外着から簡単な部屋着用のドレスへと着替える。コルセットの締め付けから解放された私は、ようやく一息つくことができた。

「本日のデートはいかがでしたか？」

ナンシーは私の髪を解《ほど》き、櫛《くし》で梳《と》かしながらそう尋ねる。

――お父様たちからの質問攻めが終わったと思ったら、今度はナンシーね。

それほど皆が心配していたということなのだろう。なんせお相手がシード公爵令息なのだから。

「どうなることかと思ったけれど、楽しかったわ」

「まあ、それは何よりでございましたね。昨日はあまりにもソフィア様のお気持ちが向いていないように見えましたので、心配しておりました」

「サマン様は確かに少し変わっているけれど……信念を持ったまっすぐなお方よ」

「それでは、また次もお会いになるのですね？」

ナンシーはティーカップにお茶を注ぐと、着替えを終えた私の元へと運んできてくれた。それを受け取り、口をつける。じんわりと身体の中が温かくなり、一日の疲れが解《ほぐ》れていくようだ。

「ええ、また日の空かないうちに」

「ではまたドレスを決めておかねばなりませんね」

「あ……」

ナンシーの言葉で私はあることを思い出した。

「次からは、サマン様のお色を身に着けていくことにするわ」

彼はきちんと私色のカフスを用意してくれていた。たとえありあわせの物であったとしても、金色を身に着けようと思ってくれた、その心遣いが嬉しいのだ。次は私もそんな彼の思いに応えたい。

サマン様の色など身に着ける必要はないと、あれほど投げやりになっていた私の突然の変化にナンシーはかなり驚いた様子。

「今日サマン様は金色のカフスを着けていたの」

「まあ……ですがお嬢様は……」

「そうよ、私は何も用意していなかったわ。なんだかとても申し訳なくなってしまって……」

気にしていないとサマン様は言っていた。確かに彼のことだ、それくらいのことで動じるようなことはないだろう。だが向こうが見せてくれた誠意を私も同じだけ返したい。

「次からは必ず、シード公爵令息様のお色を準備していきましょうね」

ナンシーは私を励ますかのように、明るい声色でそう告げた。

「ええ、次からはあなたの言うことにしっかりと従うわ」

ひと通り話し終えてナンシーが部屋を出ていくと、どっと疲れが溢れ出る。

——夕飯は後で何か残り物をもらおうかしら。

とてもではないが起きていられなくなり、寝台の上に寝転がると枕に顔を埋《うず》める。

静かな部屋で今日一日の出来事が頭の中で蘇《よみがえ》り、生き生きとした表情で剣について語るサマン様の様子が鮮明に思い出された。

——次のデートが楽しみだわ。

今度は何を着ていこう。そして次はどのようなサマン様を見ることができるのだろうか。

そんなことを考えているうちに、私はいつのまにか眠りについたのであった。

第三章　波乱混じりの二度目のデート

『次のデートも馬車はこちらで用意するので、行きたい場所を考えておいてくださいね』

サマン様が初めてのデートの別れ際に告げた言葉だ。

彼とどこへ出かけようかと随分悩んだが、最近できたばかりの流行《はや》りのカフェに行くことに決めた。

私は甘い物を食べることが大好きだが、サマン様は違う。

果たして本当にここでいいものかと思ったが、お互いの好きなものを知るためのデートなのだから、そんなことに遠慮していては仕方がないという結論に至ったのだ。

――さすがのサマン様も、この時くらいは一緒に甘い物を食べてくれるわよね。

そんな淡い期待を抱いていた私がいかに甘い考えであったかを、後に思い知ることになる。


「今日のドレスもとてもよくお似合いです。先日とはまた雰囲気《ふんいき》が違いますね」

「ありがとうございます」

前回と同じように屋敷まで迎えに来てくれたサマン様は、開口一番に今日の装いを褒めてくれる。

何度褒められても慣れることのない私は、やっぱり恥ずかしくなってしまい俯《うつむ》いた。

今日のドレスは薄桃色のシフォン生地が何層にも重ねられた繊細な造りになっていて、裾にかけてのシルエットがとても美しくお気に入りの一着なのだ。髪は緩く巻いたものをハーフアップにして下ろしている。

サマン様はそんな私を眩《まぶ》しそうに見つめると、ある一点に目を止めた。

「それは……私の色を身に着けてきてくださったのですか？」

「あ……前回は身に着けることができなかったので……」

「ありがとうございます」

フッと笑ったその顔に、不覚にも胸が高鳴った。

——早速気づいてくださった。やはり着けてきてよかったわ。

今日の私はサマン様の瞳《ひとみ》の色である赤いリボンを、ドレスのアクセントとして腰のあたりに結んでいた。ドレス自体がシンプルな造りであるため、鮮やかな赤いリボンがよく映える。

「サマン様も、いつも通り素敵です」

これでかれこれサマン様と顔を合わせるのは四度目になるが、いつも彼の装いは至ってシンプルだ。無地のシャツに落ち着いた色のジャケットかベスト、そして同じく暗い色のトラウザーズが多い。公爵令息にしてはいささか地味すぎるのかもしれないが、彼自身の放つ輝きでそんな心配は消し飛んでしまうだろう。

燃えるような赤い瞳に艶《つや》めく漆黒の髪を持つサマン様はどこにいても目立つ。今日の彼はこげ茶色のジャケットに黒いシャツ、そして同じく黒のトラウザーズという出で立ちであるが、目を瞠《みは》るような存在感だ。

「それで、今日はどこへ行きましょうか？」

サマン様に手を引かれて馬車に乗り込んだ私は、前回と同じように彼と向かい合って腰掛ける。私が腰掛けたことを確認すると、おもむろにそう尋ねられた。

「実は……今日はカフェに行きたいと思っています」

「カフェ……ですか？」

「はい。アプラノス伯爵家から少し馬車を走らせたところに、新しくできたばかりのお店なのですけれど……ご存じありませんか？」

私の話を真顔で聞いているサマン様の様子からすると、恐らく知らないのだろう。

そしてカフェという目的地にも大して惹《ひ》かれていないように見えた。だがサマン様は男性だ。カフェのような店は男性よりも女性が好んで利用するということくらい、もちろん私もわかっている。

――でも今日は私の好きな場所へ行くという約束ですもの。

何より私は前回のデートで、絶対に女性が足を運ぶことのない鍛冶屋を訪れたのだ。今回は少しばかりサマン様に我慢してもらおう。

「申し訳ありません。どうも私はそういった流行りに疎《うと》くて……」

「男性ならばそういう方も多いのかもしれませんね。これまでにカフェに行かれたことは？」

「ありませんね。基本騎士団と屋敷の往復の日々ですので……」

行ったことはあるかと聞いてはみたものの、返ってきた答えは予想通りのものだ。

男らしく凛々《りり》しい騎士様であるサマン様をカフェに連れていこうというのは、少し敷居が高かっただろうか。先ほどまではあれほど強気でいたというのに、途端にそんな気弱な考えが頭をよぎった。

「もしどうしても別の場所が、ということでしたら別にそれでも構いませ……」

「いえ、大丈夫です。行きましょう」

しかしサマン様は私の言葉に被せるようにしてそう言ってくれたのだ。

「これも新しい世界を知る良いきっかけです」

「そうですか？　では……」

お言葉に甘えることとしよう。サマン様に向けてそっと頷《うなず》くと、彼は御者に目的地を伝えてから寛《くつろ》いだように背もたれに寄りかかった。

「前回のデートの後、ご両親と何かお話はされましたか？」

「……え？」

「アプラノス伯爵は、私とあなたの婚約には乗り気でないようだ」

怒っているような物言いではない。見れば少し困ったように笑いながら頬《ほお》を掻《か》いている。

父がこの婚約に乗り気でないということは、最初に縁談を断った時点で明らかだろう。

「デートはどうだったかと聞かれましたので、楽しかったとお伝えしましたわ。父は驚いているようでしたが……今は私の幸せが一番だと応援してくれています」

「そうでしたか……」

サマン様が少し嬉《うれ》しそうに見えるのは気のせいだろうか。初対面の時の気まずさが嘘《うそ》のように、馬車の中では穏やかな時間が流れていた。

街の中心にあるカフェはおしゃれな白塗りの壁の建物で、大勢の客でにぎわっている。ちらほらと女性同士の組み合わせも見受けられるが、ほとんどが男女の恋人同士と思われる二人組であろうか。

――私とサマン様も、はたから見れば恋人同士に見えるのかしら？

なんて、周囲からの視線が気になる私とは反対に、隣にいるサマン様は至って涼しい顔をしている。勝手にドキドキとしてしまった自分が恥ずかしくなり、その恥ずかしさを誤魔化《ごまか》すように慌てて彼に話しかけた。

「このお店の名物はシフォンケーキだと聞きました。甘さが控えめでとってもふわふわとしていて、お昼過ぎには売り切れてしまうこともあるのだとか」

「へえ、それはかなりの人気ですね。確かに店の混み具合からしても繁盛していそうだ。いつも男だらけの職場でどうもこういった店には疎いので、面白《おもしろ》いです」

サマン様はそう言いながら興味津々に店の中を見渡している。

騎士団長として顔の知られているサマン様に一目で気づいた店員の女性は、私たちを奥の個室へと案内してくれた。せっかくの雰囲気を味わうことができず少し残念な気もするが、おかげで周りを気にせずにゆっくりと過ごすことができそうだ。

「私はこのケーキと、温かい紅茶にしますわ。サマン様はいかがいたしますか？」

「ああ、私は……温かい紅茶だけでいいです」

「え……何も頼まないのですか？」

「はい」

「本当にお茶だけでよろしいのですか？　せっかくケーキが有名なお店ですのに？」

まさかの発言に、私はまじまじと正面に座るサマン様の顔を凝視してしまった。

先ほどシフォンケーキが一番人気の店だとあれほど話したというのに、紅茶しか頼まないとは……。

「はい。今日もこの後に鍛錬が控えていますし。最近少し身体が重くなったような気がするのです。そんな時に甘い物は大敵ですからね」

「……そう、ですか……」

甘い物を売りにしている店の中で、そしてこれからそのシフォンケーキを頼もうという女性の前で、『甘い物は大敵』などと言っていいのだろうか。せっかく人気のカフェを訪れたというのに、気分も台無しになりつつある。

――私の好きなものを知ってくださるはずの日なのに……。

今日くらい私に合わせてくれてもいいのでは、と思ってしまう私はわがままなのだろうか。

「あ、ソフィア嬢は私のことなどお気になさらずに！　食べたいものを頼んでください。もちろんお代は私が払いますので」

「……いえ、それには及びません。いくらかお金は持参しておりますし」

別にお代を気にしているわけではないのだ。一応これでも伯爵家の娘であるし、街中のカフェで好きなものを自由に食べるくらいのお金なら持っている。

そんな彼の的外れな気遣いに、私の心はますます重くなっていった。

「さあ、早く頼んでしまいましょう。こうしている時間がもったいない」

「そうですね……」

結局私はシフォンケーキと紅茶を、サマン様は私と同じ紅茶だけを頼むこととなった。だがあれ以降すっかり私の気分は下がり気味になってしまっている。

実を言うと、今朝までは今日のデートにかなり期待をしていたのだ。

なぜなら先日の鍛冶屋でのデートが想像以上に楽しかったから。

しかし先ほどの一連のやりとりですっかり冷え切った気持ちはすぐに戻りそうにはない。

「……嬢、ソフィア嬢？　いかがされました？　ご気分でも優れませんか？」

「あ、いえ……なんでもありませんわ。」

そんなことを考えてすっかり上の空となっていた私に、サマン様は心配げな表情を浮かべる。

——人が悪いわけではないというのが余計に厄介《やっかい》なのよね。

サマン様自身、恐らく全く悪気がないのだ。そういう性格ほど質《たち》が悪いと私は思っている。

彼自身が悪いと思っていないのだから、説明したところできっと理解してもらえないだろう。

「そういえば先日のデートの日は、父がかなり上機嫌でしたよ」

「……シード公爵様がですか？」

「ええ。私が無事にデートを終えて帰宅できたことに驚いていました」

「あの……いまいち意味がわからないのですが」

二十歳《はたち》をとうに過ぎた息子が、無事にデートから帰宅したことに驚き大喜びする父親などいるのだろうか。

「私はこれまで最初のデートを無事に終えたことがないのです」

「……はい？」

頭の中が真っ白になる。彼の言っている意味がわからない。

「たくさんの見合いをするよりも前に、何度かデートというものをしたことがあるのですが」

「それは今初めて聞きましたわ」

「すみません。言う必要はないかと思っていたので……。デートというほどのものかはわかりませんがね。ですが途中で相手の令嬢が愛想を尽かして帰ってしまったり、私の方が鍛錬に参加したくなり途中で切り上げてしまったりと、それらのデートは全《すべ》てうまくいきませんでした。だからデートなど時間の無駄だと思っていたのです」

「途中で、愛想を……？　鍛錬に、参加……？」

次から次にサマン様の口から発せられる言葉たちが全く理解できず、頭の中で疑問符だけが増えていく。

「はい。ですので、最後まで楽しく過ごして自然な形であのように終えることができたのは、初めての経験でして。父にもかなり驚かれました。お前もようやくか、と」

私の頭の中で嫌な予感がする。

「……まさかとは思いますけれど、その時のデートはどこで何をされたのですか？」

「先日の鍛冶屋で、あの時と同じように」

「はあっ……」

つい大きなため息が漏れてしまった。

「毎回同じ場所でデートされているのですか……」

「他《ほか》にいい場所が浮かばなかったもので。私のことを知ってほしいという理由もあったかもしれません」

だからあの時、店主のトミーさんが私を褒めるような発言をしたのか。あの日の記憶と今のサマン様の発言がしっかりと結びついた。

そんなことなどつゆ知らずに少し浮かれてしまっていた自分が恥ずかしい。

「……初デートで鍛冶屋に行かれる男性はきっと少ないと思いますので」

「ですが、あなたは楽しんでくれました」

「確かにあの時はそう思いましたけれど……」

「けれど？」

今思えばそれは間違いでした、なんてことは言えるはずもなく。

じっとこちらを見つめるサマン様の視線の追及から逃れるように、私は下を向く。ひたすらに重い空気が苦しくて、なんとも居心地が悪い。

「いえ、なんでもありませんわ」

するとその時、注文したものが運ばれてきた。気まずかった空気が少し和《やわ》らいでいくように感じる。

人気のシフォンケーキはそれは美味《おい》しそうで、湯気が立つ淹《い》れ立《た》ての紅茶はとても香り高い。

——せっかくカフェに来たのだから、堪能しなければ。

私は先ほどまでの雑念を追い払うように首を振ると、ケーキと紅茶に口をつけることにした。

「ん、美味しい……」

噂《うわさ》通りふわりと口の中でとろけるようなそのケーキは、疲れを一瞬にして吹き飛ばすほどの心地のいい甘さだ。

「そうですか。それはよかった」

サマン様は澄ました顔でニコリと微笑《ほほえ》むと、優雅な仕草で紅茶を飲んでいる。

二人でカフェにやってきてこうして向かい合いながらお茶を飲むというのは、確かにはたから見れば立派なデートだろう。だがしかし、私の中では未《いま》だにもやもやとした何かが燻《くすぶ》っていた。

——私だって、サマン様のために全く興味のない鍛冶屋に行ったわ。少しでもサマン様が好きなものを私も知ろうと思って、積極的にトミーさんに質問もしたのよ。

それに引き換えサマン様はどうだろう。私の好きな場所へ行くと言いつつも、自らの信念は一切曲げない様子。それならばデートをしても、これ以上互いのことを知ることなど不可能ではないのか？

「あの、お願いがあります」

「……なんでしょうか」

黙ってケーキを口に運んでいた私が急に顔を上げて話し出したからか、サマン様は一瞬肩を震わせてこちらを見つめる。

「サマン様も、そのケーキを一口だけでいいので食べてみてはくれませんか？」

「は？」

私はサマン様の返事よりも先にお店の女性に声をかけて、新しいカトラリーをもう一セット追加で頼んだ。そしてそれを受け取ると、サマン様に向けて差し出す。

「私だって、先日はあなたの好きなものを知ろうと努力したのです。今度はあなたの番ですわ」

「……ですが……」

「では、もう私たちはわかり合えないということでよろしいでしょうか？」

「いや！　食べる、食べます……」

婚約破棄をチラつかせた途端に、サマン様は焦《あせ》ったように私からフォークを受け取る。そしてケーキを一口分に切り分けて口へ運んだ。

「……確かに。美味しいですね」

「そうでしょう？」

「身体の疲れが取れるような、頭の中がぼやけていたのがスッキリとするような感じがします」

「無理を言ってしまい、申し訳ございませんでした。ですが私一人で食べるのはなんだか味気なかったもので」

「え……？」

「二人で一緒に食べた方が美味しくなりますわ。きっと夫婦とは、家族とは、そういうものなのでしょう？」

サマン様はまたもや私の言葉に瞬《まばた》きをして、何かを考えている様子。何か言ってはいけないことを口にしてしまっただろうか。そう思い恐る恐る彼の顔を見つめるが、その表情に怒りの色は見当たらない。

「あの、どうなさいました……？」

「ああ……すみません。確かに夫婦とはそうなのだろうなと、少し頭の中で想像していたのです。これまで結婚相手はただ家を繋《つな》ぐためのパートナーとしか考えていなかったもので。なんだか新鮮でした」

「そ、そうですか」

らしくないサマン様の答えに、私の方がしどろもどろになってしまった。

――考え方は違うけれど、きちんとお伝えすればわかり合えるのかも……。

私の中でそんな淡い期待が再び生まれる。

結局それから私たちは、一つのケーキを二人でつつき合うという貴族らしからぬマナーで、無事にケーキを食べ終えた。

「美味しかったですね。今日はありがとうございました」

「いいえ、こちらこそ。久しぶりにゆっくりとした時間を取れた気がします」

「それならよかったですわ。では帰りましょう……」

「あのっ……ソフィア嬢」

店の前で待たせていた帰りの馬車に乗り込もうとした私を、サマン様が慌てて呼び止めた。

その顔は少し緊張したような雰囲気を含んでおり、整った容姿と鍛えられたその身体が醸し出す威力は凄《すさ》まじい。私は思わずハッと息を止めそうになってしまった。

「っ……なんでしょうか？」

「もう少しだけ、お時間をいただけないでしょうか？」

「……え？」

「思っていたよりも時間が経《た》つのがあっという間でした。あなたにもしもまだ時間の余裕があるならば、ぜひもう少しだけご一緒させてください」

このカフェは実家の屋敷から比較的近場にあったため、まだ時間はお昼を少し過ぎたところ。

この後もう少しサマン様と一緒に過ごしたとしても、日が暮れる前には戻ることができるだろう。

「私は構いませんけれども……どこへ行きましょうか」

今日はてっきりカフェに寄ってそれでお終《しま》いだと思っていたので、この後の予定など何も考えていない。咄嗟《とっさ》のことで行き場所の候補が浮かばなかった。

「あなたの行きたいところへついていきます。今日はあなたのことを知る日ですので」

「ついていく……私のことを知る日……」

確かにそうではあるのだが、面と向かってそう言われると恥ずかしくなってしまう。なんだか先ほどから顔が熱いのは気のせいだろうか。

少しの間考え込んだ私の頭の中に、一つの選択肢が浮かび上がった。

――でもサマン様からしたら、全く面白くない場所かもしれないけれど……。

「……それならば」

「はい」

「図書館へ行きたいのですが……よろしいでしょうか？」

「と、図書館、ですか……」

「やはりお嫌ですか？」

彼は私の問いかけに対して首を勢いよく振って否定した。

「いえ……！　今日はあなたの行きたいところへ行く日ですから、図書館へ行きましょう！」

図書館と伝えた時のサマン様の表情といったら……。まさかその場所を指定されるとは思ってもいなかったのだろう。

彼の中では先ほどのカフェと同じように、デートの選択肢には含まれない場所なのだ。

だがどこへでもついていくと自分で言い出してしまった手前、今さら後に引けなくなっているに違いない。

まあ、今日くらいは我慢してもらおう。今日は私の行きたい場所へ行くデートなのだから。

「では……参りましょうか」

どことなく気まずげにサマン様が手を差し出してくれる。もう馬車は目の前で、エスコートなどせずとも一人で乗れるというのに……。

剣術のことしか考えていないように見えるけれど、実は心配りができて優《やさ》しいお方なのだ。

私は素直に彼の優しさに甘えることにする。そっと差し出された大きな手の上に自らの手を重ねると、さりげなく握り締められた。

きっとサマン様は無意識なのかもしれない。その表情はいつもとなんら変わりないように見える。

しかし一方の私はというと、たったそれだけの行為で胸の鼓動が速くなってしまった。

恋愛初心者の私にとって、サマン様とのあれこれはいきなり刺激が強すぎるのだ。

それと同時に、さらりとそんなことをやってのける彼に対して、なんだか面白くない感情が湧《わ》き上がる。

サマン様は婚約者が見つからないだけであって、私のように恋人に不自由していたわけではない。

それは当たり前にわかりきったことだろう。

なぜならば彼は見目麗《うるわ》しい公爵令息でおまけに騎士団長という、上に立つ者はいないほどの経歴の持ち主なのだから。

かたや冴《さ》えない伯爵令嬢の私とは、もはや比べ物になるはずがないのだ。

「ソフィア嬢」

「……はあ……」

「ソフィア嬢！」

「へっ、あ、ああ！　失礼いたしました」

馬車へ乗り込んだ私は、もやもやとしたどす黒い感情を持て余していた。気分転換にと窓の外の景色を眺めて気を紛らわせようとするが、全く効果は見られない。

――好きな本でも読めば、気持ちも晴れるかしら。

「どうしたのですか。先ほどからずっと窓の外を眺めては、ため息ばかり……。やはり無理に引き留めてしまったのがいけませんでしたか？」

「いえっ！　そのようなことはありませんわ……」

決してそのような理由ではないのだ。ただ自分に自信がないだけ。

そしてサマン様との分不相応な関係の未来に不安が募っているというのが正しい答えだろう。

しかしそのような理由を今目の前にいる彼に伝えることはどうしてもできなかった。せっかくのデートに水を差すような真似《まね》はしたくない。

私はなんとか黒い感情を心の中から追いやると、なんでもないかのように微笑む。そんな私を見て彼は腑《ふ》に落ちないような表情を浮かべながらも、それ以上深く尋ねてくることはなかった。

王立図書館は馬車を三十分ほど走らせたところに位置しており、今日はいつもよりも人が少ないようだ。ただでさえ目立つサマン様と並び歩いている私にとってはちょうどいい。

「久しぶりに来ましたわ。最近色々と忙しかったもので」

まさかの婚約騒ぎで、最近身の回りがドタバタと落ち着かなかったのだ。

普段ならばゆっくりとこの図書館で本を閲覧して、興味を持った本は申請をして屋敷に持ち帰り、読書に耽《ふけ》るのが私の何よりの楽しみなのである。

だがここしばらくは読書をしたいと思えるほどの気持ちの余裕もなかった。

サマン様と過ごすことに少しだけ慣れたことで、図書館に行きたいという欲求が再び芽生え始めたのだろう。

「私はここへ来るのは二度目になります」

「あら、以前にもいらしたことが？」

これは意外だった。剣術命のサマン様が図書館を訪れている姿が想像もつかない。

「ええ、新しい武器の取り扱いについて記された参考書があると聞いたもので。とても興味深い内容でしたので、買い取って屋敷へと持ち帰りました」

「……ああ、そういうことですの」

確かに初めて顔を合わせたあの日に、読書といえば剣術の参考書であると話していたではないか。

何度思い返しても剣術の参考書が読書のうちに入るのかは謎であるが……。

「それで、ソフィア嬢はいつも図書館で何をされているのですか？」

「決まっているではありませんか、もちろん読書ですわ」

図書館へ来て読書以外にやることなどないだろう。思わず呆《あき》れたような視線を送ってしまう。

「こ、ここで読書を？」

「もちろんです。時間がない日は気になった本をお借りして、屋敷へと持って帰って読む日もありますけれども。ああ、ほらあそこです。あの場所は貴族専用になっていて、厳重な警護が入り口に付けられているのです。周りの目を気にすることなく、安心して本を読めますわよ」

「なるほど……知りませんでした」

まるで場違いなところへ来てしまったとでもいうようなサマン様の表情に、つい笑ってしまいそうになる。彼は本当に読書とは無縁の生活をこれまで送ってきたのだろう。

それに、彼の実家は高位貴族だ。わざわざ図書館などに足を運ばずとも、欲しい本があれば買えばいいだけの話。

本はとても高価なものなので、とてもではないがアプラノス伯爵家では頻繁に購入することなどできない。少しだけサマン様の境遇を羨《うらや》ましく感じてしまった。

一方のサマン様はよほど図書館の様子が目新しいのか、私よりもかなり遅れてこちらへ向かってくる。きょろきょろとあたりを見回しながら図書館の中を歩く彼の姿が新鮮で微笑ましい。

「ご自分のお好きな本を探しにいってきても大丈夫ですよ。奥の方に参考書がまとめて並んでいますわ。きっと剣術や武具の参考書も、ここなら豊富に揃《そろ》っているはずです」

私が好んで読む本は恋愛小説などの創作物が多く、恐らくサマン様にとっては退屈だろう。

無理を言って図書館へとついてきてもらったというのに、これ以上付き合わせるのはさすがに忍びない。お互い好きな本を探すなどして過ごし、時間を決めて待ち合わせればいいと思っていたのだが。

「いいえ。それではせっかくのデートの意味がありませんよね？　大丈夫ですよ。あなたが読書をしている間、隣に座っておりますので」

「……ええっ？　……いや、その……」

「気にせず好きなようにして構いません」

私は決して遠慮しているわけではない。それでは本に集中できるはずがないのだ。

だがしかし正面のサマン様は有無を言わさぬ表情である。普段あまり読書をしない相手にこの理由を伝えたところで理解は得られないだろう。

私は渋々彼の申し出を受け入れることにした。


大量の蔵書の中から、いくつか私の好みに合いそうな小説を探して手に取る。いつも自分一人では届かずに諦めていたような高い場所にある本も、今日はサマン様が取ってくれた。

「席まで私が持っていきます」

「ですが……」

「いつも一人でこれを？　あなたには重すぎる、心配だな」

そう言って軽々と片手で本を持ったサマン様は、先ほどの貴族専用の場所まで歩みを進める。

その後ろ姿が頼もしい。たったそれだけのことで胸の鼓動が速くなりそうだ。

――単純すぎて自分で自分が恥ずかしいわ。

彼は紳士として当然のことをしているまでのこと。別に私だけにこうした態度を取っているわけではないというのに。

やがて人気《ひとけ》のない一番端のソファ席を見つけたサマン様は、机の上に持っていた本を静かに置いた。

「ありがとうございます。助かりましたわ」

「大したことではありませんから」

並び合うようにして腰掛けると、彼はゆっくりと頬杖《ほおづえ》をつき、私の方を眺めている。

これはいつでも読書を開始してもいいという合図なのだろう。なんとも気まずくて集中できる気がしないが、目の前に置かれた本の山から一冊を手に取った。

以前から一度読んでみたいと思っていた恋愛物の小説で、身分違いの恋に苦しむ男女に焦点が当てられた物語であると聞いている。

――身分違いの恋、ね……。

先ほどまで胸を支配していた靄《もや》のようなものが再び現れそうになり、慌ててそれを追い出そうと本に集中した。

どれほどそうして本に熱中していただろうか。これまで無言でこちらを見つめていたサマン様が、唐突に口を開く。

「なるほど。ソフィア嬢は恋愛小説がお好きなのですね」

「はい。登場人物たちの気持ちが細やかに表現されていて、つい感情移入してしまいますの。あまりに夢中になった時は涙を流してしまうこともあるのです」

「涙を？」

「はい、まるで自分がその物語の主人公になったように感じてしまうのです」

「ただの本にそれほど思いを馳《は》せることができるというのは、なんとも羨ましいことです」

――ただの、本……？

なんだか嫌味のように聞こえるのは気のせいだろうか。サマン様はこう続ける。

「しかし恋愛小説とは、読み終えた後に何か学ぶものはあるのですか？」

「学ぶもの？」

「ええ。知識や教養ですとか、そんなあたりでしょうか」

何を言い出すのかと思えば。私は趣味の一環で読書を楽しんでいるのであって、決して勉強するために図書館へ来ているわけではない。この時間が安らぎなのだ。

なぜ安らぎの時間で知識や教養を身に付けなければならないのか。

そんな苛立《いらだ》ちが芽生えるが、このようなところで言い合いになどなりたくはない。私は努めて冷静に考えを伝えた。

「私は知識を得るために恋愛小説を読んでいるわけではありません。一瞬でも現実から離れられるような、そんな非現実な世界を味わうことができるところが読書の魅力なのです」

「なるほど……世の女性たちが恋愛小説にのめり込むのはそういうわけがあるのですね」

――ああ、うるさい。さっきから全く集中できないじゃないの。

やはり嫌味にしか聞こえないサマン様の問いかけに応《こた》えるのがいつしか面倒になった私は、適当に相槌《あいづち》だけを打ちながら本を読み進めていく。

せっかくいいところなのだ。気分が盛り上がりかけたところを、その都度サマン様によって突き落とされるという流れを繰り返すたびに、うんざりしそうになっている。

「それにしても、先ほどからずっと同じ姿勢で肩が凝りませんか？　私はこれほど椅子《いす》に長く座っていることなど滅多にないので、既に腰が痛くなりかけています」

「いえ……まだ一時間も経っていませんし、普段はもっと長い時間読書をしておりますので」

「一時間も!?　そうですか……なんだか身体が鈍《なま》ってしまいますね。この時間があれば普段私は何回剣の素振りをしているだろうか」

プチン……と何かが私の頭の中で切れたような、そんな音がする。

気づけば私は読みかけの本をバンと勢いよく閉じると、サマン様の方を向いてまっすぐ睨《にら》みつけていた。突然のそんな私の行動に、彼はぎょっとしたように身体を揺らす。

「そ、ソフィア嬢……どうし」

「お帰りください」

自分でもびっくりするほど低く、冷たい声が出た。

「え？」

「サマン様にとっては、図書館などつまらない場所でしょう？　元はと言えば本にあまり興味のないあなたをお連れした私が間違っておりました」

「い、いや……そのような」

「先ほどからお話しばかりで全く本に集中もできませんし。どうせ暇な時間だな、無駄な時間だなと思っておられるのでしょう⁉」

「そこまでは言ってな……」

「この時間があれば何度剣を振れるかと、先ほどおっしゃっていたではありませんか！　ならばお帰りください、さようなら。帰りはアプラノス伯爵家から迎えを呼びますので、どうぞお気になさらず先にお帰りくださいませ！」

柄にもなく捲《まく》し立てるようにしてそう告げた私は、はあ、はあ、と呼吸を落ち着かせる。大声は御《ご》法度《はっと》の図書館で、このようなはしたない真似をしてしまったことで自己嫌悪に陥りそうだ。

一方のサマン様は、初めて怒鳴るような大声を上げた私の様子を見て、呆気《あっけ》に取られてしまったようで言葉を失っている。

もう彼のことなど忘れようと、私は先ほど閉じた読みかけの本へと手を伸ばして再び読み始めた。

時々チラと隣に座るサマン様の方へ目を向けるが、その表情まではわからない。

しばらくの間そうして本のページを捲《めく》ってはいたものの、やはりなかなか物語の世界に入り込むほどに集中することができなかった。どうしても隣のサマン様の存在が気になってしまうのだ。

――どうしてお帰りにならないのかしら。

彼は読書をしているわけでもなく、ただ座っているだけだ。

伯爵令嬢の私ごときに、帰れと命じられたことが癪《しゃく》に障《さわ》ったのだろうか？　言われるがままに図書館を去るのは、彼のプライドに関わるのかもしれない。

……それならば、私が先に帰ろう。ここで相手の反応を気にしながらの読書など全く楽しくもないし、はっきり言ってそれこそ時間の無駄だ。そして帰ったらはっきりと伝えよう。サマン様と結婚することは難しいと。

私はそんな覚悟を胸に決めると彼の方に顔を向け、気持ちを落ち着かせるために深呼吸をしてから口を開く。

「サマン様がお帰りにならないのなら、私が先に帰りますわね。迎えを呼んでもらうように頼んできます」

俯いたままのサマン様の表情に怒りの色は見て取れないが、彼は何も言葉を発しようとはしない。

私は本を机の上に置いてソファから立ち上がると、本の束を両手で抱える。

あたりを見渡すが、貴族専用のスペースを使用している者は数人程度で、皆私たちからは離れたところにいた。

――ああ、ここが貴族専用の場所でよかったわ。今日なら人も少ないし、図書館で大声を出してしまったけれど恐らく誰《だれ》にも聞かれてはいないでしょう。

そのままサマン様に背を向けて、図書館の受付へと向かおうとしたその時。

「待って！　待ってください！」

背後から縋《すが》るような声で呼び止められる。だが私はその声に気づかぬふりをして、足を止めることはしない。

もうくだらない価値観の相違で言い合うのはうんざりだ。無理にその相違を摺《す》り合《あ》わせていこうとしたのが間違いであった。もはやそんな気力は残ってはいないし、あのカフェの時点でそのことに気づくべきであったというのに……。

「申し訳ありません……私としたことが」

「謝る必要はありません。元々こうなるであろうことはお互い承知の上でした。今日の件でそのことがよくわかったはずです」

彼の方を振り返ることなく、そう告げる。

私たちはうまくいきっこない。その事実をサマン様も痛感したはずだ。

すると彼は勢いよく立ち上がり、私の正面へと体を割り入れてきた。突然ぶつかる視線に思わずたじろいでしまう。

「今回の件は全て私の責任です。今日はソフィア嬢の望むことになんでも付き合うと約束したというのに。不甲斐《ふがい》ない男で面目ない」

そう告げた途端、深く頭を下げられる。公爵令息ともあろう方が、またも私ごときに頭を下げているという光景が信じられない。

「ちょ、ちょっと……おやめください。頭を上げてくださいませ。誰かに見られでもしたら……」

サマン様の……あるいはシード公爵家や騎士団の威信に関わってくるだろう。

「こうでもしないと誠意が伝わらないと思いまして……。私は口がうまくはない。あなたに誤解を与えてしまうのが怖いのです」

苦し気な顔で呟《つぶや》くようにそうこぼしたサマン様は、そっと私が抱えていた本の束を受け取った。

ずっしりと感じていた重みが急速に失われ、腕が軽くなる。

「腕を痛めたりしては大変だ。このような重いものを持つ時は私を頼ってください。お願いです」

「サマン様……」

先ほどまで感じていた苛立ちが、少しずつ消化されていくのを感じた。

「本当に、先ほどの発言の数々をお許しください……」

「いえ……私も、貴族の娘らしからぬ大声を出してしまい申し訳ございません」

「ソフィア嬢……」

彼は私の言葉に少しほっとしたような表情を浮かべたが、すぐにまた真剣な面持ちで俯いてしまう。なんと声をかければいいのかわからずにサマン様が話し出すのを待ってみるが、一向にその時は訪れない。

「…………」

「…………」

どちらもそれ以上口を開く気配はなく、私たちの間にはただただ気まずい時間が流れていく。その空気を断ち切りたくて、私は再びサマン様に帰宅を促した。

「ですが先ほどの言葉は本心です。お忙しいでしょうし、無理にこちらに引き留めるわけにもいきませんので……どうか、お帰りください」

「……」

しかしサマン様はなかなか私の促しに応えようとはしてくれない。真っ赤な瞳を戸惑いがちに左右に揺らして私の方を見つめている。

「あの、サマン様……？」

痺《しび》れを切らしてそう尋ねれば、ようやく覚悟を決めたように小声で問いかけられた。

「あなたが帰るまでここにいると言ったら、あなたに迷惑がかかるでしょうか？」

「え……？　ですが、きっとサマン様には退屈に感じられると思います」

「私もあなたの隣に腰掛けて、別の本を読むことにします」

「別の本……」

「と言っても、何の本が私に向いているのか見当もつきませんが」

そう言いながら困ったような笑みを浮かべて頭を掻くサマン様。その姿に普段の騎士団長としての威厳などどこにもなく、小動物のように見えるのは気のせいだろうか。

いくら読書に疎いとはいえ、彼はシード公爵令息である。それなりの知識や教養を身に付けているはずであり、ならば小説だって難なく読み進めることができるはずなのだ。

「それでしたら……少しそこでお待ちくださいませ」

「どこへ……？　一人では危険です」

「大丈夫ですわ。護衛がおりますから。すぐに戻りますので、その本は机の上に置いて座っていてください」

それだけ伝えると彼の元を離れ、大量の書物が並ぶ棚の方へと足を進める。何度も足繁く通っている図書館のどこに何の本が置いてあるのか、なんとなくは理解しているつもりだ。

私は戦争や政治などを題材にした小説が置いてある場所で足を止める。そして一冊の本を手に取ると再びサマン様の元へ戻り、その隣のソファへと腰掛けた。

そっと彼の前へその本を差し出せば、食い入るように表紙を眺めている。

「これなら、サマン様でも楽しめるかと思うのです」

「これは……『ガルシア戦国記』？」

サマン様は私が手渡した書物の表紙に書かれた題名を読み上げる。

「はい。対立する二国の戦争と、それぞれの国に生まれた男女の恋物語について書かれたお話ですわ。とても面白いと評判のお話なので私も何度か読んでみようと思ったのですが、戦争に関しての記述が私には難しくて、未だに読めずじまいなのです。ですがサマン様なら戦争についてお詳しいと思いますし、ちょうどいいかと」

「なるほど……そのような本があるのですね。初めて知りました。とても興味深い、ぜひ読んでみたいです」

「では一緒に読書に励みましょう」

こうして私たちは二人並んで座り、各々の本を読み耽った。

先ほどのように、サマン様が話しかけてくることもなかった。

そうしてどれほどの時間が経ったであろうか。ふと気がつき窓の外を見れば、少し日が沈みかけているように見える。

「あら、もう夕方なのですね。そろそろ家に戻らなければ……」

隣に座るサマン様を見れば、彼は私が選んだ本を読み耽っている様子。その縮こまった姿と真剣な面持《おもも》ちが、あまりにいつもとかけ離れていて思わず笑ってしまった。

「サマン様。もう時間ですわ、そろそろ……」

しかし彼からの返答はない。私の声など耳には入らぬほど、『ガルシア戦国記』の世界に入り込んでいるに違いない。

それほどまでに集中している彼を中断させてしまうのは気が引けるような気もするが、仕方なかった。これ以上帰りが遅くなることは伯爵令嬢としてあるまじきことであり、逆にサマン様の印象が悪くなってしまう。

「サマン様、もう夕方になりますわ。そろそろ帰りましょう?」

二度目の私の声掛けでようやく本から目を離したサマン様は、その言葉に驚いたように目を見開いた。

「なんと、もうそれほどの時間が……? 驚いたな、読書とはこれほど時が過ぎるのを早く感じてしまうものなのですね」

「『ガルシア戦国記』は楽しんでいただけましたか?」

「ええ、とても面白かったです。次は下巻を必ず読もうと思います」

――今、次って言ったかしら? サマン様はまた図書館へ来てくださるのね。

何気なく告げられた『次』という言葉が、私たちの関係が今日で終わりにはならないのだということを教えてくれる。つい先ほどまではあれほど彼に対して苛立ちを感じていたはずが、またこうしてデートできることを嬉しく思う自分がいた。その事実につい動揺して声が震えてしまう。

「そ、それはよかったですわ。今度私にもお話の内容を教えてくださいませ。文字では難しくとも、人伝えならなんとかなるかもしれません」

「今度……」

「え、あっ……だめでしたか?」

「いや！　だめではありません。ぜひ喜んでお話しします。話を忘れてしまう前に、またすぐお会いしましょう」

またそんな何気ない一言に、顔が熱くなり薄《うっす》ら赤くなっていくのを感じる。パタパタと顔を扇《あお》いで熱を冷ましたい気持ちを必死に抑えながら、私は笑って頷いた。

「それで、次のデートなのですが……」

順番から行くと、次はサマン様が行き先を決める番である。

また鍛冶屋かはたまた武器屋か、とそんな勝手な想像を頭の中で繰り広げていたのだが、彼の口から飛び出した言葉は予想外のものであった。

「私が騎士団長を務めている騎士団の訓練所へ行こうと思っています」

「訓練所……？」

以前一度だけ父に連れられて見学に行ったことのあるその場所は、騎士団に所属する騎士たちが剣術の稽古をしたり武器の扱いを学んだりする、この国の要塞の要のようなところである。

とてもではないが男女の逢瀬《おうせ》に使われるような場所ではないことは確かだ。

「ですがそのような場所で一体何を……」

「あなたを部下たちに紹介したいのです」

「私を……？」

「はい。私の婚約者として……迷惑でしょうか？」

「迷惑なんて……ただ驚いているだけですわ。その、私たちは一応仮初《かりそめ》の婚約者なのでは……？」

下手《へた》に周りとの繋がりが深くなってしまうと、もしも婚約を破棄した時に面倒なことになりかねない。

「そのことなのですが……」

するとと突然サマン様の表情が暗くなり、真剣なものへと変わった。そして言おうか言うまいかしばらく迷った後にこう告げたのだ。

「私はあなたとの結婚を前向きに考えていきたいのです。ですから、この婚約を仮初のまま終わらせるつもりはありません」

少しだけ目元を赤らめながらハッキリとそう告げたサマン様は、言い終えた途端にホッとしたような表情で笑いかけてきた。

ハッと息が止まりそうになり、私たちの周りだけ時間が止まってしまったかのような錯覚に陥る。隣に座るサマン様との距離の近さに、今さらながら緊張で身体に力が入った。

彼の言葉は本当に嬉しかった。それは間違いのない事実である。

しかし、その申し出を素直に受け取ることのできない自分がいることも確かなのだ。

「もしもあなたが私のことをどうしても受け入れられないというのならば……大人《おとな》しく身を引きます。ですがそうでないのならば……」

「受け入れられないなど、そのようなことはありませんわ……」

「っ！　では」

「ですが私には、以前サマン様がおっしゃっていたように剣を持って共に戦うような真似はできません。それではあなたが求める理想の妻とはかけ離れてしまいます」

サマン様とデートを重ねるにつれて、彼の人となりがわかるようになってきた。

これまで剣術しかしてこなかったであろう彼はかなりの曲者《くせもの》ではあるが、その根はとても優しく男らしい。

あまりに素直に物事を伝えてしまうので誤解を招くことが多いが、その言葉の裏に悪意は一切ないということも今日のデートを通してわかった。

少しずつ、初対面の時に感じた最悪な印象が改善しつつあるのを感じている。だがやはりあの時彼が発した言葉が、どうしても私の中で引っかかってしまうのだ。

「……あの発言を、今は一旦忘れてはもらえませんか。私はそのような条件を抜きにして、もっとあなたのことを知りたいと思っているのです」

「ですが……」

そのような都合のいいことが可能なのだろうか。

これから先本気でサマン様のことを愛してしまったら……そして婚約が破棄されるような結果になってしまったならば。きっと私は深く傷つき、二度と結婚など考えることができないかもしれない。

「この通りです。お願いします」

サマン様がこうして私に頭を下げるのは、仮初の婚約を打診されたあの日以来三度目だろうか。

少しずつ私の中で膨らみ始めた彼への気持ち。彼の存在が大きくなるにつれて、今さら一人の生活には戻れないかもしれないとも感じ始めていた。

それならば、このまっすぐな思いに応えてみてもいいのかもしれない、そんなふうに思い始めている自分に驚く。

そして……。

「わかりました。こちらこそ、至らぬところばかりではありますが……よろしくお願いします」

「よかった、断られてしまったらどうしようかと……」

私の返事にサマン様は安堵《あんど》の表情を浮かべた。

「サマン様もそのように緊張することがあるのですね」

「それはもちろん……剣術のことであれば大丈夫ですが、あなたのこととなると……いや、なんでもありません。忘れてください」

「今度こそ帰りましょうか。先ほどより日が落ちてきていますわ」

サマン様と二人並んで図書館を後にする。

するといつのまにかそっと手を繋がれたことに気づいた。ぎこちなく私の手を握る大きな手は、とても温かくて気持ちが落ち着く。どうしようもなく放したくなくなってしまい、はしたないと思いつつも私の方からも力を込めて握り返した。

ハッとしたようにこちらを向くサマン様に、一瞬だけ微笑み返す。すると彼も同じように微笑み返してくれたのだ。

帰りの馬車の中ではあまり言葉を交わすことはなかったが、ただ同じ空間にいるだけで特別な時間に感じてしまう。

——帰りたくない。

今日は前回よりも長い時間行動を共にしていたからだろうか。

別れが名残惜しく、どうしようもなく寂しい。いっそのことこのまま時間が止まってくれればいいのに……。私は今この瞬間を忘れぬように噛《か》み締めた。きっと正面に座るサマン様も同じだったのかもしれない。

こうして私と彼は仮初の婚約を終えて、本当の意味での婚約を結ぶことになったのである。

「お嬢様、シード公爵令息様とはうまくいっているようですね。私は嬉しいですわ」

その晩湯浴みを済ませた私は、いつものようにナンシーに髪を梳《と》かしてもらいながら今日の出来事を話していた。結婚に縁遠かった私が無事にデートをこなしている様子に、ナンシーは一安心しているようだ。

「あれほど乗り気でなかったお嬢様をここまで変えてしまわれるなんて、シード公爵令息様はなかなかのやり手でございますね」

「私、そんなに変わったかしら？」

「ええ、変わりましたとも。もちろんいい意味で、です。私としては一刻も早いご結婚をお待ちしております」

結婚という言葉が頭の中に響く。

サマン様と結婚するということは、シード公爵令息夫人となるということなのだ。途端に現実がどっと押し寄せてきたような気がした。

「……さすがにそれは気が早すぎると思うの。まだ数回しかお会いしたことはないし」

「回数など、本当に惹かれ合う者同士ならば関係ないと思いますよ」

ナンシーはそう言い残して部屋を出ていった。

残された私は寝台に横たわると、先ほどのサマン様との会話を思い出す。

『シード公爵家に……ですか？』

『はい。こうしてあなたと順調に関係を育《はぐく》んでいることを、父も何より喜んでおりまして。ぜひもう一度あなたとお会いしたいと言っているのです。もしソフィア嬢が嫌でなければ、都合が合う日にぜひ我が屋敷へお招きいたします』

『ありがとうございます。そう言っていただけると、嬉しいですわ。ぜひお邪魔させてくださいませ』

『次のデートの時にまた詳しい日時を決めましょう。お会いできるのが楽しみです』

サマン様の口からデートという言葉が自然に出るようになったことが嬉しい。

それと同時に、いつしか私の中でサマン様という存在が大きくなりつつあることに戸惑いを隠せない。もはやこれまで彼の存在なしにどうやって生活を送っていたのかわからないほどである。

次のデートはどこへ行くのか、サマン様はどんな行き先を用意してくれるのか。無意識のうちにそんなことを考える日々は胸が高鳴り、生活に彩りが加わったようだ。

これが恋というものなのだろうか？

これまで誰かを好きになったことのない私は、果たして恋というものがどのようなものなのかがわからない。だがサマン様を一人の異性として意識していることは間違いようのない事実だ。

——サマン様も、同じように私のことを思ってくださっているのかしら……。

「今日のサマン様は、なんだかいつもと雰囲気《ふんいき》が違いますね」

数日後、我がアプラノス伯爵邸に馬車で迎えに来たサマン様は、真っ白な騎士の制服に身を包んでいた。

彼の艶《つや》めく黒髪と輝かんばかりの赤い瞳《ひとみ》がよく映えるその制服姿に、私は思わず嘆息してしまう。

これは世の貴族令嬢たちが虜《とりこ》になるというのもわかる気がした。

「今日は訓練所からそのままこちらへ来たもので……申し訳ありません。着替えてきた方がいいですか？」

「いえっ！　そのようなつもりで言ったわけではないのです。そのお姿を見るのは初めてでしたから……とてもお似合いだなと思いまして」

最後の方は呟《つぶや》くような小声になってしまった。段々と顔が熱く赤くなっていくのがわかり、恥ずかしくてつい下を向いてしまう。

「……ありがとうございます」

そう礼を言うサマン様の声色が何だかいつもと違うような気がして、そっとその表情を窺《うかが》えば彼も顔を赤らめていた。お互いに気まずくなってしまい沈黙が走るが、その沈黙を破るようにサマン様は私に手を差し伸べる。

「訓練所まではすぐです。さあ、行きましょう」

「楽しみですわ」

馬車の中でサマン様は、自らが団長を務める騎士団のことについて話をしてくれた。

代々騎士団長を務めているシード公爵家の背負う重責は、我が実家のアプラノス伯爵家とは比にならないということを改めて実感させられる。

「皆あなたに会えるのを楽しみにしています」

「まあ、皆さんご存じなのですか？」

これは意外であった。てっきりサマン様の口から婚約の事実が語られていることはないと思っていたからだ。そのため今日突然訪問することで、騎士の方々を驚かせてしまうのではないかということが心配だったのだ。

「ええ、私の態度ですぐにばれてしまいました。あれほど剣術の訓練しかしていなかった私が、定期的に休暇を取るようになったのですから。初めは皆に怪しまれましたよ。本当に相手の令嬢は私でいいのかと」

「そのような」

「それが本当なのですよ。あいつらには私の剣術馬鹿《ばか》っぷりが知れ渡っていますからね。男しかいないので乱暴なところも多いですが、根はいいやつらばかりです。元はと言えば貴族の息子がほとんどですから」

「サマン様がいつもどのようなところでお仕事をされているのか、私もとても楽しみですわ」

サマン様の話していた通り、訓練所までの道のりはあっという間であった。

それは単に距離だけの話ではなく、以前よりも私たちの間に会話が生まれるようになったからなのかもしれない。

当初は何を話せばいいのかわからず必死に話題を探していたのだが、今では次から次へと自然に話したいことが出てくるのだ。一つ一つはたわいもない話なのだが、ただ普通に話をしているだけで楽しく、あっという間に時間が過ぎてしまう。

今日も訓練所へ到着してしまったのが少し残念に感じられるほどなのだが、さすがにその気持ちは抑えて馬車を降りた。

訓練所を見渡せば、そこは私の中に残っていたかすかな記憶よりも想像以上に広い。

「あれ、団長！　団長じゃないですか！　やっと戻ってきたんですね」

「そちらは婚約者様でしょうか？」

早速馬車から降りた私たち二人を目ざとく見つけた団員たちが、わらわらと寄ってくる。口調は随分と打ち解けた様子だがよく見れば皆整った身なりをしており、高貴な家柄の子息であることは一目瞭然だ。

「こら、お前ら失礼だぞ。まず挨拶《あいさつ》をしろ、挨拶を」

そんな彼らに注意をするサマン様の口調は、いつも私に向けられる丁寧《ていねい》な物言いとは違って新鮮だ。

「すみませんサマン様。初めまして、私はグラン侯爵家のコリンと申します」

「私はミュリー伯爵家のジェスパーと申します」

とまあこんな感じで、次から次に挨拶と自己紹介が飛び交っていく。以前舞踏会で見かけたことのある顔もちらほらと存在しており、私は面々に向けて挨拶を返した。

「舞踏会でお会いしたことがある方もいらっしゃるかもしれませんが……ソフィア・アプラノスと申します。アプラノス伯爵の娘ですわ。以後お見知り置きを……」

「ソフィア嬢、私の婚約者であるという一言が抜けていますよ」

「ああ、そうでしたわね……って、ええ!?」

驚いてサマン様の方を見上げれば、彼は至って真面目《まじめ》な顔をしている。むしろ少し怒っているようにも見えた。まさか彼の口からそんな言葉が飛び出すとは思ってもみなかった私は、そこから言葉が続かない。

「サマン様がそんなことを言うなんて……。やはり噂《うわさ》は本当だったのですね」

「……噂？」

一人の騎士がぽつりと呟いた言葉を私は思わず聞き返してしまう。

「はい、サマン様がついに運命のお相手を見つけられて、その方にぞっこんになっているという噂です。最近の訓練の間はその話題で持ちきりなのです」

「そ、そのような噂が……」

——運命の相手、その人にぞっこん……これは私のこと……よね？

不謹慎にも少し嬉《うれ》しくなってしまう私。一方のサマン様はというと、顔を真っ赤にしてわなわなと震えていた。

「お前たち、真面目に訓練をしていると思っていたらそんなことを……」

「あっやべ！　申し訳ありませんサマン様！」

だが騎士たちの表情に悪びれる様子はない。恐らく団長とその部下という関係はあれど、お互いに信頼関係を築くことができているのだろう。

「許せん、気の緩みは命を奪いかねないのだぞ。罰として今から剣の素振りを一時間だ！　私が見てやろう」

「いやいや、無理ですよ……！　今さっき訓練を終えたばかりです！」

「何を甘えたことを……ほらさっさと行け！」

かなり迫力のある大声で急《せ》き立《た》てられた彼らは、大慌てで自分たちの持ち場へと戻っていく。そんな様子を一瞥《いちべつ》したサマン様は、今度は私に向かってこう告げた。

「申し訳ないです、見苦しいものをお見せしました」

「いいえ。お気になさらず。それにしても、皆さん仲がよろしいのですね。驚きましたわ、もっと殺伐としているのかと……」

和気藹々《あいあい》とした騎士団の雰囲気は、これまでに私が持っていたイメージを大きく覆した。

するとサマン様は白い歯を見せながらニカッと笑った。

「楽しくなければ、訓練に身も入らないでしょう。締めるところは締めますが、緩めることも大切です」

「すばらしい教えですわ」

「それが私のモットーですので。父が騎士団長の頃《ころ》はかなり厳しくて、皆苦労しました」

彼らがなんだかんだと言いつつも、騎士団長であるサマン様を立てている様子が見て取れる。サマン様のことを彼らも信用しているのだ。

「すみません、少しあいつらを見てきてもよろしいでしょうか？　鍛錬に身が入っていないように見える。すぐに戻りますので」

こんな時にまでそんなことを気にするところは、相変わらずといったところか。

以前の私ならばそんな彼に対して不満を感じていたかもしれない。しかし今では特に何とも思わなくなってしまったのだから、不思議なものである。

「どうぞ、行ってきてくださいませ。そこにあるベンチにでも腰掛けて皆さんの訓練を見ていますわ」

「戻ったら敷地の中を案内します」

サマン様は颯爽《さっそう》と彼らの後を追っていった。その後ろ姿はまるで大きな子どものようだ。

私はその後ろ姿を微笑《ほほえ》ましく見送ると、広い屋外練習場の隅の方に置かれたベンチへと足を進める。

すると、その時であった。


「あなたがサマン様の婚約者ですの？」

突然背後から声をかけられ驚いて振り向けば、そこには輝くばかりの白銀の髪を持つ気の強そうな女性がいた。目はくっきりと大きく唇は真っ赤で、とても美しい女性だと女の私から見ても惚《ほ》れ惚《ぼ》れしてしまう。

「黙っていないで、何か言ったらどうですか？」

女性の美しさにぼうっと見惚《みと》れていた私は、怒りを含んだ問いかけでハッと意識を取り戻した。どうやら彼女は私に対していい気持ちを抱いていないらしい。

「あっ……はい、おっしゃる通りですわ。ソフィア・アプラノスと申します」

「やはりそうなのね。アプラノス伯爵令嬢ごときが……あのサマン様と婚約だなんて」

この女性が私に敵意を抱いていることが確実にわかった。剥《む》き出《だ》しの怒りが突き刺さるようにして迫り来る。しかしなぜ見ず知らずの女性からそこまで敵対視されているのか、原因がさっぱり思い浮かばない。

「こんなことなら、あの時婚約をお受けするべきでしたわ。婚約を結んでからでも仲を深めるには遅くなかったはず。サマン様の方からぜひにとおっしゃっていただいていたのに」

「え……？」

目の前の女性から発せられた言葉の意味がわからず、なんと言えばいいのかわからない。

「まさか、ご自分がサマン様に請われて婚約を結んだと思っているのですか？　それならばとんだ勘違いよ」

そんなことは初耳だ。実際サマン様の方から頭を下げられて婚約を頼み込まれたという経緯があるのだが、それに関してはどのように説明してくれるのだろうか。

「一体何のことをおっしゃっているのかわかりませんが……そのようなことはございません。シード公爵家の方からぜひに、とのことで今回の婚約が決まったのです」

「それは他《ほか》に誰《だれ》も相手がいなくなってしまったから、仕方なくあなたと婚約を結ぶしかなかったのでしょう？　そうでなければ、何の取り柄もない伯爵令嬢のあなたなんか、あのお方の婚約者になどなれる器ではございませんもの」

他に誰も相手がいなかったから……確かにそれは事実だ。かつてサマン様の口から直接聞いたことなのだから。

だがその事実を他人の口から耳にするということは、想像以上に心を深く抉《えぐ》られてしまうものらしい。ずきんと胸が苦しく痛む。

「黙り込んでいるということは、あなたももうお気づきなのでしょう？　ご自分がサマン様の婚約者にふさわしくないということを。サマン様は優《やさ》しいお方ですから、ご自分から婚約を破棄したいなどとは言えないのです。あなたの方から言って差し上げてくださいませ」

「そのようなこと、私にはできませ……」

「おだまり！」

その瞬間、女性は恐ろしいほどに眉《まゆ》を吊《つ》り上げた形相に変化する。そして片手を私めがけて勢いよく振り下ろした。

——叩《たた》かれるっ……。

やってくるであろう痛みを覚悟して目を閉じるが、一向にその時は訪れない。不思議に思っていると、先ほどの女性とは別人の声が耳に入ってきたのだ。

「これ以上はやめた方がよろしいのでは？　ここをどこだと考えているのです？　神聖な訓練所ですよ」

そっと目を開けると、高く上げられた女性の手首を力強く掴《つか》んでいる茶髪の男性の姿があった。まさかの出来事に女性は目を見開いて固まっている。

「なっ……。突然失礼ではありませんこと？　その手を放してください」

「騎士団長の婚約者様に手を上げようとするあなたの方こそ、失礼なのではありませんか？」

「っ……私にはそのような伯爵令嬢がサマン様の婚約者など、認められませんわ！」

「ですが彼女を選ばれたのは他でもないサマン様です。あなたが口を挟む資格はない。部外者はお引き取りを」

「……っ」

これ以上言い争っていても自分に勝ち目はないと思ったのであろうか。彼女は私をキッと睨《にら》みつけると、そのまま足早に立ち去っていった。

彼女の姿が完全に見えなくなったことを確認すると、男性はようやく私の方を向き直す。ふわふわとした茶色の髪に、同じくくりっとした茶色の瞳……まるで子犬のような雰囲気の男性だ。サマン様よりもだいぶ身体の線は細く見えるが、先ほどの様子からすると力はかなりあるのだろう。

「失礼しました。お怪我《けが》は？」

「あ……おかげさまで、大丈夫ですわ。ありがとうございます、なんとお礼を申し上げればよいか……」

「お礼など。当然のことをしたまでですから」

そう言ってにっこりと笑うその顔は、どちらかといえば中性的であろうか。

「挨拶が遅れましたが、私はアラン・ローレヌと申します」

先ほどの団員たちとの挨拶の場に彼の姿はなかったため、言葉を交わすのはこれが初めてである。

「私はソフィア・アプラノスですわ。ローレヌ……ということは、ローレヌ伯爵家の？」

「はい、その通りです。私は次男ですので、こうして騎士団に所属しております」

ローレヌ家は我が実家と同じ伯爵家ということで、父や母が親しくしているというのは耳にしたことがあった。だが何度か参加した舞踏会で彼の姿を目撃したことはない。

「失礼ですが、これまでにお会いしたことはありませんよね……？」

「ええ、お恥ずかしい話ですが華やかな場所が苦手でして……。騎士団の仕事がない日はもっぱら家で読書などをして過ごしているのです」

なるほど。どうやら彼も私と同じようなタイプらしい。

社交の場にほとんど姿を現していないというのならば、これまでに顔を合わせたことがないという事実にも納得である。

「あなたはサマン様の婚約者ですよね？　皆で噂しておりました。あのサマン様を虜にした女性はどんな方なのかと」

アラン様は本心からそう言ってくれているようだが、実際のところは違う。別にサマン様は私の虜になっているわけではない。

「虜だなんてそのような……たまたま独身令嬢として私が残っていただけですので。本当ならば、サマン様にはもっと素敵な女性がお似合いのはず」

このように卑屈になるなど、いつもの私らしくない。先ほど例の女性に浴びせられた厳しい言葉たちが、意外にもショックであったようだ。

「先ほどのことを気にされているのでしょうか？」

「ええ……まあ……」

「あのお方はエリザ・ミューズリー侯爵令嬢というのですが、かつてサマン様と見合いをしてその話を断った女性です。ですから、あなたを侮辱する権利など一つもありません」

「あのお方が、サマン様とお見合いを……？」

以前サマン様が話していたことを思い出す。数多くの令嬢たちと見合いを繰り返していたが、うまくいかなかったと。

その時はあまり何も感じなかったのだが、実際に相手の女性を目の当たりにするとなんだか複雑な気持ちになってしまう。

エリザという女性は、とても美しい人であった。あれほどの女性たちと見合いを繰り返してきたサマン様の瞳に、平凡な私の姿はどのように映っているのだろうか。のこのこと誘いに応じてここへやってきてしまった自分が途端に恥ずかしくなった。

「ああ、すみません。余計なことをお話ししてしまいましたか？　ですがサマン様はエリザ様のことをなんとも思っていませんので、その点はどうかご心配なさらずに」

「そうなのですね……」

「ちなみに、サマン様はあなたを置いてどちらへ行かれたのですか？」

「騎士団の皆さんの様子を見たらすぐに戻るとおっしゃっておりましたが……時間がかかっているようですわね」

そう言ってあたりを見渡すと、少し離れた場所にサマン様らしき人の姿があった。

何やら複数の女性たちに囲まれている様子だ。

屋外での鍛錬は誰でも見学できるため、その光景はなんらおかしくはない。しかしその様子が目に入った途端、どうしようもなく胸が苦しくなった。

——婚約者の私を放っておいて、一体何をお話ししているの？

こんなこと、初めからわかっていたことではないか。彼は今をときめく騎士団長であり、シード公爵家の嫡男なのだ。いくら剣術のことしか知らない変わり者であったとしても、世の女性たちが放っておくわけがない。

「ではサマン様がお戻りになるまで、私がご一緒しても？　またあのような令嬢が来たら困りますしね」

サマン様の方を見て表情を曇らせた私に気づいたのか、アラン様がそんなことを提案する。

確かにこのまま一人惨《みじ》めにサマン様を待っているよりも、彼と読書の話などをしている方が気が紛れていいのかもしれない。

「ですがアラン様のお仕事は？」

「私の仕事はもう今日の分は終わりなのです。あとは片付けて帰るだけですので、お気になさらず」

「……それではお言葉に甘えさせてください」


それから二十分ほど経《た》ったであろうか。

アラン様と私の間には驚くほど共通点が多いので、話に花が咲いて話題に事足りない。読書だけでなく、甘い物が好きというところまで似ているのだから驚きだ。

「あのカフェに行かれたのですか？　私もあそこのケーキはぜひ一度食べてみたいと思っていたのです。今度行ってみることにします」

「アラン様がおっしゃっていた町はずれのパン屋も気になります。今度屋敷の者にお願いして買ってきてもらおうかしら」

——気を遣わずに話ができるって、こういうことなのね。

もしもアラン様のような方が婚約者であったならば、先ほどのような辛《つら》い思いはしなくて済んだのかもしれない。彼の家は私の実家と同じ伯爵家なので、家格的にも釣り合っており分不相応ではない。

サマン様の実家であるシード公爵家など、私たち伯爵家からしてみれば雲の上の存在なのだ。

失礼ながらアラン様の顔立ちも特段目立つものではなく、この点も私とよく似通っている。

彫刻のような男らしさを兼ね備えているサマン様の隣に立つのは気が引けてしまうのだ。

そして何より。考え方や趣味が同じこと。

私とサマン様は考え方に大きな相違があるのは間違いないわけで……。今必死にその相違を埋め合わせるべくデートを繰り返しているのだが。

生まれ持った性格や考え方を変えるのは不可能に近く、きっとこれから先もどちらかが無理をして相手に合わせていかなければならないだろう。

果たしてそのような結婚生活は幸せなのだろうか？

「……ソフィア嬢？　それから……アランか？　なぜ二人が一緒に……？」

「あら、サマン様？　いつのまにこちらに？」

突然頭上から降ってきた声に驚き顔を上げれば、そこには眉をひそめたサマン様の姿があった。

「お待たせしてしまい申し訳ありません。かなり遅くなってしまいました。先ほどあなたが言っていた方に来てみたら、誰かと話し込んでいるように見えたので。……まさか相手がお前だとは思っていなかったが」

最後にアラン様に向けて発した言葉だけが、異様に低く聞こえたのは気のせいだろうか。

「私が一人でいたところを、アラン様が声をかけてくださったのです。おかげで助かりましたわ」

「こちらこそ、久しぶりに読書や甘い物の話ができていい気分転換になりました。ありがとうございます」

アラン様は屈託のない笑顔でそう答えた。そんな私たちの様子をサマン様は複雑な表情で見つめる。

「アラン、お前仕事はどうした？　こんなところで時間を潰《つぶ》す余裕があるのか？」

「今日は早番でしたので、もう帰るだけですよ。では、サマン様も戻られたことですし、私はこれで。ソフィア様、またお会いする機会がありましたらぜひ趣味の話をいたしましょう」

アラン様は再びにこっと笑ってそう言うと、サマン様に深く礼をしてその場を去っていく。

それと同時に私の気持ちは一気に現実へと引き戻された。

先ほどのエリザ様との出来事や、サマン様を取り囲んでいた女性たちの姿が脳裏に蘇《よみがえ》る。これまでの楽しさが嘘《うそ》のように、一気に心が重くなってしまった。

「すみませんでした。あなたを長い間一人に……。どこか見学したい場所はありますか？　もう途中で抜けるようなことはありませんので」

サマン様はしばらく何か言いたげな顔をしていたが、まるでその邪念を振り払うかのように笑って尋ねてくる。

正直もう今日はデートの気分ではなかった。

どうしようもなく気持ちが沈んでしまっていて、無理にこれ以上デートを続けていても、余計にサマン様に迷惑がかかってしまう。この気持ちを誤魔化《ごまか》して何でもないように振る舞うことはできそうになかった。

きっと彼は優しいから、そんな私のことを心配してくれるだろう。彼の貴重な時間を私の機嫌取りのために使ってしまうのは申し訳がない。

「いえ……もう十分に見学させていただきましたわ」

「まだ時間も早い。この後どこかへ行きましょうか。どこでもあなたの好きな場所で……」

「大変申し訳ないのですけれど、今日はこれでもう屋敷に帰りたいのです」

サマン様が最後まで言い切る前に、私は口を開いた。自分でも信じられないほどの冷たく低い声が出てしまったような気がする。

「え？」

私が何を言ったのか、サマン様はまだよくわかっていない様子だ。きょとんとした顔でこちらを見つめている。

「せっかくの貴重なお時間を無駄にしてしまってごめんなさい。私、一人で帰れますので……」

気を緩めたら涙がこぼれてしまいそうで、必死に唇を噛《か》み締めながら堪《こら》える。今すぐここから帰りたい。サマン様の前からいなくなりたかった。

「待ってください。何か失礼なことをしてしまいましたか？　長い間あなたを一人にしてしまったから……」

理由がわからぬサマン様はその赤い瞳を不安げに揺らす。彼が直接何かをしたわけではないというのに、そのような表情をさせてしまっていることが申し訳なくて、余計に泣きたくなってしまった。

「いいえ、そのようなことはありません。私の勝手なわがままなのです。お気になさらないでください……」

「っ……泣いているのですか？」

我慢していたつもりではあったが、鋭いサマン様の目を誤魔化すことはできなかったようだ。

私の顔を見た彼は慌てたようにこちらへ手を伸ばすが、思わず一歩後ずさりする。その瞬間、サマン様の顔に悲し気な色が見て取れた。

「泣いてなど……」

「ならば理由を教えてください」

「いえ、それは……」

とてもではないが、今の私にはその理由をうまく伝えることはできない。一向にわけを話そうとしない私に対し、サマン様は何か勘違いをしたようだ。

「……話すことのできない理由なのですか？」

途端にその声が低く曇ったものへと変化する。

――ご機嫌を損ねてしまったのかもしれない。

息が苦しくなるが、平常心を保つためにゆっくりと深呼吸を繰り返す。しかしサマン様の口から飛び出したのは予想外の言葉であった。

「まさかあの短時間でアランのことを好きに……」

「あ、アラン様を⁉　あり得ませんわ！」

まさかの思い違いに、つい大声が出てしまう。確かに婚約する相手がアラン様であったならば、これほど苦しい気持ちになることはなかっただろう。そんなことを考えていたのは事実である。

だが彼のことを男性として意識していたわけではなく、そこに恋愛感情など一切ない。サマン様は何かを誤解しているようだ。

「ですが、先ほどあんなに楽しそうに話していたではありませんか！　……あなたは俺の前ではあんなふうに笑った顔をほとんど見せてはくれないというのに！」

「えっ……」

いつもは自分のことを私と呼んでいるサマン様の口から飛び出した、『俺』という言葉。恐らくこれが普段の彼の話し方なのだろう。いつもの話し方よりも距離が近いようなその物言いに、胸が揺さぶられる。

「アランは確かにあなたとお似合いだ。趣味も、考え方も俺より遥《はる》かにあいつの方があなたにふさわしい。だがあなたは俺の婚約者だ！」

叫ぶようにそう告げたサマン様の顔は切羽詰まっている。

だが私にだって言い分はある。そもそもサマン様が私を長時間放っておいたことが発端なのだ。

今日は私とデートをすると決めていた。仮にも婚約者の私を放置したまま他の女性たちと親し気にしていたというのに、なぜ私がアラン様との仲を咎《とが》められなければならないのか。

気づいたらそんな憤りが口をついて飛び出していた。

「……っサマン様だって、私を放っておいて他の女性たちと何やら楽しそうにしていたではありませんか！」

「えっ……」

「今日は私と一緒に過ごしてくださる約束でしたのに……。サマン様の婚約者は私なのに……」

突然大声で反論を始めた私をサマン様は呆気《あっけ》に取られた様子で眺めているが、一度溢《あふ》れ始めた思いはもう止まらない。

「私を放っておいたから、あのようにひどいことまで……もう気持ちが限界なのです！」

「待ってください、ひどいこととは何ですか？」

「……」

先ほどのエリザ様とのやり取りを口にすれば、もう今度こそ感情が抑えきれなくなってしまう。サマン様の前で大声で泣《な》き喚《わめ》いてしまうかもしれない。そんな醜態を晒《さら》してしまったら、今度こそ終わりだ。きっと愛想を尽かされてしまうに違いない。

私はその問いには答えることなく踵《きびす》を返そうとするが、背後からサマン様によってしっかりと手首を掴まれてしまった。

「放してください」

掴まれた手を振り解《ほど》こうとするが、さすがは騎士団長というべきか、びくともしない。

「ソフィア嬢」

私の名を呼びながらこちらを見つめるその真剣な眼差《まなざ》しに、思わず息が止まりそうになった。

それと同時に、今この場から逃げ去ることは不可能であるということも悟る。たとえ走ったところですぐに追いつかれてしまうに違いない。

そう思った私は観念して、サマン様が不在の間に起きた出来事を掻《か》い摘《つま》んで話すことにしたのだ。

「……エリザ様という方が……その……私のような伯爵家の娘では、あなたとは釣り合わないと」

「なんだって？」

サマン様を取り巻く空気が一瞬にして冷えきったものへと変化し、思わず関係のない私が身震いしてしまう。彼はそのまま続きを促した。

「それで？　その者はそれだけ告げて満足したのですか？」

エリザ様のその後の行動をサマン様に正直に話すことはとてもためらわれた。今の彼の様子を見るに、何か恐ろしいことをしでかしかねないと思ったからだ。

シード公爵令息を……この国の騎士団長を怒らせてしまったら一体どうなるのか、私には皆目見当もつかない。

「ソフィア嬢、何があったか隠さずに教えてほしいのです」

いつの間にか訴えかけるかのように両肩に手が添えられている。

「っ……それで、エリザ様は私を叩こうと……ですがそれを、アラン様が止めてくださったのです」

ついにその追及から逃れることができず、私は事の顛末《てんまつ》を正直に告げた。事実を知ったサマン様の顔は、みるみるうちに鬼のような形相へと変化していく。

「あの女……ただで済むと思うなよ」

「もういいのです！　エリザ様のおっしゃっていることは間違ってはおりません。所詮《しょせん》私はあなたにふさわしくないのですから」

「何を……そのようなことはない！」

「とりあえず、今日はこれで帰りたいのです。色々とありましたから……一人でゆっくりと考えさせてください」

「考えるとは何を？　まさか婚約を破棄するとでも⁉」

「それは……ちょ、サマン様っ⁉　何を……」

するとサマン様が私の手首を持ち、強く自分の方へと引き寄せた。ぐいっと引き寄せられる力はとても強く、私の力では到底敵《かな》わない。

身体の距離が近くなったことで濃いほどに鼻をかすめる爽《さわ》やかな香りは、サマン様のものなのだろうか。

ふいに視界が暗くなり、唇に温かく湿った何かが触れる。それがサマン様の唇であることに気づくのに、大して時間はかからなかった。

――なぜ？　このようなこと……。

私は抵抗するが、あまりに強く押さえられた身体はびくともしない。押し付けられた唇から伝わる熱が狂おしいほどに熱く感じた。

「んっ……」

――きっとサマン様はこうして何度も口付けを交わしたことがあるのね……。

そんなことは当たり前ではないか。私は今さら何に対して傷ついているのだろう。

騎士たちの女性関係が派手であることくらい、世の常識である。サマン様ほどのお方ならば、きっとこれまでに数多の女性たちと浮き名を流してきたに違いない。

――でも……そんなのは嫌……。

彼が私の知らない別の誰かとこうして唇を重ねてきたという事実は、今の私にとっては受け入れがたいことであった。今さら無理だとわかっているのに、サマン様の初めては私がよかった……なんてどうしようもないことを願ってしまう。

「……ソフィア嬢？」

気づけば私の目尻から頬《ほお》を伝うように一筋の涙がこぼれ落ちる。サマン様はハッとしたようにその涙をそっと指で拭《ぬぐ》った。

「……申し訳ない。あなたに無理矢理このようなことを……。泣くほど嫌であったというのに……」

彼はどうやら私が口付けを嫌がり涙を流しているのだと勘違いしたらしい。困ったように眉を下げてこちらを窺っている。

違う。サマン様との口付けが嫌だという意味ではないのだ。不思議なことに彼との口付けに嫌悪感はなかった。ただ突然の出来事であったということ、そしてサマン様の中にはたくさんの女性の面影があるのかもしれないという事実がどうしようもなく辛くなった、ただそれだけなのである。

「違います。サマン様との口付けが嫌で涙が出たわけではありませんわ……」

口付けという言葉が妙に生々しく感じられて、思わず先ほどまでの行為が蘇り顔が熱くなる。

「あなたは……サマン様は、きっとたくさんの女性とこのようなことをしてきたのだと思ったら、なぜだか苦しくなってしまって……」

「え……？」

「すごく手慣れているようでしたから……」

自分でも何を言っているのかわからない。こんなことを告げたところで、サマン様を困らせてしまうだけだ。今さら過去など変えることはできないのだから。

しかしなぜかサマン様は私の言葉を耳にすると、口元を押さえて顔を赤らめた。その姿がどうしようもなく色気に満ち溢れていて、つい目が離せなくなってしまいそうだ。

――私ったら、どうしちゃったのかしら……。

唇を重ねられたことで、嫌でもこれまで以上に彼のことを男性として意識せざるを得なくなった。そんな自分の気持ちの変化についていくことができずに戸惑う。

「それは、私の過去の女性関係に嫉妬したということですか？」

「えっそれは……その……」

確かに簡単に言ってしまえばそういうことなのだが、面と向かってそう聞かれると素直に頷《うなず》くことができずに、しどろもどろになってしまう。

「確かに以前はそれなりに遊んでいたと思います。女遊びも騎士となる上で必要だと言われてきましたから」

「そうですか……いえ、そうですよね」

やはり。わかってはいたものの、直接その事実を本人の口から告げられるのは辛いものがある。これから先サマン様と共に過ごすということは、常にその事実が付きまとうということか。

「ああ、そんな顔をしないでください」

「……」

今の私はどんな顔をしているのだろうか。サマン様は気遣わしげにこちらに向けて手を差し伸べようとしたが、すぐにその手を元の位置へと戻す。

「ですが結婚を考えるようになってからは、もう何年もそうした遊びは一切していません。見合い相手の令嬢たちに不誠実な真似《まね》はしたくありませんから」

「そうですか……」

きっとサマン様の言葉に嘘はないのだろう。彼ならばきっとそうするはずだとわかってはいるのだが、私の心はすっきりと晴れてはくれない。

「先ほどの女性たちの件も、申し訳ありませんでした。単に社交の一環として対応していただけで、何の意識もしていなかったんです。ですがそれであなたにそんな顔をさせてしまうくらいなら……これからは一切対応しないようにします」

「そこまで極端にならなくても……」

「あなたに嫌な思いをさせてしまった自分が許せないのです」

きっと彼は本気でそう思ってくれている。それはこれまでに繰り返してきたデートの中でもわかりきっていた。

「それよりも、先ほどの質問に答えてはくれませんか？」

「質問……？」

「ええ。あなたは私の過去の女性関係に嫉妬したのかという質問です」

「……嫉妬しましたわ」

サマン様が僅《わず》かに目を見開き、息を呑《の》むのがわかった。

「サマン様が他の女性に同じように口付けていたのかと思うと胸が苦しくて……すごく嫌だと感じてしまったのです。度量の狭い女で申し訳ございません……」

「これから先ずっと、あなたとしか口付けはしません。今ここで誓います」

彼は向かい合った私の両手をそっと取ると優しく握り締め、自らの胸元へと当てながらそう告げた。

「サマン様……」

「だって私の婚約者はあなたでしょう？　これから先私が口付けるのは誓ってあなただけです、ソフィア嬢」

「っ……」

これまで恋愛と縁遠かった私にとって明らかにキャパオーバーである。頭の中がいっぱいいっぱいで、いい返答が見つからない。

「ソフィア嬢」

「は、はい……」

「もう一度、口付けても？」

「えっ……」

突然の問いかけに驚き思わず俯いていた顔を上げると、真っ赤な瞳と目が合った。

「今度は、優しくします」

返事を聞くまでもなくサマン様の片手がそっと私の顎《あご》を掬《すく》うと、ゆっくりと顔が近づけられる。その熱を帯びたような瞳に吸い込まれそうになり、思わず目を閉じてしまった。

ふわりと柔らかい唇が、私のそれを包み込むようにして覆っていく。唇が触れる寸前にこぼれたサマン様の吐息がどうしようもなく熱く感じられて、つい息を止めてしまいそうになる。

「ソフィア、息は止めないで。あなたが苦しくなってしまう」

——あ、今ソフィアって……。

初めて呼び捨てで名前を呼ばれたことで、なぜか身体が疼《うず》くような不思議な感覚に陥る。

「んっ……ふぅっ……」

案の定息が苦しくなり、唇の隙間《すきま》から声が漏れた。自分のものとは思えないほどの甘い声が出たことに内心驚きながらも、今はそのようなことを気にしている余裕などない。

「あなたは……無意識なのか？」

サマン様が突然唇を離し、切羽詰まったような顔でこちらを見つめる。

突然離されてしまった唇が温《ぬく》もりを失ってしまったようで寂しくて、ついせがむように彼のことを見上げてしまった。引き寄せられるように再び顔が近づき、唇が重なる。

「んんっ……」

何度か啄《ついば》むように唇が重ねられた後、僅かに開いた隙間からぬるりとした舌が入り込んできた。びっくりして思わず口を閉じようとするが、サマン様はそれを許さない。

彼の舌はゆっくりと口の中をなぞるようにして動きながら、やがて見つけ出した私の舌にそっと触れる。

うまく息継ぎができない私は、いつのまにか縋《すが》るようにサマン様の胸元に両手を置いていた。サマン様は私の腰元に腕を回して自らの方へと引き寄せる。かつてないほどに密着したその身体からは、速い間隔でリズムを刻む鼓動が伝わり、不思議と満たされた気持ちになった。

——サマン様も、緊張されているのかしら。

一度目の口付けのような抵抗は、私の中にはもう残っていなかった。サマン様の温もりが心地よくて、唇が離れてしまうのが寂しいとすら感じてしまう。

どれほどそうして唇を重ねていただろうか。そっと唇が離れ、目元をほんのりと赤く染めたサマン様がこちらを見つめた。

「はあ……まいったな。止まらなくなりそうだ」

熱を失った唇にそっと触れてみる。

――サマン様の唇が、ここに……。

知らず知らずのうちに潤んだ目で彼を見上げると、ごくりと息を呑んで余裕のない表情で見下ろされた。

「そのような顔……絶対に私以外の男には見せないと約束してください」

「そんな、他の方になど見せるわけ……」

「約束ですよ、絶対に」

懇願するかのようなサマン様の言葉に、私は何度も頷く。

「実を言えば、私も先ほどあなたとアランの関係に嫉妬したのです」

「えっ……」

――サマン様が、私とアラン様に嫉妬を？

「あいつと話すあなたの顔がどうしようもなく可愛《かわい》らしくて……。私はあのように無邪気に笑うあなたの顔を見たことがないと思ったら、気づけば口付けを……。乱暴な真似をして、申し訳ありません」

アラン様といるところへ迎えにきたサマン様の様子がおかしかったのはそういうことだったのか。

あの時の余裕のないサマン様の態度に納得がいく。

そしてそんな感情を向けられたことに対して嬉しいと思う自分がいることに気づいた。

「いいえ、私の方こそ……もう他の男性と二人きりになるのは控えるようにいたします」

そう言って微笑めば、サマン様は瞳を細めながら髪の毛を耳にかけてくれる。そしてそのまま優しく頬を撫《な》でられた。

「私もかなり器が小さいようですね。まさか自分がこのような男だとは……ソフィア嬢を前にすると、おかしくなってしまう」

「あの、お願いがあるのです」

「なんでしょうか？」

「これからは先ほどのように、ソフィアと呼んでいただきたいのです」

名前で呼ばれると、サマン様との距離がぐっと近くなるような気がした。彼は私の願いに一瞬目を丸くしたが、すぐさまにこっと笑って頷いた。

「もちろん。ソフィア」

彼に名を呼ばれると胸が高鳴る。このような気持ちは初めてだ。やはりこれが恋というものなのかもしれない。

――私はきっとサマン様のことをお慕いしているのだわ。

仮初《かりそめ》でもいいと言われて結んだ婚約を、いつしか解消したくないと思い始めるようになった。サマン様の隣に自分以外の女性が並び歩くのを見るのが怖い。いつか彼が別の女性と結婚してしまったら……私はそれを笑って祝福することなどできないだろう。

これまで恋愛とは無縁であった私は、ようやく自分の中に芽生えた恋心に気づいたのだ。

「エリザという侯爵令嬢のことは、私が厳しく注意しておきます。相手の出方によっては何らかの処分も必要かもしれない」

「しょ、処分……？」

思ったよりも大事になってしまった。サマン様の口から飛び出した物騒な言葉にすかさず反応してしまう。しかしサマン様はというと、至って真剣な面持《おもも》ちだ。

「だってそうでしょう？　ソフィアに乱暴な真似をするなど、我がシード公爵家を馬鹿にした行動。

家名に泥を塗られたようなものです」

「……確かにそうですけれども……」

「そんな顔をしないでください。あなたは何も気にせずに過ごしていて大丈夫ですから」

そう言うと、まるで私を安心させるかのようにそっと額に口付けられる。先ほど唇に触れた熱に比べると、なんだか物足りない。

そんな私の思いを感じ取ったのか、サマン様は再び顔を近づけようとしたが寸前のところで思いとどまる。そしてその代わりにぽんぽんと頭を撫でた。

「今日はそろそろ戻りましょうか」

その言葉に寂しさを感じてしまい、すぐに返事ができない。先ほどまではあんなに帰りたくて仕方がなかったというのに……。今ではなぜ一日はこれほど短いのだろうかと罪もない夜を恨む。彼と別れるのはそれほど名残惜しかった。

「ソフィア」

そんな思いが子どものように顔に出てしまっていたのか、サマン様は困ったように笑って手を差し出した。

「またすぐに会いましょう。使いを出しますから」

「はい……私もまたすぐにお会いしたいですわ」

「っ……これは理性を保つのが大変だ」

「何かおっしゃいましたか？」

「いや、なんでもないです。さあ行きましょう、日が暮れてしまう」

帰りの馬車の中では二人とも言葉少なであった。黙って馬車に揺られながら、そっと正面に座るサマン様の方を見る。彼は頬杖《ほおづえ》をつきながら外の景色をぼうっと眺めていた。

——完璧なように見えるサマン様も、一人の男性なのだわ。

公爵令息として、そして騎士団長として何の隙もないように見えているが、彼も嫉妬をしたり余裕がなくなってしまったりすることがあるのだ。そんなサマン様の一面を知ることができて嬉しい。これまで彼との間に存在していた高い壁が、少しずつ壊されていく。

それでもまだまだ私たちの間には乗り越えなければならない問題があることはわかっているのだが、今はただ初めて知った恋心に浸《ひた》っていようと思った。

第五章　舞踏会

「舞踏会……ですか？」

「はい。近々トーランド公爵家で舞踏会が開催されるのです」

あの口付けから一ヶ月ほど経《た》ったある日の午後、私はシード公爵邸の一室にいた。サマン様の自室であるというこの部屋は、茶色を基調とした家具に囲まれた落ち着く雰囲気《ふんいき》の空間である。

私たちは部屋の中央に置かれたソファで、向かい合わせに座りながら紅茶を飲んでいる。

あれ以来数度のデートを繰り返した私たちは、以前よりもお互いの気持ちを伝えることができるようになってきたと思う。

「トーランド公爵というと……最近代替わりされたばかりの？」

「ええ。実はそのトーランド公爵が私の長年の友人でして。あなたをぜひ婚約者として紹介したいのです」

トーランド公爵はとても麗《うるわ》しいお方であると有名で、その奥方のセレーナ様も美貌《びぼう》の持ち主ということもあり、二人が並ぶとまるでおとぎ話から抜け出してきたかのように見えると噂《うわさ》されている。

以前お茶会で当時侯爵令嬢であったセレーナ様にお会いしたことがあるが、大輪の薔薇《ばら》のような雰囲気の方であったことを思い出す。その当時は少し気の強そうなお方に見えたが実際はとても優《やさ》しい方で、領民たちからも慕われているのだとか。

「光栄ですわ。ぜひご一緒させてください」

「よかった。それならば早速ドレスや装飾品を用意しなければ。ぜひ私の色を身に着けてください。

瞳《ひとみ》に合わせて赤いルビーがいいでしょうか？　すぐに屋敷の者に伝えて、最高のものを用意させます」

「そ、そのような高いものでなくとも……」

シード公爵令息の言う最高のものとは、果たしてどれほどのものなのだろうか。伯爵家の暮らしに慣れている私には想像もつかない。

「あなたはやがてシード公爵家の一員となるのです。これくらいはさせてください」

「サマン様……」

するとサマン様はおもむろに立ち上がり、私の隣に移動して腰掛ける。そしてそっと髪をかき上げるように耳にかけると、そのまま口付けた。

今日の口付けは、先ほどお茶菓子として出されていた甘いマカロンの香りがする。ちゅくちゅくと軽く舌を絡めるように口付けられ、身体の芯が熱く疼《うず》くような感覚に陥った。

あれから何度も口付けは交わしており、最初の時のように戸惑うことは少なくなったが、それでも未《いま》だに慣れないものである。

「はぁ……っサマン様……」

「ああ、部屋にあなたと二人きりで耐えなければならないなんて……なんの拷問だろうか」

「仕方ありませんわ。まだ婚儀を終えたわけではありませんもの」

「あなたのお父上は一筋縄ではいかなそうです」

父であるアプラノス伯爵は、私とサマン様が必要以上にその距離を縮めることを恐れている。婚約を正式に結んだ日からサマン様はしつこいほどに念を押されていたらしい。

この国では再婚などの特別な場合を除いて、嫁ぐ際に純潔であることが何より重要視されるからだ。

もちろん純潔を捧《ささ》げた相手にそのまま嫁ぐのならばさほど大きな問題ではないのだが、そうならなかった時が大変なのだ。

もしも私がサマン様と今一線を越え、その後に婚約を破棄してしまった場合、私が再び誰《だれ》かの元に嫁ぐことはかなり難しくなる。サマン様は婚約を破棄するつもりなどないと言ってはいるものの、なんせ公爵家と伯爵家という家格の釣り合わない稀《まれ》な結婚話であるため、何が起こるのかわからないというのがアプラノス伯爵家側の主張らしい。

その点に関しては私も父の意見に同感である。もちろんサマン様もそんな私側の事情をわかって尊重してくれているが、こうして隙《すき》を見ては唇を重ねてくる様子を見ると、よほど我慢をしているのだろう。

いつも口付けを交わすたびに、『これ以上進んでしまう前にやめなければ』と苦悶《くもん》の表情で唇を離される。そんな彼のことを愛《いと》おしいと思ってしまう私も、既に彼に夢中になってしまっているのかもしれない。

「私の父は、あなたとの関係がうまくいっていることをとても喜んでいたでしょう？」

「ええ、驚きましたわ、以前お会いした時はもっと怖いお方だと思っていたので……」

シード公爵家の現当主で前騎士団長と聞けば、それなりに厳格なイメージを抱いてしまうのも当然だ。加えて初対面の時は、早々に激しい親子喧嘩《げんか》が繰り広げられたこともあり仕方なかっただろう。

「父は昔から女性には優しいので、心配いりませんよ。母や姉に対してもそうでした。私に対しては厳しいですが」

サマン様とシード公爵のやりとりは何度見ても迫力満点であるが、当の本人たちにとってはそれが日常茶飯事であるというのだから驚きだ。

シード公爵は私とサマン様の関係が無事に続いていることを何よりも喜び、私に何度も頭を下げていた。

『私のような者に、そのような……頭をお上げください』

『こんな愚息とこれほど長く一緒にいてくれたのはあなたが初めてです。あなたがいなければシード公爵家は滅亡の危機であったかもしれません』

『何を大袈裟《おおげさ》な……父上、それはさすがに言いすぎです』

『お前はわかっていないのだ。いつも剣術のことばかりで、もう少し視野を広く持ってほしいものだな』

『剣術のことだけ考えて生きろと言ったのは父上でしょう！』

……とまあこんな感じで、すぐに二人が言い合いになってしまう。

あまりに落ち着いて話ができないので、こうしてサマン様の自室に移動したという経緯があるのだ。

「仲がよろしいのかどうなのか、わからない親子ですね」

「……仲がいいとは言えないでしょうね」

「ですが公爵様は、きっとサマン様に期待されているのですよ」

「そうだといいですが」

そう言いながら優雅に紅茶を口に含むサマン様の姿を見ながら、私はぼうっと考え事をしていた。

流れるように婚約を結んでここまで来てしまったものの、肝心の私たちの意見の相違はまだ埋めることができていないのである。

食べ物や趣味などは、これまでのデートで摺《す》り合《あ》わせを繰り返したことで、お互いそれなりに許容できるようになっていた。

しかしサマン様が結婚相手に求める『共に剣を持って戦う』、という条件に関しては達成不可能である。その条件は一旦忘れるようにと以前話してはいたものの、それは問題の答えを先送りしたにすぎず、何の解決にもならないのだ。

——今さらサマン様のいない生活に戻ることなんてできるのかしら……。

きっとできるはずがないだろう。

それほどまでにサマン様は、いつのまにか私の人生の奥深くへと入り込んでしまっていた。そんな考えても仕方のない問いに心を支配されつつも、今はただサマン様との平穏な時を楽しみたいと思ってしまう私もいる。

「ソフィア？　どうかしたのですか？」

「えっ……あ、いいえ。申し訳ございません」

「最近のあなたはどこか……何か心配事でもあるのですか？」

サマン様との距離が近くなり、彼に惹《ひ》かれれば惹かれるほど、いつか訪れるかもしれない別れが怖くてたまらないのだ。今となっては、婚約破棄を前提で婚約を結んだあの日の自分はなんと愚かであったのかとさえ思ってしまう。

これほどまでにサマン様のことを好きになってしまうとは思ってもいなかった。どうせこの婚約はうまくいかない、そう思っていたというのに……。

初めはサマン様から頼み込まれ、むしろ私がその強い要望に折れた形で結ばれた婚約であった。しかし今はその結びつきが壊れることを誰よりも恐れているのは私の方で、きっと彼はそこまで真剣に思い悩んではいないだろう。

——お相手がいないと言っていたけれど、きっとその気になればいくらでも見つかるわ。

これまでサマン様が見合いをしてきた令嬢たちは、本当の彼を知らないだけなのだ。剣術のことばかり考えているように見えるが、それも全《すべ》てはこの国のためである。与えられた責務を全うするためにそうならざるを得なかっただけのこと。確かに私も初対面ではそうは思えなかったが、今ならわかる。

サマン様のまっすぐな人柄に気づく女性がこの先現れたら……考えても仕方のないことだというのに、最近の私はそんなことばかり考えてしまう。せっかく二人で過ごすことのできる時間だというのに、卑屈になってしまう自分自身にも嫌気がさしていた。

「大丈夫ですわ。少し緊張しますけれど……舞踏会が楽しみです」

今私が抱えている不安をサマン様に伝えるべきではないだろう。きっと彼は優しいから、そんなことはないと慰めてくれるはずだ。そんなふうに気を遣わせてしまう面倒な女にはなりたくないという、意地のようなものもあったのかもしれない。

悶々《もんもん》とした私の心とは反対に、月日は恐ろしいほどの速さで流れていく。あっという間にトーランド公爵家で催される舞踏会の当日を迎えてしまった。

「お嬢様、本当にお綺麗《きれい》ですわ。このドレスと首飾りはお嬢様のためにあつらえたようなデザインです」

ナンシーは全身飾り立てた私の姿を見て涙ぐんでいる。

「やあね、結婚式を挙げるわけでもあるまいし。大袈裟よ」

「ですがお嬢様、このままいけばじきにシード公爵令息夫人となられますよ」

「……その呼び方はいまいちしっくりこないわ。自分のことではないみたい」

サマン様と婚約して数ヶ月が経っていたが、未だにどこか他人事《ひとごと》だ。

私は鏡に映る自分の姿をまじまじと見つめる。紫の生地にアクセントで黒の刺繍《ししゅう》が入ったドレスは私の身体にぴったりと合っており、心なしかいつもより胸も大きく見えるかもしれない。

いつもの私では選ぶことのない色合いのドレスは新鮮で、それだけでまるで別人のように見えてしまうから不思議なものだ。

そして首元で光り輝いている大きな宝石……。これほどまでに大きなルビーを私は見たことがない。サマン様の瞳の色に合わせた真っ赤なルビーが中央で輝く首飾りは、今日の主役と言っても過言ではないほどその存在を主張している。果たしてどれほどの予算をつぎ込んだのか、想像するだけで恐ろしい。

少し前まで平凡な伯爵令嬢であった私は、確かにサマン様と婚約してから変わったのかもしれない。彼の隣にいて恥ずかしくないように、これまで以上に身だしなみや立ち居振る舞いには気を付けるようになった。その分家に帰ってきてからはどっと疲れが出てしまうようで、デートを終えるとすぐに寝入ってしまうのが困ったところだ。

「お嬢様、お迎えの馬車ですよ。シード公爵令息様がお待ちです」

「今行くわ」

あと何回こんなやりとりを繰り返すのだろうか。サマン様と今の関係よりもう一歩踏み込んだ間柄になりたいと思いつつも、大きく環境が変わってしまうことを恐れている自分もどこかにいる。

私が今こうしてのびのびと自由にできているのは、伯爵令嬢だからである。貴族の中でも伯爵家の担う責務は少なく、国の重要な立ち位置にいるのはもっぱら侯爵家以上の貴族なのだ。

だがサマン様と結婚してシード公爵家に入ることになれば、夫人として社交界で果たす役割も大きくなるに違いない。そのような華やかな立ち回りが果たして私にできるのだろうか。

暇さえあればそんな答えの出ない問いが延々と頭の中を駆け巡ってしまうので、私は深呼吸を繰り返して気持ちを落ち着かせる。

今日の舞踏会では、サマン様の婚約者としてその隣に並び歩くことになるのだ。シード公爵家に恥をかかせるような真似《まね》は許されない。

私はそんな緊張と重責に押し潰《つぶ》されそうになりながら、サマン様の待つ屋敷の玄関へと向かったのである。


「本当に綺麗だ……私の見立ては間違っていませんでしたね」

うっとりとした様子でそう言うサマン様の視線が恥ずかしくて、私は彼の方を直視できない。トーランド公爵家へと向かう馬車の中で、彼は何度も同じ言葉を繰り返した。

正面から感じる熱を帯びた視線が、私の鼓動を速める。

「何から何まで、本当にありがとうございます」

「ただその胸元は……」

「え……？」

「いや、まさかそれほどそこが強調されるなど……想定外でした。他の男に見られてしまったら……」

サマン様にしては歯切れ悪く何やらぶつぶつと呟《つぶや》いているが、何のことを言っているのかわからない。

今日の彼の装いはとても素敵で、黒髪は後ろへ撫《な》で付けられいつもよりもかっちりとした印象を与えている。私の瞳の色である茶色のジャケットをさらりと羽織ったその姿は、まさに公爵令息の名に恥じぬものだ。

「サマン様もとてもお似合いです。髪の毛も、いつもとなんだか雰囲気が変わってドキドキしてしまいますわ」

正直に思ったことを伝えたところ、サマン様は顔を真っ赤に染めて口元を手で押さえてしまった。

「っ……あなたは本当に無意識に……まあいいでしょう。今日の流れなのですが、まず会場に着いたらトーランド公爵夫妻に挨拶《あいさつ》をしたいのですが、よろしいでしょうか？」

「はい。わかりました」

「やっとあなたを正式に舞踏会で紹介できます。前回は騎士団の団員たちが相手でしたからね」

「本当に私で大丈夫でしょうか……」

つい不安になって俯《うつむ》いてしまった私の両頬《りょうほお》にサマン様は手を添えると、そっと顔を上げてくれる。

そして目が合った途端、安心させるかのようにふっと優しく微笑《ほほえ》んだ。

「大丈夫です。私がいます」

その言葉一つだけで、なんだか不安が軽くなったように感じるのだから不思議なものだ。

「もうすぐ到着します。緊張せず、肩の力を抜いていきましょう」

「はい」

サマン様といればきっと大丈夫、この時の私はそう信じて疑うことはなかったのだ。

「オスカー、セレーナ様、お久しぶりです」

先ほどの言葉通り、トーランド公爵邸の大広間に到着するとすぐにトーランド公爵夫妻の元へと向かう。公爵夫妻は噂にたがわず本当に絵になるお二人で、久しぶりにお会いするセレーナ様はなんだか以前よりも雰囲気が柔らかくなったように感じられた。

トーランド公爵はよほどセレーナ様を離したくないのか、しっかりとその腕を彼女の腰に回し続けている。

「婚約したそうじゃないか、なぜすぐに教えてくれなかった？ 色々と話を聞きたいのだが」

公爵はサマン様に対してかなり砕けた口調で話しかけており、二人が本当に親しい間柄なのだということを実感する。

「その前に、まずは我が婚約者を紹介させてもらいたい」

サマン様はそう告げると、そっと私の腰に手を当てる。促されるようにして一歩前へと進み出た私は、ゆっくりと息を吸ってから口を開いた。

「お初にお目にかかります、ソフィア・アプラノスと申します。アプラノス伯爵の娘です。以後お見知り置きを」

「そんなにかしこまらないでください。ソフィア様、お久しぶりです。何年か前にお茶会でご一緒になりましたよね」

深く頭を下げた私の頭上から、鈴のように美しい声がかけられる。顔を上げると、そこにはにっこりと微笑むセレーナ様の姿があった。

――まるで女神のようだわ……。

当時侯爵令嬢の中で随一と言われたその美貌は、未だ健在であったらしい。その美しさに女性である私もほうっと見惚《みと》れてしまいそうになる。見れば隣に並ぶトーランド公爵はずっとセレーナ様の方を見つめていて、きっと彼女は重いほどの愛を注がれているのであろうということは一目瞭然だ。

「ちょっとオスカー様、私ではなくサマン様たちの方を見てください」

ぴしゃりとセレーナ様に注意されたトーランド公爵は、一瞬捨てられた子犬のような表情を浮かべたが、素直に私たちの方を向き直す。

——セレーナ様には頭が上がらないご様子ね。

「それにしても、お前がようやく婚約したと聞いて私は嬉《うれ》しい……」

「ああ……偉そうにお前に結婚生活の助言をしておきながら、自分は見合いの失敗を繰り返していたからな」

これは初めて聞く話であった。一体サマン様はトーランド公爵にどのような助言をしたのだろうか。しかしながら公爵の言う通り、あれほど自分はデートや見合いに失敗しておきながら、よくも結婚生活の助言ができたものだ。

すると突然、ぐすぐすと嗚咽《おえつ》のようなものが聞こえてきた。

「……お前まさか、泣いてるのか？」

そう、なんとトーランド公爵が涙ぐんでいたのだ。その姿にサマン様はぎょっとしている。

「いつもこうなのです。お気になさらずに。そのうち収まりますから」

突然感極まったように鼻をすすりだしたトーランド公爵に、若干引き気味のサマン様、そしてそれを気にも留めていないセレーナ様。三人揃うとあまりの見た目の華やかさも相まってその光景はなかなかのものであり、私一人が場違いのように感じてしまう。

考えてみればサマン様とトーランド公爵は公爵家の人間であり、セレーナ様も元は侯爵家出身である。しがない伯爵家出身の私との間には大きな壁があると言っても間違いではないだろう。

そんなことを再び考えてしまいそうになり、必死に黒い靄《もや》を頭の中から追い出す。するとちょうどいい頃合《ころあ》いでサマン様から声をかけられた。

「ソフィア、そろそろ行きましょうか。公爵夫妻に挨拶をしたい貴族たちが列をなしているようだ」

突如そう言われて後ろを振り返ってみれば、長蛇の列が目に入る。

「まあ、これほどとは……」

改めてトーランド公爵家の偉大さを目の当たりにすると共に、そんな方たちと親しい間柄であるサマン様にも少し距離を感じてしまった。

「では俺たちはひとまずこれにて失礼するよ。また後ほど時間があったら来るとしよう」

「ああ、気を遣わせてしまってすまない。楽しんでいってくれ」

私たちは公爵夫妻から離れて人だかりを抜けて、大広間の隅の方へと移動する。ここまでくればだいぶ人混みも落ち着いてくるだろう。

「少し疲れたのでは？　休みましょう」

サマン様はそう言うと、テーブルに置かれた果実水の入ったグラスを一つ手に取って渡してくれた。

それを受け取ってゆっくりと口に含めば、冷たい水が緊張で渇いた喉《のど》を潤してくれる。

ほう……と一息ついて大広間に視線を戻すと、そこに広がる華やかな光景に圧倒されてしまった。

実家の伯爵家でも、ごくたまに舞踏会が開かれることはあった。しかし高位貴族の参加は少なく、会場の装飾品も比べ物にならないほど簡素なものであったことを思い出す。

「高位貴族というのは、こうも華やかな場所で生活しているのですね。同じ貴族でも、私の実家とは大違いですわ」

「別にいいことなど一つもなく疲れるだけです。私はこういった舞踏会よりも、地道に鍛錬に励む方が向いています」

いかにも彼らしい返事が返ってきたことに思わず笑みがこぼれてしまうと共に、少し安堵《あんど》した。

「それはサマン様らしいですわね。でも婚約者となる方が、そのような考えを持っていらっしゃる方でよかったです」

「……それはどういう……？」

「ご存じの通り、私はこういった華やかな場所には慣れていませんから。舞踏会が大好きな旦那様《だんなさま》でしたら大変な気苦労になるでしょう？」

「ははっ。確かにそれはそうですね」

そんな私の話にサマン様は声をあげて笑ってくれた。

考えてみれば、当初はサマン様のことを剣術のことしか頭にない厄介《やっかい》なお方だと思っていたが、私だってろくに舞踏会にも参加しない変わり者の令嬢だったのだ。むしろここ最近は、サマン様のおかげで色々と貴族の娘らしく磨かれたと言っても過言ではない。

「私に、務まるでしょうか……」

「はい？」

「シード公爵令息夫人という大きな役割を、私は受け止めることができるのでしょうか」

「ソフィア？　一体どうしたのです？」

先ほどとは打って変わって突然このようなことを言い出した私に、サマン様は困惑した表情を向ける。

今日の私はおかしい。……いや、思い返せばここ最近はずっとおかしかったのかもしれない。

「……いえ。ごめんなさい。慣れない場で、少し色々と考えすぎてしまったみたいです。私はもう少し休んでいてもいいですか？　お化粧も直したいですし……」

本当は、もう少し一人で考え事をしていたかったのだ。これから自分が身を置くかもしれない世界のことを、ゆっくりと目に焼き付けたかったのかもしれない。

「ですが……一人で大丈夫ですか？　何かあったら……」

きっとサマン様は、以前騎士団を訪れた時のようになることを恐れているのだろう。あれ以来彼はデートの時に私を一人きりにしないよう、気を遣ってくれていたのだ。

だがさすがにトーランド公爵家の舞踏会でそのような不快な思いをすることはないはずだ。

「大丈夫です。終わったらすぐに追いかけますから」

「何かあったら必ずすぐに呼んでくださいね。私はもう少しオスカーたちのところに行こうと思っていますので」

「わかりました」

サマン様は最後までその瞳を心配そうに揺らしながら名残惜しそうに私の元を離れ、大広間の中央へと向かって歩いていった。すると、彼の周りにはたちまち人だかりができていく。

――わかりきっていたことじゃないの……。

今をときめく騎士団長であり公爵令息のサマン様に、人が集まらないはずがないではないか。つい先ほどまであれほど近くにいたはずの彼が、途端に別世界の人間のように感じられて胸が切なく苦しくなる。婚約者という誰よりも近い関係にいるはずなのに、今ではその距離がひどく遠く感じられた。

――くよくよしていても仕方ないわ。とりあえずお化粧を直しにいって、気分を改めなければ。

サマン様の姿を見送った私は、後ろ髪を引かれつつも化粧を直すために大広間を後にした。

一人廊下をまっすぐに進んでいたところ、何やら人の気配を感じて足を止める。すると同時に背後から恐ろしく低い声がかけられたのだ。

「よくも図々しくこのような場に……まだご自分の立場がわかっていらっしゃらないのですね」

聞き覚えのある、棘《とげ》のあるその声は恐らく……。

「……エリザ様」

覚悟を決めてゆっくりと振り返れば、そこには予想通りミューズリー侯爵令嬢のエリザ様の姿があった。あの日騎士団の訓練所で声をかけられた時と同じように、その瞳には私への憎しみをありありと滲《にじ》ませている。

「あなたのせいで、シード公爵家から厳重な注意を受ける羽目になったわ。これで私の結婚話が破談にでもなったらどう責任を取るつもりなの!?」

なぜこのお方はこれほど私を目の敵にしているのだろうか。

アラン様によれば、自分からサマン様との見合いの話を断ったはずだ。それなのになぜ今になって彼に執着するのであろうか。

「……なぜエリザ様はそれほどまでに私のことがお嫌いなのですか？　あなたはサマン様とのお見合いを、ご自分の意思でお断りになったと聞きました」

するとまさか私の方からそんなことを言われるとは思っていなかったようで、彼女はその整った表情をより一層苦しげに歪《ゆが》める。

「……だって、知らなかったんですもの！　あんなに素敵に女性をエスコートできるお方だなんて！」

「それはどういう意味ですか？　おっしゃっている意味がよくわかりません……」

本気で彼女が何を言っているのかがわからず、怪訝《けげん》な顔でそう尋ね返してしまった。

「私は昔からサマン様に憧れを抱いていたの。だからお見合いの話がきた時は本当に嬉しかった」

「それならば、なおさらなぜ……」

何度も繰り返すが、サマン様との見合い話を断ったのはエリザ様の方だ。それほどまでに憧れの相手であったならば、断りなどしなければよかったものを。

「……初めてあの方とお会いした時、ひたすらに剣術のお話をされて戸惑ったわ。しかも結婚相手は剣を持って共に戦うことのできる相手がいいと、はっきりと言われてしまったの。私に剣など扱えるはずがないじゃない！　それはできないとお伝えしたら、サマン様の方から暗にお断りされたのよ」

私の時と流れは大体同じであろうか。

ただ大きく異なる点は、サマン様の方から見合いを断ったかどうかというところである。

しかしながら、シード公爵は他の令嬢たちからは全て断られたと話していなかっただろうか？

アラン様も、エリザ様の方から見合いを断ったと言っていたはず。もしもサマン様の方からお断りされていたのなら、また少し話は違ってくるだろう。

「だから泣く泣く諦めて他の方と縁談を結んだというのに……。蓋を開けてみればサマン様はあなたと婚約したと聞かされて、私はショックを受けたわ。あなたに剣が扱えるようにはとてもではないけれど見えないもの！　どうして!?　なぜあなたがサマン様に選ばれたというの!?」

「そのようなことを私に言われましても……」

一度爆発したエリザ様の怒りは止まらない。

「あなたを見つめるサマン様のお顔……あんなに穏やかなお顔は初めて見たわ。なぜなの!? 私の方が、ずっとずっと前からお慕いしていたのに！」

エリザ様はそう大声で捲《まく》し立てると、涙を流し始めた。

本当に長い間サマン様のことが好きだったのだろう。確かに彼女の立場からしてみれば、突然現れてサマン様の婚約者の席に座っている私の存在は疎《うと》ましいに決まっている。

しかもその相手である私は、大して目立ったところもないただの伯爵令嬢なのだ。格上の侯爵令嬢であるエリザ様にとっては余計に納得がいかないのだろう。

「っ許せないわ……！　一体どのような手を使ってサマン様を籠絡《ろうらく》したのかしら!?　きっと下々の者がするような卑しい真似をしたのでしょう」

「そのようなことは一切しておりません！」

さすがの私にだってプライドはある。これほど馬鹿にされた発言をされてまで黙っているほど、情けない女ではないのだ。ずっと何を言われても我慢してきたが、その我慢もついに限界を迎えてしまった。

「私とサマン様は正式にお見合いをして、何度もデートを重ねてお互いのことをわかり合おうと努力して、今ここにいるのです！　勝手なことを言わないでください。これまでの発言の数々……サマン様に対しても失礼ですわよ」

「なんですって!?　あなたなんて冴《さ》えない伯爵令嬢のくせに、生意気なっ……」

次の瞬間、エリザ様が手を振りかざすのが目に入った。

咄嗟《とっさ》に身をかばおうとするが間に合わず、右頬に痺《しび》れるような痛みが走る。じんわりと広がるその痛みで、私はエリザ様に叩かれたのだと気づいた。

「……っ……」

痛みで思わず右頬を押さえた私を見て、さすがにやりすぎてしまったと感じたらしい。エリザ様は顔面蒼白《そうはく》になりながらこちらを見つめている。

「そ、そんな顔で見ないで！　私は悪くないわ！　あなたがいけないのよ、身の程知らずな真似をするから……っ」

「……」

あまりの出来事に言葉が出てこない。何か言い返せばいいものを、黙り込むことしかできなかった。エリザ様は返事をしない私を一瞥《いちべつ》すると、足早にその場から逃げるかのごとく去っていく。

「何よ、私が何をしたというの……」

喧騒《けんそう》から離れて静まり返った屋敷の廊下に、ぽつりと呟いた私の声だけが響き渡った。悔しさのあまり涙がこぼれ、ドレスに染みを作っていく。

こんなはずではなかった。元はと言えば私の方から望んだ婚約ではなかった。

両親と私は今回の婚約話を一度は断りもしたのだ。それをシード公爵家側がなんとかと懇願してきたので、しぶしぶ受け入れたようなものである。

サマン様と同じ時を過ごすにつれてあのお方に惹かれ、恋心を抱いたのは事実だが、決してやましいおこないなどはしていないし、ましてや籠絡などもってのほかだ。たくさんの紆余《うよ》曲折があってここまで来たというのに……。

私は全く合わない彼の考えを理解しようと努力したし、こちらの趣味をわかってもらうための努力もした。その甲斐《かい》あって、ようやく少しずつ私たちの関係は進展を見せつつあったのだ。それなのに……。

――私がサマン様を好きになるのは、そんなに身の程知らずなことだったの……？

ここ最近ずっと抱えていた不安にとどめを刺されてしまったようで、私は思わずその場にしゃがみ込んでしまったのであった。


「ソフィア様？　このようなところで、どうなさったのですか？」

どれほどそうしていたのだろうか。誰もいない廊下に一人しゃがみ込んでいた私の頭上から、聞いたことのある声が降ってくる。

「あなたは……」

ふと見上げれば、そこにいたのは先日騎士団の訓練所でお会いしたアラン様だ。

今日は舞踏会の警護にあたっているのか、貴族の正装ではなく騎士団の制服に身を包んでいる。

「ちょうど見回りで廊下へ出てみたらあなたの姿があったので、驚きました……でもちょうどよかった」

「申し訳ございません、見苦しい姿を……」

アラン様はしゃがんだままの私に合わせて自らもかがみ込む。

「ご気分でも悪いのですか？　顔色が悪い。ここでは身体も冷えてしまいますし、移動した方がいいです」

「……大丈夫ですわ」

「大丈夫なようには見えません。……その頬は？」

「っ……」

咄嗟に手で隠すが、既に遅かったようだ。アラン様の表情が険しいものへと変化していく。

「エリザ様ですか？　くそ……やはりあの時厳重注意などではなく、しっかり懲らしめておけばよかったものを」

「アラン様！　そのような物騒なこと、誰かに聞かれてしまっては大変です」

「それにしても、サマン様はどうされたのですか？　いつもいつもあなたが大変な時に、あのお方は……」

「私が一人になりたいとサマン様にお願いしたのです。あのお方は何も悪くありませんわ」

そう告げるもアラン様は心配そうな目を私に向けた。

「私がサマン様をお呼びしてきましょうか？　恐らくトーランド公爵夫妻のところにいらっしゃるはずです。こちらで待っていてください、すぐにお捜ししますから」

彼の気持ちはとてもありがたいのだが、私はここで以前のサマン様の言葉を思い出した。

『私はあなたとアランの関係に嫉妬《しっと》しました』

アラン様がサマン様を呼びにいけば、私たちが二人きりになっていたことが彼にも知られてしまうだろう。もちろんやましいことなど何もないのだが、サマン様にまた余計な心配をかけてしまうかもしれない。

二度と迂闊《うかつ》に男性と二人きりにはならないと約束した手前、なんだか気まずさが尾を引く。

「大丈夫ですわ。自分で行けますから」

「ですが……本当に大丈夫ですか？」

「はい。ありがとうございます。アラン様には一度ばかりでなく、二度も助けていただきました」

「それはお気になさらず。ですが……くれぐれもお気を付けて。私は屋敷を巡回していますから、何かあったらまた声をかけてください」

私はアラン様に一礼すると来た方向へと引き返し、重い足取りでサマン様を捜しにいく。

――サマン様を見つけたら、今日はもう帰るとお伝えしよう。

とてもではないが、これ以上この華やかな雰囲気の中に身を置く気力はもう残っていなかった。早く一人になって、この騒がしい気持ちを鎮めたい。


大広間へと戻ると、ひと際目立つ集団の中にいるサマン様の姿がすぐに目に入った。

友人であるというトーランド公爵と何やら楽しそうに語り合っているようだ。その姿はとても凛々《りり》しくて、男らしくて、私には手の届かない存在であるという事実が改めて重くのしかかる。

近づくにはかなりの勇気を必要とする集団であるが、さすがに一言の挨拶もなしに私一人だけ先に帰るということはあり得ないだろう。

私は覚悟を決めて彼らの方へと歩みを進めていく。距離が近くなるにつれて、嫌でも耳に入ってくる彼らの会話。そしてその中から聞こえてきたトーランド公爵の言葉に、私は思わず足を止めてしまった。

「それにしても、お前はどうして急に結婚する気になったんだ？」

「なんだいきなり」

「あれほど剣術命だったお前がついに婚約だなんて。かなりの数の見合いも、全て破談になっていただろう？」

「……父がうるさいんだ。婚約も決まったことだし、これでようやく静かになる」

「それで？　相手の令嬢のどこに惚れたんだ？」

――だめよ、盗み聞きはよくないわ……。

聞かない方がいいのではと思いつつも、その場から動くことができない。鼓動がどんどん速くなり、思わず胸に手を当てる。

サマン様は、一体私のどこを好きになってくれたのだろうか。

これまでの彼の態度から、彼が私に好意を抱いてくれているのでは、ということはなんとなく察していた。しかし直接的な言葉を告げられたことはこれまでに一度もない。もちろん私とて同じなのだが、それでも今彼らが交わしている会話は私にとってかなり気になる内容であった。

しかしサマン様の口から紡がれた言葉は、そんな私のかすかな期待を粉々に打ち砕く。

「……どうだろうか。わからんな」

その瞬間、自分の周りだけ時間が止まってしまったような錯覚に陥った。

――わからない、ですって……？

あれだけ思わせぶりな態度を取っておきながら、私のどこが好きかわからないなんてそんなおかしな話があるだろうか。どうやらトーランド公爵も同じような感想を抱いたようで、怪訝そうな顔でサマン様に尋ね返している。

「はあ？　わからないだと？　よくそれで婚約を結んだものだ。とても優しそうで、素敵な令嬢じゃないか」

「……もういいだろう俺の話は。それよりお前たち夫婦の新婚話を教えてくれ」

私のいる場所からは彼の後ろ姿しか見えないため、その表情はわからない。彼は今どんな顔をしてその場に立っているのだろうか。

――うまく息が吸えない……。

胸をぎゅっと掴《つか》まれたように苦しくなり、ますます呼吸が速くなっていく。

サマン様の口からは、ついに私への思いが語られることはなかった。

ここ最近の彼の様子から少し期待してしまっていた自分がいた。サマン様もきっと同じように私のことを好きでいてくれるのだと。

だがどうやらそう思っていたのは私だけだったのだ。

――嘘《うそ》でも一つくらい、何か言ってくださってもいいものを……。

だがサマン様は正直なお方。友人を前にして嘘をつくことなどできなかったのかもしれない。

もう帰ろう。

私の中で、張り詰めていた何かがぷつりと切れてしまった。

あれほど声をかけるのを躊躇《ちゅうちょ》していたというのに、心が吹っ切れたのか自然とサマン様の方へと足が進んでいく。そしてそっと後ろから声をかけた。

「サマン様」

突然名を呼ばれた彼は少し肩を揺らしてからこちらを振り向き、その真っ赤な瞳をこぼれんばかりに大きく見開いた。

「ソフィア……？　いつからそこに……その頬はどうしたのです」

私の顔を見てすぐに右頬の異変に気づいた様子のサマン様は、その表情を険しく変えた。

鏡では確認していないが、恐らく赤く腫《は》れてしまっているのかもしれない。そこは相変わらずじんじんとひりつくような痛みが残ってはいたものの、今の私にはそのようなことは気にならなかった。

「私、帰ります」

「え……」

「一人で帰れますから、サマン様はこちらに残っていてください。私なら大丈夫です」

「それなら私も一緒に帰ります。あなたを一人で帰らせることなどできません」

「一人で帰りたいのです。お願いですから放っておいてください……」

「ソフィア、一体どうし……ソフィア!?」

私はただそれだけ告げると、サマン様の返答は待たずに駆け足で大広間を飛び出す。もう周囲の視線などどうでもよかった。


「ソフィア！　待ってください！」

大広間を抜けて玄関へと続く長い廊下を駆けていると、後ろからサマン様が私を追いかけてきていることに気づいた。今日だけは絶対に追いつかれたくないと必死に足を進めるが、ドレスを着ているせいで走ることに不自由している私が、現役の騎士団長に敵《かな》うはずもない。

「はあ、ソフィア……やっと追いついた……」

あっという間に息を切らしたサマン様に手首を掴まれてしまった。その力は今までに感じたことのないほど強いもので、振り解《ほど》こうとしてもびくともしない。

「放してくださいませ。一人で帰りたいと言ったはずです」

「それは許しません」

どうしても今日は一人になりたかった。今サマン様と一緒にいては、醜い自分が顔を出してしまいそうだったから。しかし彼はそれを許してはくれないらしい。

「ひどいわ……なぜですか⁉」

「あなたは私の大切な婚約者だからに決まっているでしょう！」

大切な婚約者……。以前の私ならばこの言葉を純粋に受け止めて舞い上がっていたのかもしれない。

だがあのやりとりを耳にしてしまった今ではもう違う。

「サマン様、お願いがあるのです。身勝手なお願いを聞いていただけますか？」

「……願い？」

唐突な私の申し出に戸惑うサマン様。左右に揺れる瞳がその感情を物語っている。

しかし私はそんな彼の様子も構わずにこう告げたのだ。

「私と婚約破棄してくださいませ」


どれほどの時間が経ったのかわからないが、恐ろしいほどの静寂が私たちを包み込む。サマン様は一向に口を開こうとせず、俯いてしまったためその顔もわからない。

「ものすごく失礼なことを言っているのはわかっています。申し訳ございません。公爵様には私が頭を下げて謝罪いたします、サマン様に非はないのだと、きちんとお伝えします。ですから……」

公爵令息夫人になるなど、私にはやはり荷が重すぎたのだ。

エリザ様の件は単なるきっかけにすぎなかったのかもしれない。私には剣を持ってサマン様を守り抜くほどの強い心もなければ、彼の隣に並んで見劣りせぬほどの容姿も、家柄も持ち合わせていない。

身の丈に合わない結婚など、不幸でしかないに決まっている。

ただそれでもサマン様が私のことを好きでいてくれていると思っていたからこそ、私も頑張ってみようと前向きになれていたのだ。先ほどのような言葉を耳にしてしまっては、そんな決意も砕け散ってしまった。

——結局はシード公爵様を安心させるために、慌てて婚約を結んだのね。

どこが好きかもわからないような女に、よくもあそこまで優しい態度を取り続けることができたものだとむしろ感心してしまう。一体彼はどんな気持ちで私と口付けを交わしていたのだろうか。アラン様との件でやきもちを焼いていた時、少しは私のことを女性として意識していてくれたのだと嬉しかったのに。

さらにそれからどのくらいの時間が経っただろうか。恐ろしいほどに長く感じられたその時間も、ようやく口を開いたサマン様によって終わりを迎えた。

「婚約、破棄だって……？　一体なぜ……」

「理由は言いたくありません」

これ以上惨《みじ》めな気持ちになりたくはなかった。サマン様にその事実を認められてしまっては、どんな顔で彼の前に立っていればいいのかもわからない。

「理由を聞かずして、納得できるとでも⁉」

しかし案の定サマン様も引き下がるつもりはなさそうだ。それもそうかもしれない。彼からしてみれば、これまで順調な関係を築けていると思っていた私から突然婚約破棄を提案されたのだ。婚約者探しは再び白紙に戻ってしまう。そんなことは避けたいに決まっている。

全てを嫌な方向にしか考えることができなくなってしまい、ますます自分に対して嫌気がさした。

——正直にお話ししなければ、サマン様は諦めてくださらないのかもしれない。

どうせ婚約破棄という人生最大の失敗へと足を踏み入れようとしているのだ。

初めて恋をした男性は、私のことを好きではなかった。これ以上私の心を傷つける事実などもはやない。次の瞬間、自分の口から驚くほど冷ややかな声が紡ぎ出された。

「……私のこと、どこが好きなのかわからないのでしょう？」

ひゅうっとサマン様の喉が鳴ったような、そんな音がしたように思われた。一瞬で彼の顔から色が失われていく。

「なぜ……それを……」

「先ほどサマン様に声をかけようと近づいた際に、お話が聞こえてしまいました。立ち聞きをするような真似をしてしまって申し訳ございません」

「っあれは！　あれは誤解なのです！」

あの発言のどこが誤解なのだろうか。いっそのこと素直に認めてほしかったというのが本音だ。下手《へた》な言い訳を並べられるほど心は苦しくなる。

「隠さなくとも結構です。確かに私はこれといった美貌も持ち合わせておりませんし、実家も伯爵家です。趣味もサマン様からしてみればつまらないものでしょう。考えてみれば、サマン様が私を好きになる理由などありませんね」

言葉を紡げば紡ぐほど惨めになる。こんなに捻《ひね》くれた考え方はいつもの私らしくない。本来なら私は物事を前向きにとらえる質《たち》であるというのに。サマン様といるとどんどん卑屈になってしまう自分が嫌になる。

「そのようなことはない！　俺があなたを選んだんだ。あなたがそのように考える必要はない！」

彼の口調が再び変わったことがわかる。その表情は焦《あせ》りに満ちていた。

「ごめんなさい。今はもう何も考えられないのです。一人にさせてください。それから……婚約破棄の件もどうか前向きにご検討していただきたいのです」

私はそれだけ告げると、唖然《あぜん》としたままのサマン様に一礼して屋敷の外へと出た。

ここへ来た時のようにシード公爵家の馬車に乗って帰ることはできないため、不測の事態のために用意されている貸し馬車へと乗り込む。

御者は私の顔を見て驚いた様子を見せたが、込み入った事情には触れることなく、実家であるアプラノス伯爵家の屋敷へと馬車を走らせてくれたのであった。

帰りの馬車の中では涙が止まらない。サマン様の前で必死に堪《こら》えていた分が、次から次へととめどなく流れていく。なんとか家に帰る頃には泣き止んでいなければならないというのに、嗚咽を抑えることができない。

泣き腫らした顔で帰宅しては、家族に心配されてしまうというのに……。

——一人で舞踏会から帰ってくる時点で、もう何かがあったことはお見通しよね。

きっとそろそろアプラノス伯爵邸に着く頃だろう。私は呼吸を整えるために嗚咽を抑えて深呼吸し、すっかり濡《ぬ》れてしまったハンカチで目元をしっかりと押さえた。

「ソフィア!?　一体なぜこんなに早く帰ってきた!?　舞踏会は？　それになぜ貸し馬車で……その類は!?　サマン様はどうしたのだ！」

サマン様に連れられて舞踏会へ行ったものだと思っていた娘が、たった一人で貸し馬車に乗って帰宅したことに屋敷の中は修羅場のようであった。

次から次へと矢継ぎ早に浴びせられる質問に対し、全て答えている気持ちの余裕はない。

元々娘に甘い父は公爵家に抗議すると言い、母は私が何か辱《はずかし》めを受けたのではないかということを心配している様子。

「辱めなど受けておりませんわ。……少し人とぶつかってしまいましたの」

「ならばなおのこと、サマン様はどうした!?」

父がそう思うのも無理はない。舞踏会で婚約者が人とぶつかり怪我《けが》をしたというのに、一人で貸し馬車に乗せて帰らせるなど言語道断だ。

「私が勝手に一人で帰ってきただけなのです。サマン様はきちんと送ってくださると言っていましたわ。それを私が断ったのですから、公爵家に抗議などなさらないでください」

「だがソフィア……何か舞踏会で嫌なことがあったんだろう？」

父のそんな言葉に、先ほど傷付いた心が再び抉《えぐ》られそうになった。サマン様の言葉が蘇《よみがえ》りそうになり、必死に頭の中から消し去ろうとする。

「……それは……何もありませんわ。慣れない場所で、少し疲れただけなのです」

「違うだろう？　本当のことを話しなさい、ソフィア」

珍しく父がなかなか引き下がろうとしない。だがここで舞踏会の一部始終を話す気力も、心の強さも今の私は持ち合わせていなかった。

「ごめんなさいお父様……今は何もお話ししたくないのです」

そう言って押し黙ってしまった私を見た父は、今はこれ以上この件に触れるべきではないということを悟ったらしい。

「そうか……わかったよ、ソフィア」

「ですが……恐らくシード公爵家とは婚約破棄になるでしょう。近々その旨《むね》の使いが来るかもしれませんので、申し訳ございませんが対応をお願いいたします」

「婚約破棄……だって？　お前はそれでいいのか？　だってあれほど……」

「ええ。向こうから望まれたお話だとはいえ、元々は分不相応なご縁でしたから。お父様たちにまでご迷惑をおかけして、本当にごめんなさい。つくづく親不孝な娘ですわ」

「ソフィア……」

父はその後『ゆっくり過ごすように』とだけ告げると、それ以上何も言わなかった。恐らく私に気を遣ってくれたのだろう。この歳《とし》になって親に心配をかけてしまっていることがなんとも心苦しい。

――いつかこの気持ちを切り替えて、違う誰かと一緒になることができるのかしら。

今の私には無理難題な話だ。

重い足取りでふらふらと自室へ戻ると、気遣わしげな表情を浮かべているナンシーが扉の前に控えていた。

「ナンシー、ごめんなさいね。あなたには色々としてもらったのに」

「とんでもございませんお嬢様。今は何もお考えにならず、ゆっくりお休みください。後ほど温かいお茶をお持ちしますわ」

ナンシーはあえて事情を深く尋ねるようなことはしない。皆のその優しさが今の私には余計にこたえてしまう。

「ありがとう。だけど、部屋の前に置いてくれると助かるわ。しばらく一人になりたくて……」

「……かしこまりました」

悲痛そうなナンシーの表情を見ると、なんだか私まで悲しくなってきてしまった。

サマン様とのデートがうまくいくようにと、色々手を尽くしてくれた彼女の努力も無駄にしてしまったのだ。

そんなぐちゃぐちゃな気持ちを隠すかのように急いで扉を開けると、部屋の中へ入る。パタン……と静かに閉まった扉の音を耳にした途端、張り詰めていた緊張の糸が解けたように大きくため息が漏れた。

私はサマン様から贈られた首飾りを外し、丁寧《ていねい》に机の上へと置いた。先ほどまであれほど輝いていた真っ赤な宝石が、今ではくすんで見える。

——これも、お返ししなくては。

婚約を破棄したならば、このような高価なものを受け取るわけにはいかない。

首飾りだけでなく、ドレスも靴も、今日の私は全てがサマン様からの贈り物でできていた。その一つ一つを取り去っていつもの部屋着のドレスへと着替えた自分の姿を、まじまじと鏡で見つめる。

そこにいたのはシード公爵令息の婚約者ではなく、アプラノス伯爵家の娘であるいつもの地味な私であった。

——我ながら滑稽だわ。

脱ぎ捨てたドレスたちを見ていると、そんなふうに笑えてくる。結局身の丈に合わない恋にうつつを抜かしてしまったのだ。

そんなことを考えていた私は、結局一睡もできないまま朝を迎えた。サマン様は今何を考えているのだろうか。もうそんなことを気にしてもどうしようもないというのに、私の頭の中はいつまで経っても彼のことでいっぱいなのであった。

第六章　不器用な男

『私と婚約破棄してくださいませ』

目の前の女性から発された言葉は、俺を失意のどん底へと突き落とした。

彼女は薄《うっす》らと目に涙を浮かべながら、あっという間に馬車へ乗り込むと帰ってしまった。

あの儚《はかな》げな女性が、たった一人で。あまりに突然な彼女の発言に気を取られすぎて、すぐに彼女を追いかけることができなかった自分の不甲斐《ふがい》なさを悔やんでいる。

——無理矢理にでも引き留めて、誤解を解くべきだった……。

今さら後悔しても遅いのだ。全《すべ》ては自分の情けなさが招いたことである。

とてもではないがこのまま舞踏会に戻る気分にはなれなかった自分は、彼女の後を追うように帰路についた。

本当ならば今すぐアプラノス伯爵邸へと赴き、彼女の許しを請いたいところではあるが、さすがに時間が遅すぎる。こんな時間に突然訪問するような真似《まね》は、むしろ彼女の両親からも悪印象となってしまうだろう。既に俺の印象は最悪のものへと成り下がっているに違いないのだ。

シード公爵邸の自室へと戻ると、寝台に身体を投げ出した。いつもならたとえ舞踏会の後であろうと夜の鍛錬を欠かすことはないのだが、今日に限っては全くそんな気分になれない。剣を握る気力も残されていなかった。

見慣れた天井をぼんやりと見上げていると、これまでの彼女との出来事が自然と頭に浮かんでくる。

『初めまして。ソフィア・アプラノスと申します』

そう言ってにっこりと微笑《ほほえ》んだ小柄な女性。

――可愛《かわい》い……なんというか……触れたら壊れてしまいそうだ。

初めて見合いの席で彼女と二人きりになった時、俺はなぜか彼女の姿が印象に残った。まるで小動物のように華奢《きゃしゃ》で小柄で、戦いとは無縁のような女性である。

結婚するならば、代々騎士団長を輩出している我が家にふさわしい跡取りを残すことのできる、強い女性がいいと思っていたというのに。

気が強そうな見た目や性格の女性たちとは、これまでの見合いで数えきれないほど接してきた。

本当ならば、俺の求める条件に合う女性はそういった女性たちのはずである。

だが彼女たちは俺が剣術への思いを語りだした途端に、冷めた表情でこちらを見つめ露骨に態度に表した。その結果去っていこうとする彼女たちを見ても何も思わなかったし、むしろ俺の方からも願い下げだと思っていた。

しかしこの国の令嬢の数にも限りがあるわけで、そんなことをしているうちに残された伯爵家以上の令嬢はただ一人だけになってしまったのだ。そしてその令嬢こそが、アプラノス伯爵家のソフィアであった。

どうせ彼女も今までの女性たちと同じだろう。

彼女に断られたなら、もう今度こそ本気で父に養子の件を提案しよう。嫁いだ姉の子を養子にするなどいくらでも手はあるはずだ。そんな思いを心のうちに秘めながら、俺はソフィアとの見合いの日を迎えたのだ。

案の定、俺との会話が進むうちに彼女の顔には呆《あき》れの色が見え始める。

しかしそんな中でもこれまでの令嬢と違った点は、辛抱《しんぼう》強く俺に色々と質問をぶつけてくれたというところだろうか。他の令嬢ならばその不機嫌さを露骨に態度に出し、まともな会話にすらならなかった。

俺は公爵令息という立場でありながら、女性を楽しませるような会話はそこまで得意ではない。舞踏会など限られた場であれば精一杯取り繕ってこなすことができるが、二人きりというのはどうにも苦手だ。ましてや男女の駆け引きなど論外である。

幼い頃《ころ》に母を亡くし、男だらけの環境で生活してきたという点が大きいのだろうか。

友人であるオスカーが結婚した当初、セレーナ様とのすれ違いに悩んでいたあいつにもっともな助言をしたことを覚えている。だがそれも所詮《しょせん》は他人事《ひとごと》であったからというのが今になってよくわかった。

実際に恋愛沙汰《ざた》の当事者となった自分のなんと愚かなことか……。

そんな俺ではあるが、なぜかソフィアとは初対面のうちから自然と会話を続けることができたのだ。

そしてきっと無意識のうちに、その容姿にも惹《ひ》かれていたのかもしれない。

共に剣を持って戦う女性がいいと目の前のソフィアには言っておきながら、彼女の儚げな雰囲気《ふんいき》になぜか心を奪われた。

確かにソフィアは絶世の美女のような、目立った容姿の持ち主ではない。だが彼女の纏《まと》うふんわりとした優《やさ》しい空気が、毎日の鍛錬で張り詰めていた俺に癒《いや》しを与えてくれたのは間違いなかった。

貴族令嬢らしからぬ柔らかな雰囲気に、いつのまにか虜《とりこ》になっていたのだろう。

――彼女となら、もしかして結婚できるかもしれない。

自分の抱く理想の女性像と矛盾していることなどすっかり気にも留めず、そんな淡い期待を抱いたのも束の間。アプラノス伯爵家から届いたのは、婚約の打診を断る手紙であった。

『あの令嬢が最後の伯爵令嬢だぞ!? 彼女を逃してしまったら、今度こそ我が公爵家は滅亡してしまう！ いいか、アプラノス伯爵家に行って、土下座してでも婚約を取り付けてこい！』

その手紙を目にした父は激高した。

いつもならその怒りに反発し、跡取りならば養子を迎えればいいとのらりくらりとかわしていたのだが、なぜか今回に限っては父の言う通りに動いている自分がいた。

俺は自分の意思で、アプラノス伯爵邸に足を運んだのだ。

二度目に会った彼女は、突然の俺の申し出にかなり動揺していたように見えた。それもそのはずだ。婚約を断ったはずの相手が屋敷へと乗り込んできたのだから、戸惑いの気持ちの方が大きいに決まっている。

俺は失礼を承知で彼女を婚約者候補に選出した理由を話し、その上で改めて婚約を申し込んだ。彼女が婚約を結ぶための条件にデートを挙げてきたことは予想外で正直戸惑ったが、それをどこか嬉《うれ》しく思う自分もいた。

初めてのデートに関しては、はっきり言って記憶から抹消してしまいたいほどの失敗であったと思っている。今ならば、恋人関係にある女性と初めて出かける場所が鍛冶屋など、正気の沙汰ではないということがわかる。

これは後で鍛冶屋の主人のトミーや友人たちからも厳しい注意を受けることになったのだが……。

あの時の俺は、あまりに女性との関係構築において無知すぎた。これまで娼館《しょうかん》などでそれなりに遊んできた経験はあるのだが、真剣な交際は初めてだ。

女性を喜ばせるための話し方もデートの行き先も、あの時の自分はいまいちよくわかっていなかったというのが正しい。しかしそんな俺の突拍子のない提案に戸惑いの表情を浮かべながらも、ソフィアは一緒に鍛冶屋へと来てくれた。

それだけではない。トミーの説明をしっかりと聞き、気になったことは質問し、一生懸命俺の趣味である剣術を理解しようと努力してくれたのだ。

店を出る前にトミーが話していたことが今も記憶に残っている。

『貴族の御令嬢がこれほど真剣に、私のような者の話を聞いてくださるとは思ってもいませんでした。このような場所へ足を運んでも嫌な顔一つされず、鍛冶屋の仕事に興味を持ってくださる……そのような女性は滅多《めった》におりません』

この彼の言葉を聞いて、初めて自分の配慮の至らなさと、ソフィアの優しさに気づかされたのであった。俺も次は今回の礼を返したい、今度は彼女が望むことをしたい。

そんな願いが自分の中で次々に生まれ始める。

それからというもの、ソフィアと過ごした時間はこれまでの人生の中でいつになく新鮮で充実していたと思う。

初めて行ったカフェでは、半ば無理矢理ソフィアにケーキを勧められた。あのような砂糖を大量に使用した菓子を口にするのは、一体何年振りであっただろうか。

だがそれは想像以上に美味《おい》しく、身体の疲れが吹き飛ぶようであった。何より正面で微笑みながら美味しそうにケーキを頬張《ほおば》るソフィアの様子に、心が癒された。誰《だれ》かと一緒にテーブルを囲むというのは、これほど心が満たされるものなのかと驚いたものだ。

満たされた気持ちでその後に向かった図書館では、またもや俺の失態でソフィアを怒らせることになってしまい申し訳なかったと思っている。しかし彼女に帰れと言われてもどうしても帰りたくなくて、俺は人生において数年ぶりに剣術の参考書以外の本を読むことを決意したのだ。

そんな自分に、彼女はとっておきの本を探してきてくれた。

初めて読むその本はとても面白《おもしろ》くて、気づけば周りのことなど忘れて読書に没頭していた自分に驚く。これまでいかに剣術のことや騎士団のことばかり考えていたのかということを思い知らされた。

普段の自分ならば無駄な時間であると一蹴しそうだが、不思議とそのような考えは一切起こらなかった。

その後もソフィアとの逢瀬《おうせ》を繰り返していくうちに、俺の中である疑問が浮かび始める。

――もしかしたら俺は、今まで自分に厳しくしすぎていたのか……？

これまで休むということは甘えであり、自分に対する負けだと思い込んでいた。だからこそ朝から晩まで鍛錬に励み、常に剣術と騎士団のことだけを考えて生きてきたのだ。

しかしそれだけで人生を終えていいのだろうか？　人間として当たり前の楽しみや幸せを自分は知らないまま、その生涯を終えることになるのだろうか。……そんなことは嫌だと思った。

ソフィアと様々な所へ出かけて美味しいものを食べて、たくさんの思い出を共有したい。俺が頭で思い描く未来に浮かぶのはいつも彼女の顔だった。彼女以外の誰かとこうして共に過ごすことなど考えられない。

いつのまにか、自分の生活の中に当たり前のようにソフィアが存在していたのだ。

彼女はもう起きただろうか、今何をしているのだろうか、ふとした瞬間に彼女のことばかり浮かぶ。

ソフィアと出会う前の人生をどうやって過ごしてきたのか思い出せず、彼女なしの未来を思い描くことなどもはやできなかった。

ソフィアへ抱く己の激情をはっきりと意識したのは、彼女とアランが二人きりでいるところを目の当たりにした時だろうか。一度も俺に向けたことのないような、弾《はじ》けるように無邪気で楽しそうな顔。

アランに笑いかけるソフィアの姿が目に入った途端、気が狂いそうになった。

普段からアランをよく知る俺は、あいつがソフィアに手を出すような卑怯《ひきょう》な男ではないことくらい十分承知している。だがどうしようもなく俺の中で焦《あせ》りが生まれたのだ。

しかもよくわからない侯爵令嬢が、ソフィアのことを侮辱したというではないか。

言われて思い起こせば、エリザという令嬢は確かに以前見合いをしたことのある令嬢であった。だが彼女は俺の見た目と地位に惹かれているにすぎず、その内面には見向きもしなかったのだ。

その事実がひしひしと伝わってきたため、剣術の話で彼女が嫌悪感を示した際にこれ幸いと見合いをなかったことにしたのである。俺としては向こう側から断られたも同然だと思っていたが、どうやら彼女の方はそう思っていなかったらしい。

しかし間違いなくあの時の彼女の目は嫌悪感に満ちており、あのまま見合いを進めていてもどうせうまくいくことはなかったはずだ。

それがまさか、ソフィアに逆恨みの感情を向けるとは思いもしなかった。

――あの女、実家ごと取《と》り潰《つぶ》してやろうか。

ミューズリー侯爵の手前、厳重注意で済ませてやったものを。ソフィアに危害を加えようとするなど言語道断であり、たとえ侯爵令嬢であっても許されることではない。

しかしそれと同時に、彼女を危険から守ってやることのできなかった不甲斐ない自分に嫌気がさした。しかも今回のことに関しては俺が原因で、ソフィアには何の非もないというのに……。そして俺の代わりに彼女を守ったアランに対して身勝手な嫉妬心《しっとしん》を抱いてしまった。

気づいたらソフィアの唇を奪っていたあの時、彼女の雰囲気と同様に柔らかく温かなそれは、俺を狂わせた。欲望のままに彼女の唇をむさぼり尽くしそうになったが、ソフィアの流した涙で冷静さを取り戻すことができたのだ。あの涙がなかったら、あのまま止めることができなかったかもしれない。

——俺はソフィアが好きだ。彼女でないとだめなんだ。

ようやく自分の中に芽生えていた彼女への恋心をはっきりと自覚した。

それからというもの、一刻も早く彼女との関係を進めたくなり、父に頼み込んで無理矢理最短での婚儀を模索していたところだったのだ。

それなのに、あの舞踏会の出来事がせっかく近づいた俺たちの距離を再び引き離してしまった。

しかも今回は取り返しのつかないほどにその距離は開いてしまっている。

元々ソフィアは華やかな場所が得意ではない。

今思えば彼女のそばから一瞬たりとも離れるべきではなかったのだ。俺は二度も同じ過ちを繰り返したことになる。行動を別にしてすぐ彼女はエリザにしつこく絡まれ、挙句《あげく》の果てにその頬を叩《たた》かれたというではないか。

これはその場に居合わせたアランが後で報告してくれたのだが、彼女を助けてくれたことに感謝すると同時に、またもや自己嫌悪に襲われる。

——最愛の女性一人すら守ることができず、何が騎士団長だ。

そして俺たちの関係に亀裂を入れることとなってしまった決定的な発言を、まさか彼女に聞かれていたなんて、思いもしなかった。

ソフィアの好きなところなど、数えきれないほどあるというのに……。常に前向きなところ、いつも俺のことを考えてくれる優しく清らかな心。美味しいものを食べた時の幸せそうな顔、そして読書に熱中した真剣な顔、どんな彼女の表情も可愛くて仕方がない。

そして何より、ただ一緒にいるだけで癒される。彼女が隣にいるだけで、言葉がなくとも心が満たされる。

そう、挙げ出したらきりがないほど俺は彼女に夢中なのだ。

——俺はソフィアの存在そのものを愛している。彼女の全てが好きだ。

だが普段の俺と似ても似つかない台詞《セリフ》を口に出すことが憚《はばか》られて恥ずかしさが勝ってしまい、つい曖昧《あいまい》な態度で誤魔化《ごまか》してしまった。

舞踏会の後で直接ソフィアにこの思いを伝えよう、そして正式に結婚を申し込もう、そう決心していたというのに。

婚約破棄を告げたあの時のソフィアの顔といったら……。最愛の女性にあれほど悲しげな顔をさせてしまった自分が恨めしい。できることなら舞踏会の前に時間を巻き戻してやり直したい。

だがそんな後悔に浸《ひた》っている時間はないのだ。

俺はたとえどんなことがあろうとソフィアのことを諦めるつもりはない。たとえ彼女の両親が反対しようとも、彼女本人が抵抗しようとも、俺は二度と彼女を離してやるつもりはない。

いざとなれば公爵家や騎士団長としての立場も使うつもりだ。

もしも彼女が俺の置かれた立場に躊躇《ちゅうちょ》するのならば、逆に全てを放棄する覚悟もできている。俺一人の代わりなど、いくらでもいる。しかし俺にとってのソフィアの代わりは他《ほか》の誰もなり得ないのだ。

きっと彼女はそんな卑怯な手を使うことを何より嫌うだろうが、それでも構わない。俺の手の中に彼女がいてくれるのならばそれでいい。

生涯命を懸けて守り抜き、彼女だけを見つめて宝物のように大切にすると誓おう。

……自分の中にこれほどの独占欲があったとは驚きだ。恋は人を狂わせるとは、まさにこのことか。

——待っていてくれ、ソフィア。必ずあなたを手に入れる。

第七章　あなたが好きだ

「ソフィア……サマン様が下に来ているが……」

「気分が優れないとお伝えしてください」

「だがしかし……そろそろその言い訳は……」

「気分が優れないのは本当です。それで、婚約破棄に関する書類は持ってきていただけましたか？」

「いいや。あのお方はとにかくお前と話がしたいと、その一点張りでな……」

あの舞踏会の晩にサマン様へ婚約破棄を告げてから一週間が経《た》つが、彼はその翌日から毎日我が伯爵家の屋敷を訪れているらしい。

しかし本人を目の前にして直接別れを告げられることが何よりも怖く、私は彼を避け続けてしまっているのが現状だ。

——自分から婚約破棄を申し出ておいて、なんとも滑稽なものだわ……。

サマン様が好きだ。たとえどれほど考えが合わなくとも、あのお方が愛《いと》おしい。

少し不器用で、笑ってしまうほど正直で嘘《うそ》がつけないサマン様。

いつしか私は彼の見た目ではなくその内面に惹《ひ》かれていたのだ。こんな気持ちを知ってしまったら、もう他《ほか》の誰《だれ》かと結婚することなどできない。

反対にサマン様が私以外の女性と結婚するのを目の当たりにして、私はのうのうと生きていけるのだろうか。

するとその時、部屋の入り口の方から物音がして思わず身体がびくりと震える。

しかしよくよく考えれば、恐らくナンシーがお茶でも持ってきてくれたのだろう。ここ数日は私の気分が優れないため、こうしてお茶だけ置くとすぐに退出してくれているのだ。彼女にもあれ以来かなりの心労をかけているのだと思うと、余計に心苦しくなってしまう。私はきっとまだ扉の前にいるはずのナンシーに声をかけた。

「ねえナンシー。もし私が修道院に入るって言ったら、あなたは許してくれるかしら？」

この国で適齢期を過ぎた貴族の未婚の女性は、どこかの老貴族の後妻に入ることがほとんどである。それすらも逃してしまった女性は、いずれ修道院に入るのだ。

サマン様以外の男性を愛することなどできるはずがない。

一度でも恋という気持ちを知ってしまった以上は、以前のような自分に戻ることは不可能なのだ。ならばいっそのこと神のために身を捧《ささ》げるのも悪くはないだろう。修道院ならば外の世界とは隔離された場所であり、サマン様のその後の様子も耳に入ることはなくなる。彼が未来のシード公爵夫人と並ぶ姿も見ずに済むのだ。

両親やナンシーは悲しむかもしれないが、出来損ないの私の最後のわがままなら聞いてくれるかもしれない。

そんなとりとめのないことをぼうっと考えて寝台の上で目を閉じるが、ナンシーからの返事は一向になかった。既に部屋を後にしていたのだろうか。

「ねえ、ナンシー？　聞いてる？」

「そのような場所へ行くことなど、私が許しません」

――え？

予想外の声に私の思考が停止する。この声はナンシーのものではない。ここでは絶対に聞こえるはずのない、だけれども聞き間違えるはずのない声が耳に響いた。

「あなたは絶対に私の元から離しません。たとえ神にだって渡してなどやるものか……」

「さ、サマン様……？」

ようやく事態を察した私が、慌てて飛び起きて部屋の入り口の方へ顔を向ければ、なぜか扉が大きく開け放たれている。そしてそこにナンシーの姿はなく、代わりに愛しい人の姿があった。

「な、なぜ……なぜ、こちらに……」

あまりに信じられない目の前の光景に、しどろもどろになってしまう。彼はどうやってこの部屋までやってきたのか。そして一体父はどこで何をしているのだろうか？

「申し訳ない、伯爵には少し無理を言いました。だがこうでもしなければ、あなたは絶対に私とは会ってくれないと思いまして……」

「……あの、父に何を……」

「大したことではありませんので。今はそれどころではない」

……父は脅されでもしたのだろうか？　何やら漂う不穏な空気を断ち切るかのように、サマン様は再び口を開いた。

「そちらへ行っても？」

「いや……それは……て、ちょっと！」

私の返事など元々聞く気はなかったらしく、サマン様はずかずかとこちらに向かって歩みを進めている。

——これは、かなり危ないのでは……？

なぜなら私が今いるのは寝台の上なのだ。未婚の、しかもこれから婚約を破棄するであろう男女が寝台のそばにいるのはよろしくない。そう思って慌てて寝台から飛び降りるが、それと同時に私は突然の息苦しさに襲われることとなった。

「っ……!?」

あの時と同じように、濃いほどに香るサマン様の香り。

しばらく何が起きているのかわからなかったが、ようやく私は彼に抱き締められてその胸元に顔を押し付けられているのだと悟った。腰に回された腕に込められる力は痛いほどで、全く身動きがとれない。よく考えてみれば彼は騎士団長なのだ。恐らく私など一握りで潰《つぶ》してしまえるほどの力を持っているだろう。

父とは明らかに違うその逞《たくま》しい胸板、そして見上げるほどの高い身長に、閉じ込めようとしていた気持ちが溢《あふ》れ出して胸が苦しくなった。

「さ、サマン様……いけませんわ、このような……」

意味はないとわかっていながらも、胸元を押し返そうとする。もちろん密着した身体が離れることはない。

「何がいけないのです？　私たちは恋人だ」

「でも！　私たちは婚約破棄を！」

「婚約破棄などしないと言っているだろう！」

突然あげられた大声で無意識に身体がびくついてしまう。そんな私の反応に気づいたのか、抱き締める腕の力が少し弱まった。

「ああ、申し訳ない。怒っているわけではないのです。ですが、まず私の話を聞いてはくれませんか。お願いします……」

今度は途端に眉《まゆ》を下げて小声でそう呟《つぶや》くサマン様の姿は、いつもの自信溢れるそれとは違ってどこか小さく見えた。私の背に合わせてかがんだ彼の吐息が耳元にかかり、思わず身震いしてしまいそうになる。この状態で冷静に話を聞くことなど不可能だ。

「わかりました、わかりましたから……まずは身体を放してくださいませ」

「……このままではいけませんか？」

「いけません！」

「一瞬たりとも離れたくないのです。あなたはすぐにすり抜けていってしまいそうで……」

「……逃げません。きちんとお話を聞きますから放してください」

ようやく渋々といった様子で身体を放したサマン様に対し、私は部屋の中央へと置かれたソファを勧める。先に座るように促された私が腰を下ろすと、なぜか彼は正面ではなくその隣へと腰掛けた。

だがあまりの出来事の数々にそれを咎《とが》める気にもなれず、私はそのまま話をすることにする。

「まずは、あなたに謝らせてください。あの舞踏会の日、あなたを傷つけるような真似《まね》をしてしまった……。申し訳ありません」

サマン様はそう言って深く頭を下げる。

「いいのです。もう気にしておりませんから。ですからサマン様もそのことはお忘れになって……」

「あれは誤解なのです！」

はっとしたように勢いよく頭を上げたサマン様は、叫ぶようにそう告げた。

「え？」

「あなたの好きなところがないという意味ではないのです！」

「でも、好きなところはわからないとおっしゃっているのを、はっきりと聞きました……」

あの発言を誤解だと言われても、私には信じられるはずがない。

「どこが好きかと言われても、咄嗟《とっさ》に一つを挙げることができなかったのです。私はあなたの全《すべ》てが好きだ」

『あなたの全てが好きだ』

突然告げられた告白に、思考が停止する。数秒の後にその意味を呑《の》み込むと、今度は恥ずかしさと嬉《うれ》しさが一度に押し寄せてきた。

「だがそのような恥ずかしいこと、とてもではないがあの場では言えなかった……。情けない男を許してください」

「この婚約は、シード公爵様のために結ばれたものでは……？」

「確かに結果的には父の意向に添う形になりました。ですがあなたと結婚したいと決めたのは私の意思です。そこに父は関係ない」

「なぜあの舞踏会の日にそうおっしゃってくださらなかったのですか!?」

「それは……ソフィアに婚約破棄したいと言われて、頭が真っ白になってしまって……気づいた時にはあなたは既に馬車に……。あの日、一人であなたを帰してしまったことをお許しください」

次から次へと知らされる事実についていくのがやっとである。思わず隣に座るサマン様を見上げると、彼は苦し気で切ない表情を浮かべていた。

――サマン様は私の全てが好きだと、そうおっしゃったの？

先ほどの彼の告白を、頭の中で何度も繰り返す。

まさかそれほどまでに彼が私のことを思っていてくれたことなどつゆ知らず、一人で勝手に勘違いして空回りした自分が途端に恥ずかしくなった。

しかし、それと同時に新たな不安が頭をよぎる。

「ですがサマン様……私はあなたが求めるシード公爵令息夫人としての条件に当てはまってはいません。以前その話は一旦忘れるようにとおっしゃっていましたが、さすがにもう避けて通ることはできませんわ……」

そう、サマン様の望む理想の花嫁像は、自らと共に剣を持って戦ってくれる女性なのだ。

その他の価値観の擂《す》り合《あ》わせは多少できたように感じられるが、この件に関しては全く解決に至っていない。どう足掻《あが》いても剣術だけは私には無理なのだ。

もしもサマン様がその条件を譲れないというのならば、たとえどんなに思い合っていたとしても泣く泣く別れる道を選ぶしかない。

すると、サマン様がそっと私の手の上に自らの手を重ねた。男らしい大きなその手は、優《やさ》しく私の手を包み込む。

「私はようやく気づいたのです。妻となるべく女性に求めることは、強さではなく安らぎでした」

「……え？」

「ソフィアと過ごす時間が増える中で感じたのです。今まで自分のことを追い込みすぎていたのだと。ゆっくりと美味《おい》しいものを食べて、時間が経つのを忘れるほどに趣味に没頭する。そんな何気ない時間が私には必要であったのだと」

「サマン様……」

なんだか視界がぼやけてしまってサマン様の姿がよく見えない。

彼の前で泣き顔を見せたくなくて必死に堪《こら》えるが、思わず一粒の涙がドレスにこぼれ落ちてしまった。ぽつりと落ちた涙は、じわりと広がって染みを作る。慌てて目元をハンカチで拭《ぬぐ》おうとすると、それを遮るかのように突然サマン様の顔が近づいてきた。

「……あっ……」

そっと目尻に口付けられ、その涙を吸い取られたのだ。音もなくゆっくりと離された唇は、ひたすらに熱い熱だけを残していく。そしてサマン様は熱を帯びた真っ赤な瞳《ひとみ》で、じっと私を見つめた。

「ソフィア、愛している。あなたは剣を持って戦うことなどしなくていい。いや、むしろ戦わないでくれ……あなたを危険に晒《さら》したくない。ソフィアのことは俺が命を懸けて守り抜く。あなたは安心して隣にいてくれれば、それだけで俺は幸せだ」

いつのまにかサマン様の話し方が変わり、敬語がなくなった。そのことが私たち二人の距離をこれまで以上に近づけてくれるような気がする。胸をぎゅっと掴《つか》まれて、今にも彼への思いが溢れ出しそうだ。

じっと私の答えを待つように、彼は重ねた手をより一層強く握り締めた。

「ソフィア、あなたの答えを聞かせてもらえないだろうか……。もしもあなたが俺のことを嫌いだと言っても、きっと俺は離してやることはできないが……」

「愛しています」

最後まで彼の言葉を聞く前に、口から言葉が飛び出していた。まるでずっとこの瞬間を待ちわびていたかのように。

「サマン様のことが好きです。愛しています。あなたがいないとだめなのです……」

恥ずかしさに押し潰されそうになりながらも、必死の思いでようやく自分の正直な気持ちを伝えることができた。

だが肝心のサマン様からの返答がない。彼は目を見開いたまま、その場で固まっている。

「あの……サマン様？　何かおっしゃってください……ないと私……きゃあっ⁉」

するると次の瞬間、がばっと勢いよくサマン様に抱き締められる。先ほどの抱擁に続いて再び息が苦しくなるが、大好きな香りに包まれて心は満たされていく。

「く、くるし……」

「本当に⁉　あなたも俺を愛していると⁉　ああソフィア！」

「サマン様、とりあえず離し……んんっ」

少し身体が離れたかと思うと顎《あご》に手をやられ、そのままグイッと持ち上げられたかと思えば唇を奪われる。噛《か》みつくような激しい口付けに、ただでさえ息が苦しい私は窒息しそうだ。強引に唇を割って侵入した舌が口内で動き回り、時折私の舌を吸い上げる。それはこれまで交わしたどの口付けよりも激しく、苦しさはあるものの蕩《とろ》けそうに甘かった。

「んっ……苦しい、サマン様……ふあっ……」

ぷはっと離される唇。はぁはぁと大きく深呼吸をしながら彼を見れば、唇についた唾液を舌で舐《な》め取っており、その姿の色気が凄《すさ》まじくて倒れそうになってしまう。

――恋愛初心者の私には、強すぎる刺激だわ……。

「ソフィア……愛している。ソフィア……もう離さない」

ぎゅうっと私を抱き締めながら、サマン様はまるで懇願するかのように耳元でそう繰り返す。そんな彼の姿がどうしようもなく愛おしい。

大きくて温かいその身体にすっぽりと包み込まれると、あまりの心地よさになんだか眠くなってきて、つい目を閉じてしまいそうだ。

「ソフィア……俺はもう我慢できない」

サマン様の低い声が、そんな私を現実に引き戻す。言っている意味がよくわからなくて首を傾《かし》げれば、頭上からため息が聞こえてきた。

そしてその口から紡がれた言葉に、私は驚愕《きょうがく》することとなる。

「今ここであなたを抱きたい」

「だっ抱きたい……？　それは……」

抱くという言葉の意味が何を表しているのか、さすがの私にもわかる。

しかしその意味を直接口にするのは恥ずかしすぎて、つい言葉を濁してしまった。

「許しをもらえないだろうか？」

「でも、私たちはまだ婚約中の身で正式に夫婦となったわけでは……」

さすがに今さら婚約破棄ということはないとは思うが、それでも未婚の状態で身体を繋《つな》げるということは、私にとってはかなり勇気のいる行動だった。

「生涯ソフィアを離すことはない。あなたと結婚できなければ生きていけないのは俺の方だ。俺の方がずっとあなたに……」

少し潤んでいるかのように見えるその赤い瞳に吸い込まれそうになる。真剣な眼差《まなざ》しが眩《まぶ》しくてつい目を背けそうになるが、彼はそれを許してはくれないらしい。

両方の手のひらで頬《ほお》を挟み込んで自らの方を向かせると、私の答えをせがむように目で訴えかけてきた。

「でも、父に何と言えば……」

「大丈夫。アプラノス伯爵なら全てわかっているから」

「サマン様は父に何を……」

一体彼は父に何を吹き込んだのであろうか。先ほどからそれが気になって仕方がないが、一向に教えてくれる気配はない。

「頼む、ソフィア……。あなたを早く俺のものにしたい。でなければまたいつ横やりが入るかどうか……」

ここまで来て何を迷うことがあるのだろうか。最愛の人が私を求めてくれている、これほど幸せなことはないだろう。私の中で答えは出たような気がした。

しかしその答えを口に出す勇気の出ない私は、こくこくと首を縦に振ることで了承の意思を伝える。

「……っああ、ソフィア！　優しくするから」

「さ、サマン様！」

私に拒否するつもりがないとわかった途端、サマン様はソファに座っていた私の膝《ひざ》の下へ手を入れるようにして横抱きに持ち上げた。軽々と一人の人間を抱き上げてしまうところを見ると、さすが騎士団長である。

そしてそのまま先ほどまで私がいた寝台へと、迷うことなくその歩みを進める。急に宙に浮かんだ身体が落ちてしまわないよう、しっかりと私の背を抱き締めるその腕は力強い。

寝台へと到達すると、ゆっくりと降ろされる私の身体。そしてサマン様がその上に跨《また》がるようにして覆い被さる。

これほどまでに間近で彼の顔を眺めるのは初めてで、改めてその整った精巧な顔に惚《ほ》れ惚《ぼ》れとしてしまった。

「……どうした？　ぼうっとして……」

「サマン様があまりに男らしくて素敵だなと思いまして……。これほど近くでお顔を見たのは初めてですから」

「……っ」

初めは私の様子に訝《いぶか》し気《げ》な表情を浮かべていたが、途端に顔を赤く染める様子がなんとも面白《おもしろ》い。

「前から思っていたのだが、ソフィアは無意識のうちに俺を煽《あお》るのが上手《じょうず》なようだ。いつもあなたに振り回されてしまう」

「煽るなんて、そんな……んんっ」

「はぁっ……もう我慢できない……」

サマン様の唇によって言葉を遮られる。どちらのものともわからない熱い吐息が、寝室に響きわたった。静まり返った部屋からは私たち二人の息遣いだけが聞こえていて、その吐息で部屋は心なしか熱を帯びているようにも感じられる。

「あっ……んっ……」

降るように落とされ続ける激しい口付けに、私は息も絶え絶えだ。ちゅ、ちゅ、と優しく唇を啄《ついば》んだかと思えば、突然ぬるりと温かな舌がねじ込まれるようにして口の中へ入ってくる。

ゆっくりじっくりと味わうかのように動くサマン様の舌によって、口の中がどんどんと熱を持ち始めていくのがわかった。じっとりと歯列をなぞられると、なぜか全く関係のない場所がもどかしくなる。

「好きだ、ソフィア……。舌を出して」

「やっ、恥ずかし……ふっ……」

恥ずかしいと言いながらも、言われるがままに舌を出してしまう私。

その一瞬も見逃さないとでも言うべきか、あっという間に私の舌先はサマン様のそれによって絡め取られた。ツンと触れ合ったかと思うとそのまま優しく吸い上げられ、また激しく絡み合う。

「あっ……んんっ……」

漏れ出る声の甘さが自分ではないようで恥ずかしい。

「なんて可愛い声を……誰にも聞かせたくないな。塞《ふさ》いでしまおうか」

「っ……」

サマン様はそう言って再び激しく口付け始めた。

息も絶え絶えになっている私とは違って、彼は至って変わらぬ様子で口付けを続けている。その事実がなんだか面白くない。

「……ひどいわ。私ばかり……サマン様は平気そうなお顔をして……」

するとサマン様は、ぷつりと唇を離してまじまじと私の顔を見つめる。離れた唇からはどちらのものともわからぬ銀糸がつ……と伸びた。

「俺だって、あなたとこうしているのが夢のようで……。ほら、もうこんなに」

そう言いながら私の手を取ると、自らの胸元へと持っていく。そこから感じる鼓動は確かに彼の言う通り、服の上からでもわかるほど速い間隔でリズムを刻んでいるようだ。

「わかってもらえただろうか？　確かに俺はこういったことは初めてではない。でも心から好きになった相手と身体を繋げるのは初めてだ。もしかしたら途中で理性が利かなくなり性急に事を進めて、あなたに怖い思いをさせてしまったらと不安で仕方がない……」

私はその言葉を否定するためにふるふると首を振った。

「大丈夫ですわ。サマン様となら、安心です」

するとその言葉にサマン様は一瞬苦し気な表情を浮かべる。

「……そんなことを言って、後で後悔するかもしれないぞ」

「えっ……」

「俺がどれだけあなたに夢中で気が狂いそうになっているか、知らないだろう？」

「そんな……私だって、あっ……」

私だってサマン様のことが好きで仕方ないと伝えたいのに、それを遮るかのように首元に顔を埋《うず》められ、首筋の敏感なところに舌を這《は》わせられる。すると途端に何やらぞくぞくとした感覚が、足先から下腹部に向けて襲い掛かってきた。

愛しくてたまらない男性が、私を求めてくれているというその事実だけで心が満たされる。

「ここ、痕《あと》をつけてしまいたい。俺のものだと一目でわかるように」

痕というものが何であるのか、以前読んだことのある恋愛小説で一度だけ目にしたことがある。

相手が自分のものであるということを見せつけるための所有の証《あかし》。それを今サマン様はつけようとしているのだ。

「で、でも両親に見られたら……あっ……」

反論の途中で首元に一瞬走った鈍い痛み。どうやらサマン様がそこに吸い付くようにして痕をつけたらしい。ジンジンと熱く痺《しび》れるような鈍痛が私の感覚を狂わせる。

口では抵抗の言葉を述べながらも、その行為に歓喜している自分がいた。

「やっ……だめだと言ったのに……。あんっ……」

「どうやら俺はかなり独占欲が強いらしい。あなたを誰にも渡したくない。誰が見ても俺のソフィアだとわかるようにしなければ……」

「やっ、サマン様、つけすぎです……」

——嬉しいけれど、それにしてもつけすぎではないかしら？

熱い吐息と共に次々と落とされていく鈍い痛みが、サマン様の執着の強さを物語る。自分で確認することはできないが、恐らく明日の朝には首元がとんでもないことになっているに違いない。

困ったと思いつつも、狂おしいほどのその思いを嬉しくも感じてしまう。

私もすっかりサマン様に夢中になってしまったのだ。彼なしの人生など生きる意味もないと思うほどに。

やがてひと通り首元に痕を散らしたサマン様は、そのまま唇を鎖骨から胸元へと下ろしていく。

今日の私は普段着の簡素なデザインのドレスを着用しており、コルセットは着けていない。そのため胸元のリボンを外せばあっという間に上半身が露《あら》わになってしまう。

サマン様は慣れたような手つきで、あっという間に胸元のリボンをしゅるりと外した。

途端にふるりと露わになる控えめな膨らみが、サマン様の顔の前に晒される。

自分でもあまり自信のない胸元を見られてしまうのが恥ずかしくて、思わず両手で隠した。

「……あまり見ないでください……」

するとサマン様がその手を優しく握り締め、胸元から身体の横へと移動させる。

覆い隠すものがなくなってしまった私の膨らみは、かすかに震えながら彼の視線に晒された。サマン様は無言でじっとそこを見つめている。

「なぜ？　こんなに美しいのに……隠してしまってはもったいない」

「……だって私の胸は小さいのです。もっと大きければいいのにと何度願ったことか……っサマン様、何を……」

サマン様は膨らみへと手を伸ばすと、つ……とそこを撫《な》でた。それは触れるか触れないか曖昧《あいまい》な手

つきで、その刺激がなんともどかしい。指が触れるたびにぴくりと身体が跳ね上がりそうになる。

「ん、あっ……」

やがて大きな手が膨らみを包むように置かれ、恐る恐る……といった様子でやわやわと形を変えられていく。先ほどよりも強さを増した刺激に、ますます漏れ出る声が甘く切なくなっていった。

「やっ、んっ……はぁっ……」

「俺の手の中にちょうど収まって、とても可愛《かわい》らしい。色も白くて、先端は薄桃色で……ずっと眺めていたいくらいだ」

「やっ……恥ずかしいからそういうことは……」

サマン様の口から飛び出す恥ずかしい台詞《セリフ》に、顔が真っ赤になって熱く火照る。

「痛くはないか？　すまない、俺の手は剣を握っているからごつごつとしていて硬いんだ。もし痛かったら我慢しないで言ってほしい。あなたに痛い思いはさせたくない」

「そのようなところも全て含めて、私はあなたが好きなのです」

真面目《まじめ》に剣術一筋でここまで頑張ってきた彼のことを、いつしか誇らしいと思うようになっていた。あれほど剣術への愛が重すぎることに対して懸念を抱いていたというのに、恋とは不思議なものである。

「ソフィアはなぜそのように可愛いことばかり言うのか……。必死に気を落ち着けようとしている俺の努力が無駄になってしまいそうだ」

サマン様はそう言うと、空いた方の膨らみを口に含んだ。初めて感じる温かさに、思わず息を止める。彼はちゅ、ちゅ、と角度を変えながらその頂を軽く吸い上げるようにして口付けていった。

「ひゃっ……だめですそのような……あっ」

あの男らしい騎士団長様が私にこのようなことをしているのだと思うと、それだけでその刺激に溺れそうになる。やがてぬるりとした舌で頂を転がすように刺激されれば、あっという間にそこはピンと勃《た》ち上がってしまった。

「ほら、もうこんなに」

ちゅぽんと音を立てて唇を離し、こちらを見ながらにやりと笑うサマン様は、まるでいたずら好きの子どものように見える。見れば彼の唾液で濡《ぬ》れたそこは、初めて目にするほどに赤く腫《は》れあがりその存在を主張していた。

「ん……サマン様……」

そのまま今度はもう片方の先端を口に含むと、反対側の頂は指で擦《こす》り付けるようにして刺激を加えてくる。ジンジンと焼け付くような痛みに似た快感が身体の奥から湧《わ》き上がり、初めての感覚に恐ろしさで震えが止まらない。

「ソフィア……」

「っ！　ああっ！　そんなに強く、いやっ……」

ぐりっと強めにそこを摘《つま》まれた瞬間、身体がのけ反りそうになるのを腰の下に回されたサマン様の手によって支えられる。

はあ、はあと荒くなった息を必死に整えようとするが、またもや熱い唇に遮られてしまった。

「ふうっ……」

荒い呼吸を口付けによって妨げられてしまい、うまく息を吸うことができない。

大きな舌はまるで私の舌を離さないとでもいうように、執拗《しつよう》に絡みついてきた。下唇を噛むようにして口づけが解かれると、サマン様はぐったりと横たわる私に嬉しそうな視線を向ける。

私はようやく解放された唇を開けると大きく息を吸った。

「今軽く達したのか？　可愛い……」

「あ、あの……もう大丈夫ですから、早く……」

これ以上彼の前で醜態を晒してしまうのが怖い。一体私はどこまで乱れてしまうのだろうか？　恥ずかしさに居たたまれなくなり、サマン様にそう懇願する。

男女の営みの最終的な目標は、さすがの私も閨《ねや》教育を受けているので理解しているつもりだ。

彼が私の中に自らを収めて、精を放出すること。それがこの行為の目的なのだ。……さすがに正式な婚姻がまだなので、避妊はしなければならないが。

かつて淡々と終えた閨教育の中では、女性がこのように乱れる様など教えてはくれなかった。あられもない姿で、あのような声を上げて達してしまうなど恥ずかしすぎる。

「ん？　早く、なんだ？」

サマン様は意地悪だ。絶対に私の言わんとしていることをわかっているはずなのに、あえて口に出させようとする。

「やはりサマン様は意地悪です……」

「こうなるのはあなたの前だけだ」

あまりの恥ずかしさに涙目になってサマン様を見上げれば、彼は少し困ったような顔をして私をそっと抱き締めた。

「ああ、そんな顔をしないで。すまない、少し意地悪を言いすぎた」

「サマン様も、服を脱いでほしいのです……私だけこのような格好で……」

いつのまにか脱ぎかけだったドレスは床に投げ捨てられている。生まれたままの姿でいる私に対して、ジャケットを脱いだだけのサマン様。未《いま》だに着崩したシャツとトラウザーズを身に着けたままの彼が少し恨めしくなった。

「すっかり忘れていた。少し待っていてくれ」

そう言うとあっさりと着ていた服たちを脱ぎ捨てていく。

バサりとシャツを脱げば、その下からは初めて目にする鍛え抜かれた肉体が露わになった。固く割れた腹筋、太い腕、筋肉に覆われた厚い背中……その全てが女の私とは違うのだということをひしひしと実感させられる。

そしてトラウザーズを脱いだそこに目をやれば、何やら下着が大きく膨らんでおり、それはかなりの大きさであることがわかった。そんな私の視線に気づいたのか、サマン様は少し気まずげな顔を見せた後に一気に下着をずり下ろしたのだが……。

「……」

「ソフィア、どうした……？」

「そのようなもの、入るわけが……」

予想以上であった。腹の方に向けてそそり立つようなそれは、もはや凶器なのではと思うほどの大きさである。周囲の肌の色に比べて少し黒がかっており、先端だけ丸みを帯びているのだろうか。

そしてその先端は何やらぬらぬらとしたもので光っているようにも見えた。

とにかく、小柄な私の身体の中に全て収めることなど絶対に不可能である。それ以前にそもそも入り口を通るのかすらわからない。

しかしサマン様はそんな私の心配をあらかじめ予測していたのか、まるで幼子をあやすかのように頭を撫でられる。その手つきがとても優しくて、強張《こわば》っていた身体の力が少し抜けたような気がした。

「わかっている、小柄なあなたにはどうしても痛い思いをさせてしまうだろう……。だから、ゆっくり解《ほぐ》してからにさせてほしい」

サマン様はそっと私の足の間へと手を伸ばすと、ゆっくりとそこを指の腹で撫で回し始めた。

既に膨らみへの愛撫《あいぶ》で湿り気を帯びていたそこに痛みは感じられない。自分でもほとんど触れたことのない場所への刺激に、身体は熱くなり息が再び荒くなった。

「あっ……、やっ……」

やがてくちゅくちゅとした水を含んだ音が大きくなっていき、静まり返った部屋に響き渡る。するとその時、彼の親指がある場所に触れた。そして途端に身体中へと痺れるような刺激が走る。

「やあっ……！　そこは、だめっ……」

「ここは女性なら皆気持ちよくなれる場所だ。初めてだと少し刺激が強いかもしれないが……」

サマン様はそう言いながらも、執拗にその秘芯を擦り続けていく。先ほど膨らみの先端を刺激された時とは比べ物にならないほどの痛みにも似た快感は、やがて熱すぎるほどの刺激へと変わっていく。

その刺激に耐えられずに両足を閉じて抵抗しようとするが、力強く押さえられたそこはびくともしない。

「逃げないで」

耳元で熱く囁《ささや》かれ、それだけで身体がぞくりと震えた。

「だめ！　だめ！　それ以上は……あ、あ、ああっ！」

——もう耐えられない、おかしくなってしまう！

目がチカチカとして、頭の中で何かが弾《はじ》け飛んだような、真っ白になるような、そんな感覚に全身を支配された。身体が痺れるように脱力して力が入らない。

「達してしまった姿も、愛おしくてたまらない」

彼はそう言うと、私の身体の至るところに唇を落とした。

「……」

初めて達してしまった私はもはや声をあげることすらできず、ぼんやりと潤んだ瞳で彼を見つめる。

思考が働かず、何も考えることができなかった。身体が自分のものでなくなってしまったかのようで、一種の恐怖すら感じてしまう。

──これが男女の営みというものなの……？　まだサマン様を受け入れてすらいないのに……。

世の中の夫婦は皆このような行為をおこなっているのだろうか。にわかに信じられない。

「っ……そんな目で見つめられると……。だめだな、重症だ。騎士団のやつらに顔向けできる気がしない」

ぼそぼそとそんなことを呟きながら、彼は私の額に口付けを落とす。意識朦朧《もうろう》としながらぼうっとサマン様を見つめていると、こう宣言された。

「次は中をしっかり解していこう」

──次は、ですって？　まだ終わらないというの？

どうやらまだまだ終わる気配はないらしく、先の見えない行為に気が遠くなりそうだ。すっかりされるがままの私は、いつのまにか再び両足を彼の方に向けて開かれる。

「嫌です、こんな恥ずかしい恰好《かっこう》は……」

これまで誰にも見せたことのない場所を……自分すら目にしたことのない秘部を、大好きな男性の目の前にさらけ出している。私は羞恥で死んでしまいそうだ。

「ソフィア……大きく息を吐いて力を抜いて……」

「あっ……あん……」

ぬち……と隘路《あいろ》を掻《か》き分けるようにして、ごつごつとした指が一本押し入ってくる。たった一本だけであるというのに、未だ何者かの侵入を許したことのないそこは、ただそれだけで苦しいほどにきつい。

「指は痛くないか？」

「は、はい……」

「よかった……ゆっくり解していくから。それにしても中は熱すぎるな……」

その言葉通り、サマン様の指はゆっくりと、腫れ物に触るかのように私の狭い路《みち》を擦り上げていく。

さらに彼は敏感な場所に顔を近づけたかと思うと、舌で秘芯を舐め始めたのだ。

「ひゃっ、な、何を!?　いや、そのようなところに顔を近づけないでください……」

サマン様にこのようなことをさせるのは耐えられない。

不浄の場所を彼が舐めているという事実に、気がおかしくなりそうになる。熱を押し付けられた場所がじりじりと灼《や》けるように熱い。

私にはその刺激は強すぎて早くやめてほしいというのに、一向にやめてくれる気配はなかった。

やがてサマン様はその秘芯を何度も吸い上げながら、蜜口《みつくち》に挿《さ》し込んだ指の動きを次第に大きくしていく。腹側の内壁を擦り上げられているうちに、中からとろりとした何かが漏れ出てきたのを感じた私は思わず戸惑いの声をあげた。

「やっ、サマン様……」

「どうした？　辛《つら》いのか？」

初めての刺激に身体が辛くなったのかと、一度手を止めて心配そうな表情を向けられる。しかしそういうことではないのだ。

「違うのです、私、……」

そのあとに続く言葉が恥ずかしすぎて、口をついて出てこない。

——サマン様の前で粗相をしそうだなんて、言えるわけがないわ……。

あまりの羞恥で涙を滲《にじ》ませながらじっと彼のことを見つめれば、一瞬目を瞠《みは》ったように見えたサマン様によってそのまま唇を重ねられる。

「んっ……」

「ああ、可愛い。可愛すぎる……。ソフィア、感じてくれたのだろう？　大丈夫、何も恥ずかしいことではない。あなたの身体が俺を受け入れるのに必要な準備を整えているだけなのだから」

そう言いながらサマン様は再び蜜口へと手を伸ばす。

「ほら、もうこんなにとろとろだ」

「い、言わないでくださいっ」

先ほどから恥ずかしい言葉をあまりにも直接的に伝えられて、何が何だかわからない。もはやまともな思考など持ち合わせていなかった。

「あともう少しだけ、解しておこう」

「え……もう私なら大丈夫……やっ、あっ！」

先ほどまで一本だった指が、いつのまにか二本に増やされる。彼の男らしい指でいっぱいに満たされた私のそこは、引《ひ》き攣《つ》れるほどに広がってしまった。そのまま二本の指の腹で擦り付けるようにくちゅくちゅと中から圧迫され、先ほどと同じような波が再び身体の中でざわめき始めたのを感じる。

「中から濡れてきたようだ。もう一度、達しておこうか」

「えっ……」

――先ほどと同じようなことをもう一度⁉

「ほら、集中して……今は俺のことだけを考えて」

「やっ、サマン様……んっ」

サマン様は指の動きを止めぬまま、私の口を自らの唇で塞ぐ。ちゅうっと唇を吸われたかと思うと突然離され、気が緩んだ隙《すき》に舌が入り込む。ねっとりと絡みついた舌は執拗に動き回り、身体《からだ》の上下から同時に与えられる刺激で気がおかしくなりそうだ。

「んっ、ふうっ……」

何かが弾けてしまいそうな、もどかしい感覚が再び私を襲う。

――お腹のもっと奥が、なんだか苦しい……早く楽になりたい……。

まるでもっと欲しがるかのように、気づけば自ら彼の方に向けて腰を動かしていた。このような淫らな真似を自分がするとは思ってもいなかったが、身体が勝手に動いてしまうのだ。

「ほら、ソフィア……」

終わりが近いことを知っているサマン様は、とどめを刺すかのようにある一点を押し上げる。散々擦られたそこはぷっくりと充血して膨らんでおり、その刺激で私の中の何かが勢いよく弾け飛んだ。

「あっ、……あっ、……やあ、ああっ！」

もう限界であった。全身を寝台の上に投げ出した私は脱力し、意識を手放しそうになる。先ほどと同じように痺れるような快感が私を支配し、何も考えることができない。

――達するというのは、これほどに体力を使うものなのね……。

サマン様のように毎日鍛錬をしているわけでもなく、基本的に屋敷の中で過ごすことの多い私は、一連の行為ですっかり体力を消耗していた。火照った顔でぼうっとサマン様を見つめれば、彼はごくりと喉《のど》を鳴らしてこう告げる。

「もう我慢できない。早くあなたを正真正銘俺のものにさせてくれ……」

その目はまるで獰猛《どうもう》な獣のように欲望をたたえ、私を捉えて離さない。

彼はぐったりとしたままの私の両足をもう一度ぐっと開き、その間に押し入るようにして身体をねじ込む。

すると何やら熱い、硬いものが私の入り口に宛てがわれたことに気づいた。

既にぬるぬると濡れそぼっているそこに先端を擦り付けて、愛液をまとわせる。入りそうで入らない、それがもどかしくてじわりと涙が滲んだ。これまでの愛撫でジンジンと染みるように敏感になっている秘芯を、彼自身の先端で擦り付けてくる。

「意地悪をしないで……」

縋《すが》るようにサマン様の胸に手を伸ばせば、その手を勢いよく絡め取られる。

「っ……挿《い》れるぞ……」

私の上に覆い被さるようにして身体を密着させたサマン様に、熱い吐息を漏らしながら耳元で囁かれた途端、下半身に鋭い痛みが走った。

「いっ……」

思わず表情が険しくなり、身体が硬直してしまう。

目を閉じてぐっと歯を食いしばるように堪えている私に、サマン様が心配そうな声をかけた。

「ソフィア、力を抜けるか？　そうしないと、痛みが強くなってしまうかもしれない」

労《いた》わるように髪を撫でながらそう言われるが、勝手に力が入ってしまうのだ。これぱかりはどうしようもない。

「っ……無理、ですわ……」

するとサマン様は一瞬考え込むような仕草をした後、申し訳なさそうな表情をこちらに向ける。

「すまない、ソフィア……ゆっくりするつもりだったが、一息に進めた方があなたが楽だ。一瞬だけ我慢してくれ……」

一息に進めるというのが何を意味しているのかわからない私は、ただ夢中で頷《うなず》くことしかできない。

「っああ……！」

頷きを返した途端に、狭い入り口が張り裂けたかのような痛みと、全身を揺さぶられるような衝撃が一度に私を襲う。サマン様が自身の昂《たかぶ》りを一息で押し込んだのだろう。

確かに彼の言う通り、じわじわと先へ進められるよりも痛みを感じるのは一瞬であった。しかし先ほどの指とは比べ物にならないほどの質量に、息をすることを忘れて声も出ない。

――でも、これでようやくサマン様と一つに……。

やっと彼と本当の意味で繋がることができた。私の全てはサマン様のものだ。

繋がっている場所は確かにヒリヒリと灼け付くように痛むものの、その痛みがかえって私に幸せをもたらしてくれる。

「よく頑張ったな……」

そう言いながら愛おしそうに私の頭を撫でるサマン様だが、言葉とは裏腹に彼の表情はとても苦しそうに見えた。

「サマン様、どこかお辛いのですか……眉間《みけん》に皺《しわ》が……」

そっと顔に触れようと手を伸ばせば、その手を力強く押さえつけられる。じっと真剣な眼差しを向けられ、ついその赤い瞳に吸い寄せられるように見入ってしまった。

「あまりにあなたの中が気持ちがよすぎて……すぐに動きたい気持ちを必死に鎮めようとしていたんだ」

「……そ、そんな……」

自分で尋ねておきながら、予想外の突然の直接的な表現になんと返していいのかわからなくなった私は顔を背けた。しかしそんな私の顔を覗《のぞ》き込むような形で口付けを落とされる。

「んっ……ふうっ……」

彼は片肘を寝台の上について上半身を支えたまま、ねっとりとした口付けを繰り返す。繋がったところはジンジンと熱を帯びており、灼けるような刺激が広がっていくのを感じた。

「サマン様、ぎゅっと抱き締めてほしいのです……」

先ほどまで強く抱き締められていたその身体はまたしても彼の熱を求めているようで、私はついそんなことをねだってしまう。しかしサマン様はその言葉に困った表情を浮かべた。

「……サマン様？」

「ソフィアはこんなに小さくて、華奢《きゃしゃ》な女性だ。俺が上に乗って体重をかけたらあなたを壊してしまう、そう思って……。きっとタガが外れてあなたをめちゃくちゃにしてしまうかもしれない」

なるほど。だから彼はずっと寝台に手をついて、上半身を浮かせるようにしながら行為に及んでいたというわけか。

「……」

「……ソフィア？　なぜ笑って？」

気づけば笑いを堪えきれず、クスクスと笑い出してしまった。今の会話のどこに笑う要素があったのかと、サマン様から怪訝《けげん》な顔を向けられても笑いは止まらない。笑いすぎて目尻に滲んだ涙を指で拭うと、サマン様の胸元に両手を添えた。汗ばんだ肌と速い鼓動が、彼もこの行為で興奮してくれているのだということを教えてくれる。

「私、そんなことで壊れたりしませんわ。サマン様が思っている以上に強いところもあるのですよ」

「いや、あなたは綿菓子のような女性だ。柔らかく、甘く、そばにいるだけで癒《いや》される」

「そんな恥ずかしいこと……んっ」

「くっ……ソフィア、そんなに締め付けては……」

彼に甘い言葉を囁かれるたびに下腹の奥が疼《うず》く。

それと同時に、私の中に入っているサマン様の屹立《きつりつ》がびくんと震える様子がわかった。

「必死に我慢しているんだ。もう少し耐えさせてくれ」

「サマン様、お願いです。初めてはあなたの温《ぬく》もりに包まれながらしたいのです」

力強い腕に抱き締められながら、その時を迎えたい。彼の香りに包まれて、温かい胸元に顔をすり寄せながら愛を囁かれたい。

サマン様は私の言葉に対して僅《わず》かに戸惑いの表情を浮かべたが、やがて思い立った様子でそっと体重をかけるようにして覆い被さる。

確かに重みで息苦しいが、それ以上に彼の体温を感じて温かく幸せな気持ちになった。

広い背に手を回せば、しっとりと汗ばんでいる背中が吸い付くようになめらかで、つい撫でるようにして触ってしまう。

「……っ」

するとサマン様は再びたじろぐと、吐息を漏らした。それと同時に中のものが拍動するのを感じる。

「重くは……？」

「大丈夫です。温かくて、幸せですわ」

「俺も幸せだ……これほど心が満たされるとは。だがもちそうにない」

「えっ……あっ」

するとと突然サマン様はそのまま強く腰を打ち付け始めた。奥深くに熱いものが突き刺されるような感覚で息が苦しくなる。必死に息を吸おうとするが、唇を塞がれたことでその努力も虚《むな》しく終わってしまった。苦しさと気持ちよさが混ざり合って波のように私に迫りくる。

「すまない……優しくすると言ったのに……」

切なげな表情を浮かべてそう告げるサマン様だが、その言葉とは裏腹に激しい腰の動きは止まることを知らない。彼もこの行為で気持ちよくなってくれているのだろうか。

挿入と同時に感じた灼けるような痛みはもう感じない。少し違和感は残るものの、次第に引き攣れた感覚もなくなってきた。

「んっ……あっ……サマン様……」

だんだんと自分の声が甘く切なくなっていく。

「俺はもうあなたなしでは生きてはいけないっ……」

耳元でそう囁かれた瞬間、繋がっているところからじわりと何かが漏れ出てしまった。

「ああ、またそんなにキツく……。ソフィア、あなたの中に出したい……」

「な、中に出す……？」

何を、どこに出すというのか？　思考が働いていない状態の頭では、彼の言っていることの意味がわからない。

「早くあなたとの子が欲しい……。だが結婚前にあなたが懐妊するようなことになってしまっては、盛大な結婚式を挙げてやることができない……」

なにやらぶつぶつと呟いているサマン様なのだが、私たちはまだ深く繋がったままなのである。私が身をよじろうとすると、何か決意を固めたらしいサマン様が再び激しい抽送《ちゅうそう》を開始した。

「やっ……そのように激しく……んあっ……」

全身を激しく揺さぶられ、そのたびに甘い声が止まらない。漏れ出た愛液が潤滑の役割を果たし、昂りは滑るように出入りを繰り返す。

「今回は悔しいが外に出す。結婚したら、毎晩のようにあなたの中に注ぎたい」

「……」

今の台詞は聞かなかったことにしておこう。

先ほどからサマン様が何を言っていたのかようやくわかった。彼は私の胎《はら》の中に子種を出したいと言っていたのだ。

果たして同じ屋根の下で生活を共にするようになったならば、どうなってしまうのだろうか。結婚するのがなんだか少し恐ろしいような、そんな気さえしてくる。

「はあっ……。そろそろ……」

「あっ……んっ……だめ、何かが……」

「そのままで大丈夫だから、俺に任せて……」

彼の屹立が激しく出入りを繰り返すたびに、先端の出っ張りが私の入り口を引っかけるようにして擦り付ける。何度も擦り付けられた内側の壁がヒリヒリと熱を帯び、先ほどサマン様の指で達してしまった時のような感覚が再びやってくる。

敷布には純潔の証であった赤いものと、どちらのものともわからない蜜が混ざり合い、桃色の染みができていた。

「やあっ……私、もうっ……」

「ソフィア、俺のソフィア……っく……」

サマン様は切なげな声で私の名を呟くと、ずるっと勢いよく昂りを引き抜いた。

今まで私の中を満たしていたそれがなくなったことで、ぽっかりと穴が空いたような寂しさを感じてしまう。

引き抜かれた昂りからは、白濁したどろりとしている粘液がびゅくびゅくと私の腹の上に放出されていく。放出と共にサマン様自身もびくりと脈打つように震え、かなりの長い時間それは続いた。

「ああ、こんな出るとは……。あなたを汚してしまった。今拭くから……」

サマン様はしばらくの間自身の放出したものを感慨深げに眺めていたが、はっと気づいたかのようにあたりを見渡す。恐らく身を清めるものを探しているのだろう。だがここは私の部屋であり、勝手を知っているのももちろん私。

「私、自分で拭けますから……」

これまでの行為が蘇《よみがえ》り突然恥ずかしくなった私は、腕を伸ばして寝台の横に置いてある机からハンカチを手繰《たぐ》り寄せる。しかしそのハンカチは、あっという間にサマン様の手によって奪い去られてしまった。

「あっ……」

「あなたは横になっていて。初めてなのに、無理をさせてしまったから」

「でもっ……っ……」

私がそれ以上の抵抗をする間もなく、有無を言わさぬ早さで彼はそっと私の腹の上に出された欲望を拭き取った。しかしながらその手つきはとても優しく、私を労ってくれている様子が伝わってくる。

「本当ならば全身を清めてやりたいところなのだが……なんせここはあなたの部屋で、勝手がわからず申し訳ない」

「いいのです。ただ……」

「ん？」

「もう少しだけ、こうしてそばにいてくださいませ」

その言葉に目を丸くしたサマン様は、僅かに顔を赤らめて頷きながら私を抱き締めた。

「幸せです。とっても」

「俺も幸せだ。これほど満たされた気持ちになったのは生まれて初めてだ」

私と同じようにかなりの速さで刻まれている鼓動が胸元から伝わってくる。固い胸板に、割れた腹筋……。そっと胸元を指でなぞると、予想外の刺激に彼は身じろぎした。

「っ何を……」

「好きです、サマン様」

「ああソフィア、そんなことを言われるとまたしたくなってしまうではないか……」

「ええっ!? それは我慢してください！」

「わかっている、今日はもうこれ以上は難しいだろう。きっと今頃《いまごろ》あなたのお父上が気絶しそうな思いで待っているはずだ」

サマン様はちゅっと私の額に唇を落とした後に、白い歯を見せてニカっと笑った。

「できるだけ早く式を済ませたい。これから忙しくなるから、覚悟していてくれ」

第八章　シード公爵令息夫人になりました

色々とありながらも、サマン様と互いの気持ちを確認し合うことができたあの日から二ヶ月が経《た》ち……。

私は結婚式の打ち合わせのためにシード公爵邸を訪れていた。

アプラノス伯爵邸まで迎えにきた公爵家の馬車に乗り込み、無事に屋敷の玄関へと到着した私を待っていたのはサマン様からの熱烈な抱擁であった。玄関先まで私を出迎えに来てくれていた彼は、私が馬車を降りるや否や物すごい勢いでこちらへとやってくる。そしてそのまま力の限り抱き締められたのだ。

「ソフィア！　会いたかった！」

「く、苦しいですわ……もう少し力を緩めて……」

何度も言うが、騎士団長でもあるサマン様と女性の中でも小柄な方の私とでは、体格も力も違いすぎるのだ。私の言葉で慌てたように身体を離したサマン様は、そっと顔を覗《のぞ》き込んでくる。

「っすまない。またいつもの癖で……。痛くはないか？」

「大丈夫ですわ。でももうすぐ結婚して一緒に暮らすことになるのですから、少し落ち着いてくださいませ」

最近では互いに結婚前の支度が山積みとなっており、なかなか二人で会う時間を取ることができずにいたためサマン様の気持ちもわからなくはない。だがもうすぐ一緒に住むことができるのだから、あと少しだけ辛抱《しんぼう》してもらいたいものだ。

「いつも会えずに寂しい思いをしているのは俺だけのように見える」

サマン様の部屋へと到着して並ぶようにソファへ腰掛けると、少し唇を尖《とが》らせてむくれたような表情をしながら彼がそんなことを呟《つぶや》いた。

「もう……サマン様ったら」

もちろん私だってサマン様に会えない日が続くのはとても寂しい。だがその寂しさに浸《ひた》っている暇もないほど、毎日が忙しすぎるのだ。

公爵家に嫁いでも恥ずかしくないよう、礼儀作法やダンスのレッスンが詰め込まれて私はもうくたくただ。それに加えて社交の場で困らぬようにそれぞれの貴族たちの名前や関係性、社交界での役割などを覚えているだけで時間が驚くほどの速さで進んでいく。

「私だってサマン様にお会いしたいと思っていますわ。ですが私たちは正式に結婚するのですのよ？やらなければならないことがたくさんあるのです。これまでのようにデートだけしているわけにはいきません」

そんな私の説得に対し、サマン様はうなだれたように私の肩に頭を載せた。

「なぜそのように時間をかけなければならないのか。俺はもう今すぐにでも、あなたと夫婦になりたいというのに。二人でこのまま教会に行けば済む話だろう……貴族たちにはあとで披露するためのパーティーを開けばそれでいいものを……」

またとんでもないことを言い始めたものだ。それではまるで駆け落ちでもするようではないか。

「もたもたしていると、あなたを誰《だれ》かに取られてしまう。早く正式に俺の妻にしておかないと……」

「またそのようなことを言って……」

「事実なのだから仕方がない。俺は不安なんだ」

ここ最近嫌というほど繰り返し聞かされた彼の言葉だ。顔を合わせるたびに必死な形相でこの台詞《セリフ》を伝えられ、私は呆《あき》れ返っていた。

なんと言っても、この国で一、二を争うシード公爵家の嫡男で、騎士団長も務めるお方の結婚式なのだ。国を挙げての慶事と言っても過言ではない。適当に済ませることなどできないだろう。

……そのお方と結婚するのは私なのだが、いまいち実感がまだ湧《わ》いていない。

「それではシード公爵家だけでなく騎士団の威信にも関わります」

「ではせめて式までの日を短くしよう。なぜ今から一年もかかるのか！」

「式は私たち二人だけではできません。衣装から式場の装飾から、当日の晩の舞踏会の支度にも、膨大な時間とお金がかかりますわ。招待する方々の都合もあるでしょうし」

「我がシード公爵家にかかれば、無理なことなどない。最悪間に合わなければ騎士団のやつらも駆り出して……」

これほど説得してもまだこんなことを真顔でぶつぶつと呟いている。一体騎士団長としての威厳はどこへ行ったのやら。

「そんなことに騎士団の方々を巻き込むなど、迷惑ですわ！」

「そんなこととはなんだ、あなたとの結婚式だぞ⁉　一大事ではないか！」

先ほどまでは教会で二人きりで挙げればいいと言っていた自分の発言を忘れたのだろうか。

「……確かに大きな行事にはなりますけれども……でも、騎士団の方々のお役目ではありません！」

国を守るために毎日過酷な訓練に耐えて騎士団に所属しているというのに、まさか上司の結婚式の手伝いをさせられるとは、誰が想像しているだろうか。

「式までの期間を短くしたいお気持ちはよくわかりますが、無理に早めることはおやめください。皆に負担がかかりますし、満足のいく式にできなければ後悔が残ります。将来のシード公爵夫人として、使用人たちに負担をかけるような真似《まね》はしたくありません」

これまで私の反論に納得していないような、不満げな顔をしていたサマン様であるが、『将来のシード公爵夫人』という言葉を耳にした途端にその動きが止まった。

「今なんと？」

「え？」

「い、今あなたはなんと⁉」

両手でしっかりと肩を掴《つか》まれ、グラグラと揺さぶられながら大声で問いかけられる。あまりの勢いに、そのままどこかへ吹き飛んでいきそうだ。

「お、落ち着いてくださ……」

「もう一度！　もう一度言ってくれ！」

「だから何を……あ……」

相変わらず両肩を揺さぶられたままの私は、先ほど自分が発した言葉を思い出した。

「……将来のシード公爵、夫人………？」

するとその瞬間、サマン様の顔がぱぁっと一気に明るくなる。どうやら正解だったらしい。

「ああ！　ソフィア！　あなたがシード公爵夫人だなんて、信じられないほどの幸せだ」

「きゃっ……ちょ、今度は苦し……」

そう言って今度は感極まったように勢いよく私の身体を抱き締める。抱き締めるというよりも、押し潰《つぶ》すという表現の方が合っているだろうか？

とにかくいちいち愛情表現が大袈裟《おおげさ》なのだ。

「ソフィア、明日は街へ出かけよう」

抱き締められたまま不意に耳元でそんなことを囁《ささや》かれた。

「街へ……？」

またもや突拍子もないことを言い出したサマン様の方をまじまじと見つめると、いつものようにニカっと笑みを返される。

「あなたが結婚式で着るドレスを決めに仕立て屋の方がいらっしゃるのでは……？」

「ですが、それはこちらに仕立て屋の方がいらっしゃるのでは……？」

シード公爵家ともなれば、専属の仕立て屋がいるのだそうで。何もわざわざ足を運ばなくとも向こうからこちらへやってきてくれるのだと聞いたばかりである。

「そのつもりだったが、気が変わった。久しぶりにデートがしたい。ダメか？」

「ダメではありませんけど……」

「あなたもここ最近忙しそうにしているから、一日だけ休みをもらおう」

そんなことを言いつつ、一番嬉《うれ》しそうにしているのはサマン様だ。そしてはしゃぐ彼の姿を見て可《か》愛《わい》いと思ってしまう私がいる。

こうして私とサマン様は久しぶりに二人揃《そろ》って街へ繰り出すこととなったのだ。


「サマン様、これなどいかがですか？　このレースの部分が素敵です」

翌日、早速私たちは仕立て屋の奥にある個室でドレスを選んでいた。事前に話を通していたらしく、突然の公爵令息とその婚約者の訪問にも驚く様子は見受けられない。

店主がいくつかドレスの生地やレースを見せてくれ、私は初めての体験に興味津々だ。一方のサマン様はというと、何やらここへ来てからというもの言葉少なになっている。

「……サマン様？」

やはりドレス選びなど退屈だったのかもしれないと思い、彼に声をかけた。

――シード公爵家に来てもらった方が、サマン様に気兼ねなくゆっくり選べたかもしれないわ。

だが来てしまったものは仕方がない。せっかく仕立て屋に顔を出したのだから、今日ここで結婚式のドレスは決めてしまいたいというのが本音だ。

「いや、あなたにはどんなドレスが似合うのかと……」

「え？」

「あなたは身体が華奢《きゃしゃ》だ。どちらかというと裾が広がるようなドレスがいいのではないか？」

「は、はあ……」

「それから、色はこちらの白よりももっと淡い……そうだな、この方が純白であなたの肌によく似合う」

次から次へと矢継ぎ早にそんなことを言いながらドレスの生地を確認し始めたサマン様に、私と店主は言葉を失う。先ほどまでずっと黙っていたのは、本当にドレスのことを考えていたからだというのか。

普段の騎士団長としてのサマン様と似ても似つかぬ姿に、目の前の光景が信じられない。すると彼はそんな私を訝《いぶか》し気《げ》に見つめる。

「なんだ？　もし気に入らないのならば遠慮せずに……」

「いえ！　そのようなことは決して……ただ驚いただけですわ。まさかサマン様がそのようにドレスを一緒に選んでくださるとは思ってもいなかったものですから」

「俺の妻となる大切な女性の晴れ姿だからな。最高のものを用意したい」

それだけ告げたサマン様は、ドレスのデザインが記された本のようなものを手に取るとぱらぱらとめくり始める。私はそっと横からその本に目を通した。

「あ、今のところに戻ってください。そう、それです」

「ソフィアはこれがいいんだな？」

私の目に留まったのは、胸元にレースとフリルがあしらわれて裾がふんわりと広がったデザインのドレスであった。袖口の刺繍《ししゅう》が美しく、何層にも重ねられた薄く繊細な生地がより華やかな印象を醸し出してくれるだろう。

「はい。このドレスがいいですわ」

問いかけに対して即答した私を見て、サマン様がふっと笑いをこぼす。

「よほど気に入ったのだな。ではこのデザインで頼む。ただ生地もレースも、それより最上のものがあればそちらを使用してくれ。金に糸目はつけない」

すぐにサマン様は店主を呼ぶと、細かな指示を出していく。私としてはもうこれで十分満足なのだが、どうやら彼はそうではなかったようで……。

諸々の注文を済ませて店の外へ出た私は、てっきりもう帰るものだと思っていた。そのため店から少し離れたところに停めた馬車の方へと身体の向きを変えようとするも、サマン様に引き留められる。

「まだ帰らないぞ。指輪や首飾りなども見ていこう」

「あ……」

『指輪』という言葉で私はあることを思い出す。

「サマン様、指輪のことなのですが……」

「……まさか指輪は着けないとでも？」

彼は何か勘違いをしているらしく、悲壮感溢《あふ》れる表情を浮かべている。

「もう、違いますわ。最後まで人の話を聞いてください」

「すまない……」

「以前サマン様からいただいたルビーの首飾りを、指輪に作り直したいのです」

これはサマン様との結婚が決まった時から考えていたことであった。彼の瞳《ひとみ》の色である赤いルビーが輝く首飾りは、私にとって何よりの宝物だ。だが首飾りでは肌身離さず身に着けるというのは難しいところで……。指輪に加工すれば毎日彼の存在を感じることができるのではないかと考えたのだ。

サマン様は私の提案がよほど意外だったらしく、きょとんとした顔でこちらを見つめている。

「しかし……せっかくの結婚指輪だ。新しいものをと思っていたのだが……」

「あの首飾りは私にとって思い入れの深いものなのです」

サマン様への恋心を自覚し、一時はその思いを諦めようとした。あの首飾りはそんな私のことを見守り続けてくれたのだ。

きっとこれから先の結婚生活で辛《つら》いことがあったとしても、そのたびに指輪が当時のサマン様への気持ちを思い出させてくれるはず。

「指輪にすれば、いつでもサマン様が隣にいるように思えます」

「……ソフィアは可愛いことを言う」

どうやらこの案を受け入れてくれたらしい。僅《わず》かに顔を赤らめている様子を見ると、彼は照れているのだろうか。

やがてサマン様は一歩ずつこちらへと歩みを進め、じりじりと身体の距離が近くなってきた。はっと気づいた時には手を取られ、腰にもう片方の手を添えられてしまっている。

「ちょ、サマン様……」

「ソフィア……先ほどのドレスを着て、ルビーの指輪をはめたあなたを見るのが楽しみだ」

先ほどの私の発言が、彼の何かに火をつけてしまったらしい。

「ん、んんっ……は、あ……」

やがて視界が暗くなり、唇が重ねられる。それは触れるだけかと思いきや、隙《すき》あらば舌を入れ込もうとしてくるのだ。

初めて身体を繋《つな》げてからというもの、私とサマン様の距離は以前とは比べ物にならないほど近くなっていた。吐息がかかるほどに近くで話しかけられると、どきりとして胸が苦しくなり、何も考えられなくなってしまう。

それはサマン様も同じようで……以前にも増してことあるごとに唇を重ね、私の頰《ほお》や髪に触り、片時も離れる気はないらしい。

「あの……街中であまり触れ合うのはやめていただきたくて……」

ようやく唇が離された瞬間に私はサマン様へと抗議する。

あまりに自然に口付けられたためすっかり忘れていたが、ここは街中でたくさんの人が通り過ぎているのだ。要するに、私たちの口付けの一部始終を大勢に見られていたということで……。

——そんな恥ずかしいことには耐えられないわ。

「……なぜ？　ソフィアは俺に触れられるのは嫌か？」

そう言いながらこちらを見るサマン様の目が恐ろしい。私の返事次第でどうにかなってしまいそうな表情をしている。以前の私ならそんな彼の様子に振り回されていたかもしれないが今はもう違う。少しずつではあるが、シード公爵令息夫人となることへの覚悟が芽生え始めていた。ここできちんと私の気持ちを彼に伝えておく必要があるだろう。

「嫌ではありません。ですが、人目のあるところでは恥ずかしいのです。シード公爵家の者として、騎士団長としての威厳にも関わります」

国を守る騎士団の要であるサマン様が婚約者相手に鼻の下を伸ばしている様子は、あまり公《おおやけ》に知られてはならないような気がした。しかし私に説得されてもなお、彼は唇を尖らせ不服そうな表情を浮かべている。

「だがしかし……俺はせっかくソフィアと会えた時は、あなたに触れていたいのだ。あなたと過ごす時が俺の安らぎであり、癒《いや》しなのだから……」

そう言ってまるで振《ふ》り解《ほど》かれることを恐れるかのように、ぎゅうっと強い力で私の手を握った。

――もう、まるで大きな子どもみたいね。

「お屋敷に帰ったら、いくらでもして構いませんから。ね？　今だけ少し我慢してくださいませ」

私はサマン様の手を優《やさ》しく握り返すと、もう片方の手で彼の手の甲をゆっくりと撫《な》でる。その行動にピクリと反応したサマン様をふと見上げると、彼の顔は真っ赤に染まっていた。

「あなたは本当に……無自覚すぎて……俺はおかしくなりそうだ」

「お顔が真っ赤ですわ」

今度はそっと彼の頬に手を当てれば、うっとりとした顔でその手を掴まれる。そしてそのままグイッと引き寄せられたかと思えば、再び腰に手が回り唇を重ねられた。

「んっ……？」

不意打ちの口付けであったため、僅かに開いていた唇の隙間から勢いよく彼の舌が入り込む。咄嗟《とっさ》に口を閉じようとしたが、既に遅かった。熱く大きなそれは私の口の中を自由自在に動き回り、歯列をなぞろうとする。

しかし忘れてはならない、ここはシード公爵家の屋敷ではなく街中なのだということを。

あれほどやめてほしいと伝えたにもかかわらず同じことを繰り返すサマン様に呆れながらも、必死に身体を離そうと彼の胸元をどんどんと叩《たた》くがびくともしない。

「ん、ふぅ……だからサマン様、お外では……だめ……」

ああ、通りすがりの者たちがこちらを見ているではないか。どこぞの令嬢たちがコソコソと何かを噂《うわさ》している。未来のシード公爵夫妻の醜態が社交界で広まってしまったらどうするつもりなのか。

「っはぁ、これで帰りまでの活力にさせてもらおう」

ぷつ……と舌を抜いて唇を指で拭《ぬぐ》うサマン様は、そんな私の心配など知る由もなくすっきりとした表情で笑った。

「……もう、知りません！」

「ああソフィア、怒らないで」

「サマン様が私のお願いを聞いてくださらないからです」

「だが怒った顔も、あなたなら可愛く見える……」

「……」

何を言っても無駄だと判断した私は、無言で装飾品を扱う店の方へと歩き出した。そんな私の後ろを、彼がきょとんとした表情を浮かべながらついてくる。

「ソフィア、頼むから機嫌を直してくれ」

横目でじっと抗議するように彼の方を見ると珍しくサマン様が怯《ひる》む。

「終わったら例のカフェに行こう、席も取ってあるんだ」

そして私の機嫌を窺《うかが》うようにそんなことを言い始めた。私の知らないところでサマン様がカフェの予約を頼んでいるところを想像すると、途端に先ほどまでの呆れが消し飛んでいきそうになる。

――まるで物に釣られているようでなんだか不本意だけれども……。

「……別にもう怒ってなどいませんわ」

途端にぱあっと明るくなったその顔に、思わず笑ってしまった。

「カフェで式の話をしよう。とにかく、なんとしてでも最短で式を挙げることができるよう全力を尽くす」

どうやら結婚式まで一年かかるというのがよほど納得できないらしい。

期間を縮めるという彼の決意は固いらしく、私が何を言っても聞く耳を持たないだろう。私はあえて何も言わずに首を縦に振った。

こうして私たちは、結婚式への道のりを慌ただしく歩み始めたのだ。


それから半年後。私はシード公爵邸の一室で、真っ白なドレスに身を包み鏡の前に立ち尽くしていた。

本来ならば一年はかかるはずの式の支度を半年で終えたのは、もはやサマン様の執念と言ってもいいだろう。

結婚式の一週間ほど前に私はこの屋敷へと移り住み、式の最終的な支度の確認などを済ませていた。

「ソフィア様、本当にお美しい……」

「自分でもびっくりだわ。まさかこれほど別人のように変わるなんて……」

鏡に映る自分の姿がまるで知らない人のようで、思わずまじまじと見つめてしまう。

私はトーランド公爵夫人のセレーナ様のような華やかな見た目ではなく、どちらかといえば地味な方だろう。だが今日に限って言えばいつもの地味な私はどこかへ姿を消してしまい、別人のように華やかな女性がそこにはいた。

いつもよりも濃い目に施された化粧が、目鼻立ちをくっきりと目立たせる。頬や口にさした紅のおかげで血色がよく見え、そっと微笑《ほほえ》むだけで表情が明るくなった。

「サマン様もきっとソフィア様の虜《とりこ》になってしまわれますね。……いや、既になっておられましたか。これ以上虜になられてしまっては日常生活に支障が……いやでもご夫婦仲睦《なかむつ》まじいことは喜ばしいことで……」

先ほどまで笑っていたかと思えば突然眉間《みけん》に皺《しわ》を寄せたりと、今日のナンシーはいつも以上に忙しく独《ひと》り言《ごと》が止まらないらしい。

「ナンシー、落ち着いてちょうだい」

相変わらずの彼女の調子に思わず笑ってしまいそうになりながらも、私はシード公爵令息夫人として諫《いさ》めるように声をかけた。

「私としたことが。お許しくださいませお嬢様」

「ふふ、もうお嬢様ではなくなるのよ?」

「ああ……そうでございましたね……」

するとナンシーは、今度はポケットからハンカチを取り出すとグスグスと涙を拭き始める。

「さっきから泣いたり笑ったり、忙しいわねあなたは」

「無事に今日という日を迎えられましたことが、私には何より嬉しいのでございます。一時はどうなることかと……」

「そうね……あなたの言う通り、ここに来るまでには色々なことがあったわ」

一向に涙の止まる気配がなく鼻をすすり続けている彼女の様子を眺めるうちに、胸のうちにこれまでの出来事が走馬灯のように流れていく。

『もし私と結婚した暁には、二人で剣の道を極めましょう』

初対面でサマン様から告げられた言葉。どんなに見目麗《うるわ》しくすばらしい肩書があったとしても、このお方とは結婚などできそうにない。

そう思っていたはずなのに……。

気づけば何度もデートを重ね、彼に惹《ひ》かれてしまった私。でも私ではサマン様が望むような妻になることはできないと自信を失い、一度は身を引こうとしたのだ。

それをサマン様が半ば強引に撤回してくれたおかげで、今の私たちの幸せがある。……まさかそのまま身体を繋げてしまうことになるとは思いもしていなかったのだが。

「ソフィア様？　何やらお顔が赤くなっておりますが？」

「……な、何でもないわ」

思わずあの日のことを鮮明に思い出して顔が熱くなり、手で扇《あお》ぐようにして風を送る。

あの日以来、父の目もあり私たちは寝室を共にするようなことはしていない。逢瀬《おうせ》のたびに交わされるのは、ひたすらに口付けだけであった。その口付けも日に日に深くなり、時間もどんどん長くなっていったことが懐かしい。

サマン様の我慢に限界が近づいていたことは知っていた。このタイミングで結婚式をおこなうことができて、よかったのかもしれない。私がそんな邪《よこしま》な思いを抱いているとは、ナンシーは微塵《みじん》も思っていないだろう。

するとその時であった。ドンドンと扉を力強く叩く音が部屋中に響き渡り、突然の出来事に私たちは思わずびくりと身構えてしまう。

「どなたでしょうか……挙式の前に花嫁のお部屋へいらっしゃる方などいないはずなのですが……。まさか不届き者がっ……」

「さすがにそんなことはないはずよ……ここはシード公爵邸ですもの」

「念のため、扉は私が開けますね。ソフィア様はそちらでお待ちください」

ナンシーは戸惑いがちな表情を浮かべながら、入り口の扉の方へ向かって歩き出す。

実は私には扉の向こうにいる人が誰なのか、なんとなくの予想はついていた。その扉の叩き方をする人は、あの人しかいないはずだから……。

「さ、サマン様!?」

扉を開けたナンシーの口から飛び出す素《す》っ頓狂《とんきょう》な声に、笑いを堪《こら》えるのが大変だ。

――ほら、やはり彼だった。

扉の向こうにいたのはサマン・シード公爵令息。この国の騎士団長様でもあり、私がこれから嫁ぐお方だ。

「いけませんサマン様。花嫁の姿を式の前に目に入れるなど……古くからのしきたりに反します……」

「そんなしきたり、破っても誰も気づかない。第一ここはシード公爵邸だぞ、私のやることに文句を言えるのは父くらいだ。少し席を外してくれないかナンシー。ソフィアと二人きりになりたいんだ」

「ですが……」

「これは命令だ」

「……ドレスとお化粧を絶対に乱さないと、約束してくださいますね？」

自分が席を外した後に、サマン様がとんでもないことをしでかすのではないかと、怪しげな目を向けるナンシー。そんな彼女に向けてサマン様は軽く両手を上げることで応《こた》えた。

「さすがの私もそんなことはしない。安心してくれ、ソフィアと結婚式の前に話がしたいだけだ」

「……かしこまりました」

サマン様にそこまで言われてしまっては、一介の侍女であるナンシーに逆らうことなどできない。

彼女は渋々と頭を下げると、サマン様の横を通り過ぎて退室していく。

扉が閉まると、これまでとは打って変わって静寂が訪れた。

「やれやれ、あなたの侍女は本当にしっかり者だな……っ!?」

サマン様はナンシーの退室を確認すると、呆れたようにパンパンと手を払いながら部屋の中へと足を踏み入れる。そして私の姿を一目見るなり、その動きをぴたりと止めた。

こぼれ落ちるのではないかというほどにその赤い瞳は見開かれ、口もだらしなく半開きになっている。

「……あの……どこかおかしいでしょうか……？　似合っておりませんか？」

あまりにサマン様が何も言葉を発さないので、だんだん心配になってきた。我ながら今日の自分はそれなりの見た目になっていると思っていたのだが、もしかすると違ったのかもしれない。

ナンシーはああ言ってくれていたが、身内の贔屓目《ひいきめ》だったのか……。

私の中でそんな不安が燻《くすぶ》り始めたが、どうやらそれは無駄なものであったようだ。

おもむろにサマン様はつかつかと私の方へ歩みを進めると、ぎゅうっと力いっぱいにその身体を抱き締める。

「ちょ、だめです！　ドレスに皺が……」

そんな私の抵抗など、もちろん彼は気にもしない。そして剥《む》き出《だ》しになった肩から首にかけて、その顔を埋《うず》めながら唇を這《は》わせていった。

「あっ、やっ……今そのようなこと……」

熱く荒い吐息が直接肌にかかり、式を直前に控えているというにもかかわらず胸が高鳴ってしまう。

「聞いていないぞ」

「え？」

「そんなに肌が出ているなんて聞いていない！」

「やっ、ちょ……んっ……だめです、痕《あと》が残りますから」

いつものように痕をつけようと唇に力が込められるが、私はそれを全力で拒む。所有印をつけた状態で式に臨むなど恥以外の何物でもないため、なんとしてでも今日だけは阻止しなければならない。

ましてや式には両親もいるというのに、娘のそのような恥ずかしいものを見せられるはずがないだろう。

「ドレスはサマン様も一緒に選んだではありませんか」

デートも兼ねて、王都一の人気を誇る仕立て屋に足を運んだのは半年前のこと。もちろん私の隣にはサマン様もおり、その一部始終は目にしていたはず。今さら何を言い出すのか。

「俺が見たのは紙に書いたデザインだけだ！　その絵ではここまで胸元が出るなんて……」

「……はあ」

またくだらないことで嫉妬《しっと》しているサマン様に対して、思わず呆れたようなため息が出る。

「それに今日のあなたは……美しすぎる」

「……いけませんの？」

その言い方では、まるでサマン様は私が美しくなったことに対して不満を抱いているように聞こえてしまう。思わず不安になり、チラと彼の方を見上げた。

「あなたの美しさを、皆に知られてしまうではないか」

「はい？」

返ってきた予想外の言葉に、再び気が抜けたような返事をしてしまう。

「あなたは普段華やかに着飾る女性ではないが、素顔は美しいのだ。その美しさを知っているのは俺だけでいいのに……」

「サマン様……」

突然告げられた褒め言葉に、思わず頬が赤らむ。そんなふうに思ってくれていたのだと、幸せな気持ちで胸がいっぱいになった。

ちなみに彼は公の場や使用人たちの前では、自分のことを『私』と呼んでいる。だが私や親しい友人たちと話す時だけは、『俺』という呼び方に変わるのだ。なんだかそれも特別なような気がして嬉しくなってしまうのだから、きっと私も大概おかしくなっているのかもしれない。

「決めた」

サマン様は不意に何かを思いついたかのように、私の首元から顔を上げた。

どうやら痕をつけることは諦めてくれたようで、意外にもすんなりと引き下がってくれたことにホッとする。

「何を決めたのですか？」

「結婚式はやめよう」

そう言ってサマン様は真顔で私の同意を得るかのように、頷《うなず》きかけてきたのであった。

「はあ!?」

咄嗟のことで大きな声が出てしまい、慌てて口に手を当てて押さえる。一体今度はまた何を言い始めたのだろうか。

「サマン様、今なんとおっしゃいました……？　何やら物騒な言葉が聞こえたような……」

「結婚式はやめよう。あなたのこの姿は今俺が見れば十分だ。他のやつらには見せたくない」

この期《ご》に及んでそんな冗談を……と思い彼の顔を見るが、その表情は至って真面目《まじめ》で、サマン様が本気で結婚式をやめるつもりなのだということがわかった。

「今日のためにどれほどの方々がお手伝いしてくださったか、ご存知のはずですわ！　それを、やめるだなんて……」

ただでさえ無理な日程であったのだ。それでも文句一つ言わずに準備を進めてくれた面々には、感謝の気持ちでいっぱいなのである。それを私情で中止するなど、あってはならないこと。

「……どうしても結婚式をやめたいとおっしゃるのなら、私はサマン様との結婚をやめますわ」

「なっ……!?」

あまりにショックを受けたせいか、サマン様は石像のように口を半開きにしたまま固まってしまった。

これまで驚きが先立って気づいていなかったのだが、その姿をよく見れば結婚式のための正装をしており、惚《ほ》れ惚《ぼ》れとするほど凛々《りり》しい。

今日のサマン様は黒髪を後ろへ撫《な》で付け、真っ白な婚礼用の服装を身にまとっていた。普段は騎士の制服か暗めの色を身に着けることが多いため、なんだか別人のように見える。

「私はこんなに素敵なサマン様のことを、皆様に見ていただきたいですわ。きっとシード公爵家の方々も鼻が高いでしょう。もちろん私も……」

私はそっとサマン様の頬に手を当てながら、諭すようにそう伝える。すると彼はまんざらでもなさそうな表情を浮かべて、僅かに頬を赤らめた。

「……先ほどの発言は、撤回してもらえるのだな？」

「先ほどの発言？」

「俺との結婚をやめるという発言だ。俺はそんなことになったら生きていけない」

ぼそぼそした小声でそう呟きながら、再びぎゅっと私を力強く抱き締める。

ドレスが皺になってしまいそうではあったが、なんとなく今はそれを伝えるべきではない気がしてそのまま彼を受け入れる。

「やめません。サマン様がきちんと式に出てくださるのならば」

「……わかった」

「まるで大きな子どもみたいですね。皆さんが見たら腰を抜かしてしまいますわ」

「あなたの前だけだ、俺が弱い姿を見せられるのは」

あまりに弱い姿を見せられても困ってしまうが、落ち込んでいるサマン様はなんだか少し可愛い。

やがて痺《しび》れを切らしたナンシーの訪室により、式の前の二人だけの時間は終わりを迎えることとなる。

「本当に、ドレスが乱れるようなことはなさっておりませんね？」

「しつこいわね、あなたも。大丈夫よ。ほら見てちょうだい」

私は彼女の前でくるりと身体を一周させる。実は二回ほどきつく抱き締められたという事実は伏せておこう。実際それ以上は何もしていないのだが、心配性のナンシーのことだ。きっとまたあらぬことを想像してしまうに違いない。

「……参りましょう。皆様お待ちです」

こうして私とサマン様は別々の馬車に乗り込むと、結婚式がおこなわれる教会へと向かったのだ。


教会はシード公爵邸から三十分ほど馬車を走らせたところにあった。私よりも一足先に到着しているサマン様は、恐らくもう既に教会の中で待っているのだろう。

入り口の扉の前で父であるアプラノス伯爵と落ち合うと、式が始まる前から父は涙を流していた。

「お父様ったら……式はこれからですのに。皆様に泣いているお顔を見られてしまいますわよ？」

「まさかソフィアがシード公爵家に嫁ぐなんて……。あの引っ込み思案だったお前が……」

父がそう言うのも無理はない。私自身も自分の置かれた境遇を未《いま》だに信じられないと思う時がある。

結婚にこだわりを持ちながらも、結局は父の決めた相手と結婚するしかないのかもしれないと思い始めていたというのに。

まさかこれほどまでに心を奪われた男性の妻になることができるとは……しかもそのお相手はシード公爵令息ときたから驚きだ。

「私も未だに信じられません」

「きっとこれから先は、慣れぬ生活で辛いことも多いはずだ。何かあったら、実家を頼りなさい」

「お父様……」

まだ泣くつもりなどなかったはずが、思わず鼻の奥がつんとして涙が滲《にじ》みそうになる。せっかく綺《き》麗《れい》に支度を整えてもらったのに、今泣いてしまったら化粧が式の前に崩れてしまうだろう。

私は必死に上を向いて涙を堪えた。

「そろそろ行こうか、ソフィア」

父はそっと私に向けて腕を差し出した。その腕に掴まると同時に、教会の祭壇へ向かう入り口の扉が開かれる。

祭壇までの道のりを、父に手を取られながらゆっくりと歩いた。この国の主な貴族たちは皆今日の結婚式に列席してくれているらしく、参列席には大勢の人々の姿が見える。

さすがは国で一、二を争うシード公爵家の結婚式だ。

そして今日から私は、そんなシード公爵家の一員となるのだという事実を改めて思い知らされる瞬間でもある。

歩みを進めながら参列席を眺めていると、前列の方にはサマン様の親しい友人であるトーランド公爵夫妻の姿もあった。青いドレスに身を包んだセレーナ様が、私の方を見つめながら微笑んでくれている。思わず私も彼女に微笑み返すと、その隣でセレーナ様に見惚《みと》れているトーランド公爵の姿が同時に目に入った。

『あいつは結婚してからただの間抜け男だ』

彼のセレーナ様へのぞっこんぶりにやや呆れ気味のサマン様であるが、私は密かにこう思っている。

——あなたも似たようなものですけれどね。

トーランド公爵に負けないくらいおかしくなっているという自覚はサマン様にはないようだ。

そんなことを考えながら足を進め、私を待つ彼の元へと向かう。

祭壇の前で到着を待っているサマン様は、先ほどまでの様子とは打って変わって凛々しい表情をしていた。彼も少しは緊張しているのだろうか？

やがて父はそっと私のそばから離れ、サマン様に一礼した。

その瞬間どうしようもなく寂しくなってしまい、またもや涙が滲みそうになる。そんな私の様子に気づいたのか、代わりにサマン様がそっと私の手を取った。思わず彼の顔を見上げれば、私を安心させるかのように頷き微笑み返してくれる。ただそれだけで、昂《たかぶ》りかけた気持ちが落ち着いていくのがわかった。

父とは違う、力強く太い腕が差し出される。この腕がいつも私を抱き締めてくれるのだと思うと、愛《いと》おしさが溢れ出してすり寄るようにして身体を彼に近づけた。

そんな私の姿を一瞥《いちべつ》したサマン様は、一瞬苦々しげな表情を浮かべた後に突然耳元でこう囁いたのだ。

「やはり結婚式はやめよう。このまま二人で屋敷に戻りたい」

幸せに浸っていた私には咄嗟《とっさ》のことで、一体サマン様が何を言っているのか理解が追いつくのに時間がかかる。そして彼が言った内容を呑《の》み込むと同時に、呆れた声が出てしまった。

「な、何をまた突然!?　今さらそのようなこと、できるはずがないでしょう！」

「それほどまでに美しいとは思いもしなかったんだ……。いや、元々あなたは俺にとっての女神なのだが……。先ほど屋敷で顔を合わせた時よりも美しさが増しているのはなぜだ？　騎士たちがあなたの美しさに気づいてしまったらどうする？　特にアランは……」

「ちょっとサマン様、しっかりしてください！　皆様の前ですよ！」

一人で真剣な表情をしながら矢継ぎ早に言葉を繋げるサマン様は、私の言葉など全く聞こえていない様子でさらに独り言を続ける。

「いや、でもまたあなたに結婚をやめると言われたら……俺は今度こそ騎士団長をやめるかもしれない」

「あの、ですからサマン様」

「式が終わったら、すぐに屋敷に戻ってくれると約束してほしい」

「へ……？　でも式の後は祝賀パーティーが……」

私たち二人の結婚を祝って開かれる舞踏会だというのに、主役が揃って欠席するなど前代未聞である。

「わかっている。屋敷に戻ったらすぐにソフィアを抱きたい。それから祝賀会へ参加すればいいだろう？　今度こそは正式な夫婦になったのだから、あなたの中に子種を注ぎたい」

「……あの、そういったことは式が終わってから言ってほしいのですが」

サマン様は忘れているのかもしれないが、今は仮にも神聖なる結婚式の真っ最中なのだ。

祭壇へと向かう足を止めてコソコソとやり取りを続ける私たちに、列席者たちからの視線が注がれているのがわかる。このような恥ずかしすぎる状況からは今すぐに抜け出したい。

「いいか、約束だぞ」

「……わかりましたから、早く前を向いて歩いてください！」

つい大声になってしまったような気がしたが致し方ない。

祝賀パーティーの前に身体を重ねることを許可したわけではないが、この場を丸く収めるためにも適当に返事をしてしまった。後ほどこの時の自分の対応に激しく後悔することになるのだが、今の私はまだその事実を知らない。

私の返事にようやく満足したサマン様はにこやかに頷く。そしてゆったりとした足取りで、すっかり待ちくたびれている様子の神父の元へと歩みを進めた。

神父の指示に従って誓いの言葉を交わし、結婚指輪を交換する。

かつてサマン様からもらったルビーの首飾りを加工した結婚指輪が、私の薬指で輝いた。彼の瞳のように赤く光り輝く宝石が愛おしくて、うっとりと見惚れてしまいそうになる。

「ソフィア？」

「え？」

ふいにベール越しに顔を覗き込まれた私がはっとしてサマン様の方を見れば、彼は困り笑いを浮かべていた。

「誓いの口付けなんだが……してもいいだろうか？」

「へっ……あ……ごめんなさい私ったら」

「もう少し前に……。ベールを……」

私は言われた通り、一歩サマン様に近づく。彼はそっと私のベールを上げた。

視線が重なると思わず照れ臭くなってしまって顔を横に向ける。

「ソフィア……」

サマン様に優しい声で名前を呼ばれ、彼の方を向き直したその瞬間。ゆっくりと私の背に合わせてかがんだサマン様が、顎《あご》に手をやるようにして唇を重ねてきた。温かく、柔らかな唇。その熱が私の身も心も溶かしてしまいそうなほどに心地いい。

それと同時に会場から一斉に祝福の拍手が送られ、ようやく正式にサマン様と夫婦になることができたのだという喜びに包まれた。

「愛しているソフィア」

「ん……私も愛しています……」

……とまあこれで終わればよかったのだが、ここでまた一つ問題が発生する。

「あの、……ちょ……んんっ……長いですわ」

一向に唇を離してくれる気配がないのだ。あくまで式の進行の中で交わす口付けであり、ほんの一瞬唇が重なればいいものを。腰に添えられていた腕の力が強くなり始めたことに気づいた私は、慌てて身体を離そうとするがもちろんびくともしない。

「ソフィア……俺の妻だ……」

「ん、んんっ……」

「これであなたは俺だけのものだ」

「ちょ、や……んんっ!?」

やがてぬるりとした舌が入り込みそうになったが、さすがにそれは全力で抵抗しなければならないだろう。国中の貴族たちの前で熱い口付けを交わすなど、明日からどんな顔をして社交界に出ればいいのかわからない。

固く閉ざされた唇をなんとかこじ開けようとするサマン様の舌は、しばらく押し問答のうちにようやく諦めてくれたらしい。

——やっと諦めてくださった。

じっとサマン様の方を恨めし気に睨《にら》みつけるが、いつも通りどこ吹く風だ。

しかしこれでようやく無事に結婚式を終えることができた。今まで張り詰めていた緊張の糸が緩んでいく。

今日から私はアプラノスの名を捨てて、ソフィア・シードとなったのだ。公爵令息夫人と呼ばれることに実感は湧かないが、その呼び名にふさわしい女性になることができるように努力しなければならないと心の中で誓う。

そんな新しい人生の始まりに胸を高鳴らせていた私はすっかり忘れていたのだ。先ほど彼と交わしたあの約束を……。


結婚式で正式に夫婦として認められた私たちは、シード公爵令息夫妻となって屋敷へと戻ってきた。

「祝賀パーティーの前に少しだけお休みになってください。今日は長いですから」

自室へと戻ってきた私は待ち構えていたナンシーに手伝ってもらいながら、花嫁衣装である純白のドレスから普段着の薄桃色のドレスへと着替える。

重く窮屈だった花嫁衣装から解放され、ようやく一息つくことができると思ったまさにその時。今朝と同じように、力強く扉を叩く音が響き渡った。

もうさすがにナンシーもこの音の主が誰であるのかわかったらしい。なんとも微妙な顔を私に向けながら重い足取りで扉の方へと歩くと、ゆっくりと扉に手をかける。

そうして開かれた扉の向こうには案の定、先ほど夫となったばかりのサマン様の姿があった。

「ああ……サマン様、今度はどのようなご用件で？」

ナンシーが明らかに迷惑そうな表情を向けているにもかかわらず、全くその空気に届しないサマン様はある意味大したものだ。そして彼にこれほどずけずけと物を申すことのできるナンシーも、違った意味で大したものだと感心してしまう。

「私はソフィアの夫だぞ？　そう邪険に扱うな」

「ソフィア様はただいま着替えを終えまして、これからお休みになられるところでございます。祝賀パーティーまではまだ時間がありますので」

「わかっている。だから私もここへ来た」

「はい？」

言っている意味がわからない、とでもいうような表情をナンシーは浮かべる。

そしてサマン様はそんな彼女を気にすることもなく素通りし、即座に私の元へと歩みを進めてきた。

いつもこの調子なので思わず笑ってしまうと、途端にナンシーから非難めいた声が上げられる。

「ソフィア様！　笑い事ではありません！」

「ナンシー、悪いが部屋を出てくれ。我が妻と二人きりになりたい」

「サマン様！　初夜はまだ先なのですよ、これから大事な大事な祝賀パーティーなのです。主役のソフィア様が欠席されるようなことがあったら……」

「いいからいいから。大丈夫、祝賀パーティーには出席する」

ナンシーはずっと何か叫んでいたが、サマン様に追い立てられるようにして部屋を後にした。

静けさを取り戻した部屋の中、なぜか彼はソファに腰掛ける私の前に立っている。

「どうしたのです？　お座りにならないのですか？　きゃあっ!?」

突然視界がぐらりと揺れた。サマン様が私の背に手を当て、膝裏《ひざうら》を掬《すく》うようにして抱き上げたのだ。

そして彼は私の耳元で熱くこう囁く。

「約束だぞ、ソフィア。あなたをもらいにきた」

「ちょ……待ってくださ……あのお言葉は本気だったのですか!?　冗談ではなく!?」

思い返せば確かにそんなことを言っていたような……。しかしまさか本気であのようなことを言っているとは思ってもいなかったのだ。

サマン様は私を抱えたまま寝台まで連れていき、優しく横たわらせた。起き上がる間もなく、上からサマン様のがっしりとした身体が覆い被さる。その息遣いは既に荒くなり始めているように見えて、これから待ち受ける行為を想像して思わず身構えてしまった。

「もちろん本気に決まっているだろう？　ひどいな、あなたは冗談だと思っていたのか？」

「だ、だって……まさか祝賀パーティーの前にそんな……あっ」

私が喋《しゃべ》り終わる前に、サマン様は首元へ顔を埋める。そしてそのままそこをちゅうっと吸い上げた。

「だ、だめです！　見られてしまいますわ」

「大丈夫」

「何が大丈夫なのかわかりません！」

軽い痛みを感じた場所を自分で目にすることはできないが、恐らく赤い痕が残されているだろう。彼が痕をつけた場所は、今夜のパーティーのために用意しているドレスでは隠しきれない。

このままではパーティーに参加している貴族たちに醜態を晒《さら》してしまうことになる。だが相変わらずサマン様は私の言葉などお構いなしだ。

「半年前だ！　半年前からあなたに触れることができていない。もう我慢の限界だった……口付けだけで我慢するのがどれほど辛かったか」

結婚式を迎えるまでの間、日に日に長くなる口付けからサマン様が必死の思いで耐えてくれていることはわかっていた。ようやく思いを遂げることができるとでもいうように、彼はそのまま首元から鎖骨の至る所に痕を残していく。チクッと走る痺れるような甘い痛み。

初めて彼にその印をつけられた時は、痛みの方が強かった。だが今ではむしろその痛みが心地いいと感じてしまう。

――サマン様は痕をつけるのがお好きなのかしら……？

私の中に突然そんな疑問が浮かび上がった。以前身体を繋げた時にも、彼は執拗《しつよう》に所有の証《あかし》をつけてきたことを思い出す。

サマン様は誰が相手であってもこうした痕をつけてきたのだろうか？

そんなことは気にしても仕方がないことであるとわかっているはずなのに、なぜか今になって不安に襲われる。彼は今私だけを見つめてくれているのにどうして……。

「いくらつけても足りないんだ。あなたは俺だけの……」

「……サマン様はいつもこうした痕をつけるのですか？」

「は？」

気づけばそんな言葉が口をついて出る。思いがけぬ私の問いかけに、彼からは珍しく気の抜けた声が出た。

「かつて身体の関係があった女性には皆、こうして痕を残していたのですか？」

サマン様は騎士団長であり、騎士の男性たちは皆そういった欲求が盛んであるというのは有名なこと。実際彼も女性と関係を持つのは初めてではないと話していたし、そのことに関しては理解しているつもりだ。

だが彼がこれまで他の女性たちにどんなふうに口付けて、どんなふうに身体を繋げたのか。私にするように身体中に痕を残して、耳元で愛していると囁いたのか、時折どうしようもなく気になってしまう時があるのだ。

――どうして私だけが初めてなのかしら……サマン様の初めても私であったならよかったのに。

こんな気持ちは醜いのだろうか。しがない伯爵家の娘であった私が、シード公爵令息夫人となることができただけでも感謝しなければならないのに。

今度はサマン様を独り占《ひとじ》めしたいという欲が沸々と湧き上がる。なんと自分は浅ましいものかと思うが、溢れる気持ちは抑えられない。

「……騎士様はそういうものだということは、よくわかっているつもりです。ですが……」

気づけばじわりと滲む涙。結婚という大きな変化で気持ちが不安定になっているのだろうか。

今日は幸せな日になるはずで、こんなことで涙など彼に見せたくはなかったというのに。いつもならさらりと流せていたことが、今日はなぜか胸の奥に引っかかって外れてくれない。

「そ、ソフィア!?」

涙をこぼし始めた私を見たサマン様は、ギョッとした様子でオロオロと私の顔を覗き込む。先ほどまで笑って話していた花嫁が突然泣き始めたのだから当然のことだろう。

「泣かないでくれ。あなたに泣き顔は似合わない。……いや、泣き顔もそれなりにくるものはあるが……」

ぶつぶつと独り言のようなものを呟きながら、私の頬に口付けて涙をそっと吸い取る。大きな手でゆっくりと頭を撫でられた私はそのまま目を閉じた。

「当たり前のことではあるが、俺は結婚を意識するようになった数年前からそうしたことはしていない。それに、これまで決まった相手がいたこともない」

「サマン様……」

宥《なだ》めるかのように頭を撫でる手を動かし続けながら、ぽつりとサマン様が切り出した。

「こうして所有の証を残したいと思ったのもソフィア……あなただけだ。これほど自分が嫉妬に狂う男だとは思わなかった。あなたは俺のものであると、常に周りの男たちに見せつけておかないと心配でならない。すまない、俺のつまらない嫉妬心のせいでソフィアに嫌な思いを……」

嗚咽《おえつ》で声が出せず、私は必死に首を振った。静まり返った部屋には、グスグスと私の啜《すす》り泣く声だけが響いている。

サマン様が悪いわけではないのだ。過去のことを振り返っても今さらどうしようもないこと。それにサマン様は当時恋人がいたわけでもなく、そのおこないになんら問題はないのだ。

いつまでも泣き止まない私を見たサマン様は、困ったような顔で涙を指で拭い取るとそっと身体を引き起こして抱き締めてくれた。私はそのがっしりとした胸元に縋《すが》るように身体を密着させる。今はほんの少しの距離すらももどかしくて仕方がなかった。

――いっそのこと、サマン様と一つになれたらいいのに。そうしたらいつだっておそばにいられるわ。

「そのようなことを心配していたのか？　聞いてくれればよかったものを……」

「だって……私……」

そんなことを彼に聞けるはずがない。面倒な女だと思われて嫌われてしまうのが何より怖かった。

あれほど彼との結婚に乗り気でなかった私は、いつしかすっかり彼なしでは生きていけなくなっている。もう彼のいない世界は考えることなどできない。

「ああ……すまない。そんなことはあなたの口からは聞きづらいな。俺の配慮が足りなかった。だが信じてくれ。俺は本気で人を好きになったのはソフィアが初めてだ。愛していると言うのも、こうして痕をつけるのも、あなたが初めてだ」

「っ……」

サマン様は私が返事をしようと口を開くのを拒むかのように、ふわりと上から唇を重ねた。まるで彼に食べられてしまうかのように唇全体を優しく包まれる。

「サマン様……私も、あなたがいないと生きていけないのです。私の方がいつのまにか、あなたよりよっぽど……」

僅かに唇が離れた隙に、必死で彼への思いを伝えた。

いつもは恥ずかしくて、言葉にできなかった思い。

サマン様はそんな私の言葉に一瞬赤い瞳を見開いたかと思いきや、突然再び勢いよく覆い被さってくる。その勢いで二人揃って寝台に倒れ込む形になってしまった。サマン様の身体の重みが私にのしかかる。

「く、苦し……重いですわ……」

口ではそんなことを言いながらも、その重さと苦しさに幸せを感じてしまう私。

「愛している。あなたからそんな言葉が聞けるとは思ってもいなかった……。俺は夢でも見ているのだろうか。あなたがいないとだめなのは俺の方だというのに」

「いいえ、夢ではありませんわ。私もサマン様のことを心から愛しています」

「もう限界だ、今日こそは……あなたの中に俺の子種を注ぎたい」

「……っ……」

真剣な顔をしながらそんな宣言をされてしまい、思わず全身が滾《たぎ》るように熱くなる。

いつもならこのような彼の直接的な表現に呆れてしまうのだが、今は彼の思いの全《すべ》てを受け止めたくて仕方がない。

「そんなに顔を赤くして……可愛いソフィア。こっちを向いて」

「だってサマン様が恥ずかしいことを……んっ」

クイっと顎を持ち上げられ、そのまま口付けられる。温かく柔らかい唇が、私の唇を甘噛《あまが》みするかのように啄《ついば》んでいく。

それと同時に硬く男らしい手が頬から首筋を撫でるように降りていき、鎖骨をなぞって胸元へと到達する。そしてそのままドレスの上から確かめるようにそっと膨らみに触れた。

「あっ……」

あの日以来の久しぶりの刺激が強すぎて、布の上からだというのに思わず身体が敏感に反応してしまう。

「ソフィア……好きだ……」

「サマン様、わ、たし……もっ……んんっ」

彼の気持ちに応えたいのだが、言葉を発するために唇を離すことを許してはもらえない。まるで執拗に追いかけるかのように強く重ねられる唇。

やがていつしかぬるりと彼の舌が入り込む。唇以上に熱を持ったそれは、あっという間に私の口の中を動き回り始めた。初めて口付けを交わしてしばらくはサマン様にされるがままであった私もいつしか慣れていき、今では恐る恐る自ら舌を絡めることができるようになった。

今日もいつも通り、そっと舌を彼のそれに絡め合わせる。するとサマン様はすぐに気づき、執拗に舌を絡め続けた。どちらのものともわからない唾液が混ざり合い、唇の端からこぼれ落ちていく。彼は唇を離してそれを指で掬い取ると、そのまま指を私の口の中に入れた。

「んっ……」

「ソフィア、舐《な》めて……」

「やっ、恥ずかしい……そんなこと……」

「お願いだ。あなたの可愛い姿が見たい」

彼の懇願に負けてしまった私は、くちゅり……と水音を立てるサマン様の指をそっと咥《くわ》えて舐める。

彼は僅かにびくっと震え、ゆっくりと指を中で動かした。

ただそれだけの行為なのになぜか下腹の奥がむず痒《がゆ》い。

「ふっ……ん……」

うまく息が吸えず苦しいと思い始めたところで、サマン様は指を引き抜いた。そして自らの指をぺろっと舐める。

「ああ……理性が持ちそうにない。愛おしすぎて気が狂いそうになるな」

そう言いながら、しゅるしゅるとドレスの紐《ひも》を外して脱がせていく。あっという間に肩からドレスがずり落ちてしまい、思わず上半身を隠そうとした手を前回同様サマン様によって遮られた。

「ん、だめ……ナンシーに怒られてしまいます……」

「大丈夫。今さらやめる方が辛い。俺に身を任せて」

気づけばあっという間に生まれたままの姿になってしまった私を、サマン様は惚れ惚れとした様子で眺める。

相変わらず控えめな膨らみではあるが、これから与えられるはずの刺激を待ちわびているかのように、既にその先端は存在を主張し始めていた。

「こんなに華奢なソフィアが俺を受け入れてくれるのだと思うと……たまらないな」

「え？」

「触れただけで壊れてしまいそうなあなたを見ると、何があっても俺が守らなければという気持ちが強くなる」

ちゅ、ちゅ……と鎖骨から胸元にかけて唇を落としながらサマン様が喋るたびに、熱い吐息がかかる。

「あっ……んんっ……」

「不思議だな。あれほど結婚相手には共に戦える女性を……と思っていたというのに。あなたに剣など一生持たせたくはない。ソフィアを危険な目になど遭わせたくはない」

「だめ、そこで喋らないでください……」

「ソフィアにはいつだって安心できる場所で、幸せに笑っていてもらいたい」

思わず胸がじん、と熱くなった。幸せすぎておかしくなりそうだ。

だがもう守ってもらうばかりの私ではない。これからは妻としてサマン様を守り支えていかなければならないと、今日の結婚式で気持ち新たに誓ったのだから。

「サマン様に何かあったならば、私も戦うつもりですわ。それくらいの覚悟はしています」

「ソフィア……」

「私もシード公爵令息夫人になりましたから」

「っソフィア！」

「あっ！　そんな強く……」

感極まったサマン様は、私の膨らみを掬い上げるようにして掴むとそのまま先端を口に含んだ。舌で転がすように蕾《つぼみ》を刺激しながら、時折吸い上げる。

以前も思ったことではあるが、あの男らしいサマン様が私の胸に口付けている様子を見るだけで、恥ずかしさでいっぱいになってしまう。

「ソフィア、ここは俺だけのものだろう？」

ぷつ……と口を離して私を見上げるサマン様の色気に、思わず視線を逸《そ》らしてしまった。

「なぜ目を……恥ずかしい？」

「っ……当たり前ですわ」

「可愛い……でも俺はあなたの顔が見たいから、こっちを向いて」

再び甘い口付けが送られた。くちゅくちゅと舌を絡めている間にも、サマン様の手は止まることを知らずに膨らみを揉《も》みしだく。

「はあっ……苦し……」

激しすぎる口付けと与えられ続ける強い刺激で、あっという間に息も絶え絶えになってしまう私を見たサマン様は、フッと笑った。

「まだまだこれからだぞ。覚悟しておいてくれ」

「えっ？　きゃっ……」

突然両足首を掴まれたかと思ったら、ガバリと左右に開かれてしまった。人に見せるべきではない恥ずかしいところを、夫の目の前に広げてしまっている。まだ何もされていないというのに、それだけで羞恥のあまり顔が赤くなり涙が出そうになった。

「恥ずかしがらないで。綺麗だよソフィア」

「そんなに見ないでください……」

手で隠そうとするが、その手も押さえ込まれてしまう。騎士団長の彼の力に私が敵《かな》うはずもなく、サマン様はゆっくりと屈《かが》んで脚の間に顔を近づけていく。

彼が何をするつもりなのかわかった。だが今日だけは絶対にだめなのだ。

「だめです！　結婚式の後から湯浴みをしてません。汗をかいてしまいましたし……」

せっかくの初夜なのだ。せめて湯浴みくらいはと思うのが乙女心だろう。

……もはやこれを初夜と言っていいものなのかわからないが。

「問題ない。あなたに汚い場所などない。気になるのはそれだけか？　なら、このまま続けるとしよう」

「え!?　ですからサマン様湯浴みをっ……あんっ……」

抵抗する私を黙らせるかのように、ぺろりと蜜口《みつくち》を舐め上げる。ジワっと熱いものが広がり、全身にゾクゾクとしたものが走った。

「んんっ……」

「甘い」

「何言って……そんなわけ……ああっ……」

舐められたところがどうしようもなく熱い。

「あっサマン様……だめ……」

「すごく濡《ぬ》れている。綺麗だ」

「やっ……ふうっ……ん……」

舌を蜜口に挿《さ》し込むようにして中を舐め取るその動きに合わせて、無意識のうちに腰が揺れてしまう。じわりと濡れた感覚が、粗相をしてしまったのではないかという不安を呼び起こすが、恐らくこれは違うのだろう。女性は閨《ねや》の時に気持ちいいと感じるとこうなるのだと、以前サマン様が教えてくれたことを思い出す。

「ソフィア……」

「あっ……んん！」

「痛くないか？　久しぶりだから、ゆっくり動かして慣らしていこう」

探るような動きでゆっくりと中に押し込まれるサマン様の一本の指。ゴツゴツとしたその指は、日《ひ》頃《ごろ》剣を握って鍛錬に励んでいる証。そんな彼のことが何よりも誇らしくて愛おしさが募る。

「今、中がきつく……」

「え？」

「いや。なんでもない。続けるぞ」

次第に大きくなるくちゅくちゅとした水音が、私の中から滲み出る愛液の量が増えてきたことを物語っている。静まり返った部屋の中から聞こえるのは、私たちの息遣いとその水音だけ。

いつのまにか二本に増やされた指が、中の壁を擦《こす》るようにして動かされる。その動きに合わせて掻《か》き出されるように愛液が滴《したた》り落ち、すっかり敷布に染みを作ってしまった。

「や、んっ……そこ、そんなに……」

「あなたはなんて可愛いんだ。こんなに蕩《とろ》けた顔をして……。俺以外にそのような顔を見せてはならないぞ」

「サマン様、私っ……」

何かが迫り来る。それは初めて彼と身体を繋げた時にも感じたものだ。久しぶりのその感覚に怖くなり、私は思わずサマン様のがっしりとした背中に爪《つめ》を立ててしまった。

「あっ……ごめんなさ……」

慌てて腕の力を緩めるが、彼は優しく微笑み返す。

「大丈夫だ。そのまま身を任せて」

「でも、私怖い……あっ……だめ、今動かしては……」

執拗に出入りを繰り返す二本の指たちによって、私の中で溜《た》め込んでいた何かが限界を迎えた。突然全身の力が抜けて、目の前が真っ白になる。

「ああーっ……！」

身体に力が入らない。手足が痺れるような、自分のものではないような感覚に陥った。

ぐったりと涙目でサマン様を見上げれば、彼は赤い瞳に情欲を映し出しながら私を見つめている。

「ソフィア、本当はもっとゆっくり解《ほぐ》してからと思っていたのだが……すまない。我慢ができそうにない」

そう言いつつも、労《いたわ》るようにそっと頬に手を当ててくれる。彼の手の温かさが心地よくて、私は思わず目を閉じた。達したばかりで荒いままの息を閉じ込めるかのように、再び唇を塞《ふさ》がれる。

「んあっ……ふ……」

口付けを続けながらも、私は少し不安を覚え始めた。サマン様を受け入れるのは実に半年ぶりだ。しかも前回が私は初めてであり、やっとの思いで彼の熱を受け止めたのだ。今回も彼の昂りを受け止めることができるのだろうか。そんなことを考えていると無意識に身体に力が入ってしまう。

いつのまにか寝台を下り、服を脱ぎ捨て裸になったサマン様が、ギシと音を立てて寝台に乗り上げた。見ないようにしようと思っていたのに、どうしても我慢できずに彼のそこへと目線がいってしまう。

「っ……」

そこには恐ろしいほどに上を向く欲望の塊が。隆々と血管が浮き出し、ビクビクと動いている。そして先端の鈴口からは雫《しずく》のようなものがぷっくりと姿を見せていた。

――あの時も、これほど大きかったかしら……？

自分の記憶の中よりも遥《はる》かに大きく見えるサマン様の昂りに、言葉を失ってしまう。

よくよく思い返せばあの日は何もかもが初めてで、これほどまでに彼自身をまじまじと見つめる時間も余裕もなかったのだ。

「ソフィア？」

「……」

「どうした？」

「っい、いえ……」

なんと答えてよいのかわからず、視線が泳いでしまう。するとサマン様は、再び私に勢いよく覆い被さると噛み付くように口付けた。

そしてこれまで指を入れていた場所よりも少し上にある敏感なところを、グリッと親指で押し込める。

「やあっ……！　だめです、そこそんなに強く……」

途端に全身に走る、痛いほどの強い快感。その刺激が強すぎて、他に何も考えることができない私は必死に首を振る。

「大丈夫、力を抜いて」

「や、そんな……できな……ん、ふうっ……」

抵抗したいのに、やはり彼の唇はそれを許してくれない。一瞬だけ唇が離れた隙に息を吸ったのも束《つか》の間《ま》で、すぐさま唇を奪われた。ちゅく、ちゅく、と舌が絡められて、吸い上げられる。

そしてその間もひたすらに敏感なところをクニクニと指で擦られ、押し込められ続けた。

気づけばもう片方の手は私の膨らみに向かい、先端を摘《つま》むように指で挟み込まれている。全身から一斉に与えられる刺激が強すぎて、思わず目尻には涙が滲む。

だがすかさずそれをサマン様が唇で吸い取るのだ。より一層熱を帯びた唇が、熱を残しながら触れていく。

「サマン様、私……も、う……だめ……」

「感じているあなたが可愛くて、ずっといじめていたい。だが……」

「や、だめなのですっ……っ……!?」

突然ずん、と押し込まれた昴りに息を呑む。

全身への刺激で息も絶え絶えになっていた私は身体の力が抜けていたようで、思っていたよりもすんなりと彼のものを受け入れたらしい。あれほど大きかった昴りが、すっぽりと身体の中に収められたことに驚きを隠せない。

「ん、サマン様……」

「ほら、入っただろう？　大丈夫」

「え……？」

「緊張しているように見えた。あなたに痛い思いはさせたくないからな」

あの激しい愛撫《あいぶ》はサマン様なりの優しさであったということなのか。

――意地悪をしているのかと思ったわ。

強引なように見えて優しい彼への愛おしさが募って下腹が疼《うず》く。

「くっ……ソフィア、あまり締め付けないでくれ」

「私は何もっ……」

「ああ、もう！　我慢は終わりだ、動くからな」

「ひゃっ……！　あぁっ！」

両手でがっしりと腰を掴まれた私は、激しく揺さぶられる。抜けそうなところまで引き抜かれた昂りが、再び勢いよく最奥まで押しつけられるたびに息が止まりそうになってしまう。

「あ、やあっ……奥は、だめ……」

明らかに前回の時よりもサマン様の勢いが激しい。見れば眉間に皺を寄せて切なげな表情を浮かべながら、腰を打ち付けている。

式の時はぴしりと整えられていたはずの前髪が乱れて、はらりと額にかかる様子がなんとも色っぽく、ただそれを眺めているだけで再び下腹がきゅんと疼く。

「っ！　ソフィア、また！」

するとなぜかサマン様は切羽詰まったような、焦《あせ》ったような声色でそう咎《とが》めた。

「あっ、ん……私何もしてませんっ……」

「そう締め付けるな、すぐに出てしまう」

『出てしまう』という言葉が意味することに気づいた私は真っ赤になった。

そうだ、もう私はサマン様の正式な妻となったのである。

私の役割はサマン様をお支えし、シード公爵家の跡取りを産むこと。私たちを隔てるものは何もなくなった。以前のように子種を外へ出す必要などないのだ。

「ソフィア、一度出したい……あなたの中に。出していいか？」

「恥ずかしくて、言えません……あんっ……」

「あなたの許可が欲しいから、ちゃんと言ってくれ。中に出していいと」

「もう、いやっ！」

閨の時のサマン様はしつこい。そしていつもよりもっと愛情表現が重くなるのだということを思い出した。燃えるような目でじっと見つめられると、まるで心の中まで裸になってしまったような、そんな錯覚に陥ってしまう。

「早く、ソフィア……」

ゆっくりと中に昂りを擦り付けるように腰を動かしながら、サマン様は私の身体に上半身を被せるようにして耳朶《みみたぶ》を唇で挟み込む。熱い吐息と共に低音の心地いい声が鼓膜に響いて思わず身震いしてしまいそうになりながら、私は必死の思いでこう告げた。

「出して、くださいませ……」

まさかこんないやらしい台詞を言うことになるなんて、結婚前の私は思いもよらなかっただろう。言葉を発した途端に恥ずかしさが爆発しそうになり、掛け物を頭から被りたくなった。

だが私の言葉によってさらに熱が上がったサマン様は、それを許すことはしないだろう。

「ソフィアっ……可愛い……こんなに赤くなって」

ちゅ、ちゅ、とこめかみや額にしつこいほど唇を落としていく。

それと同時に激しく打ちつけられる彼の昂りが、先ほどよりも大きさを増したような気がするのは気のせいだろうか。丸みを帯びた先端が私の入り口に引っかかるようにして出入りを繰り返し、中の敏感な壁を擦り付ける。

知らぬうちに溢れ出た蜜が潤滑油となって、サマン様の動きをより滑らかにしてくれているようだ。いつのまにかますます染みが広がっている敷布。この状態では明らかに事後であることがナンシーに見つかってしまうだろう。

だが今の私には、そのようなことを気にかけている余裕など全くないのだ。

「あっ、やあっ……サマン、様！」

「ソフィア……本当にそろそろ一度出すぞ」

光るような汗を滲ませながら、苦しげな声で彼はそう言った。

それに合わせて最後の力を振り絞るかのように、激しく私たちの身体がぶつかり合う。互いに汗ばんだ肌はしっとりと吸い付くように重なったかと思えば、名残惜しそうに離れることを繰り返す。

「くっ……ソフィア！　ソフィアっ！」

「ああっ……んっ……ふうっ……」

サマン様は私の名前を何度も呼んだ後、口付ける。

そして唇を重ねたまま、ビクンビクンと身体を大きく震わせた。同時に繋がったところから徐々に広がる熱い何かが、じわりと身体の奥へと到達していく。

サマン様はぐりぐりと腰を強く押し付け、はぁっと大きくため息をついた。その顔は薄《うっす》らと赤く染まっている。

「身体は辛くないか？　優しくするつもりが、いつも手加減ができなくてすまない」

「っ……はい……」

確かに動きは強引かもしれないが、私に触れる手つきはいつも優しいことを知っている。

「あなたのここに、俺のが……」

サマン様は感慨深そうにポツリとそう呟くと、そっと大きな手のひらを私の腹の上に載せる。ただそれだけのことなのに、なぜか私はびくっと腰を浮かせてしまった。

先ほどまでの行為で全身の至る所が敏感になってしまっているのだろうか。思わず声が出てしまいそうになり、両手で口元を押さえる。

「これだけで感じたのか？」

「ち、違います……」

「だが今あなたの中がキツく締まったような」

「何言ってっ……え、ちょ!?　なんでまた!?」

精を出してもなお私の中にいたサマン様が、また再びその大きさを取り戻したのだ。まるでこぼれ落ちそうになっていた子種に蓋をするかのように。

しかし私は一度の行為で既に疲れ切っている。なんといっても結婚式をつい先ほど終えたばかりで、これから大切な祝賀パーティーを控えているのだ。とてもではないが二度目の行為に耐えられる自信も時間もない。

「だめです、我慢してください。もうパーティーに間に合わなくなってしまいますから」

「あともう少しだけ。あなたは俺にこの状態で我慢しろと言うのか？　意地悪な人だ」

耳元に顔を近づけ、そっと低い声で囁きながら甘く微笑むサマン様はまるで甘美な悪魔だ。彼は私が止めるのも聞かずに腰を擦り付け始める。

「だっ……て、ああっ！　だめ、そんなに続けてはっ……」

やがてその動きは大きさを増していき、熱いものが出入りするたびに先ほど中に出された精がぐちゅぐちゅと音を立てて泡立つ。おかげで先ほどの交わりよりも、さらに滑りがよくなったように感じた。

「ソフィア、ここに座って」

「え？　ちょ、待ってくださっ……ひゃっ」

唐突に片腕をぐいっと引っ張られて上半身を起こされると、そのままサマン様の両手で腰を掴まれ、彼の上に跨《また》って座るような形になった。このような姿勢は恥ずかしすぎて、向かい合った状態でサマン様の顔を見ることができない。

「こんな恥ずかしい格好……嫌です」

「だがこうするともっと身体を合わせることができるだろう？　ほら、こんなに」

そう言いながらサマン様は私の背に手を当てて、ぎゅっと強く抱き締める。ぴたりと隙間なく触れる肌と肌。触れ合ったところから彼の速い鼓動が伝わってきた。

「ソフィア、愛している。俺と結婚してくれて、シード公爵令息夫人になってくれて、ありがとう」

「あっ……んっ……今、言うのですか？」

せっかくの嬉しい言葉だというのに、繋がったところから感じる刺激が強すぎて、冷静に受け止めることができない。

「これから先、しつこいほどに何度でも言うから安心するといい」

「それもそれでどうかと思いますわ……ああっ！」

私の両腰を掴んだまま、揺さぶるように動かす。ぐりぐりと敏感なところに彼のものが当たり、一度達してしまった私にはその刺激が苦しいほどに強い。

「ソフィア……今日のあなたは本当に美しすぎた。騎士団のやつらがあなたに惚れていないといいが……。そんなことになったら俺は……」

「んんっ！」

サマン様は一瞬眉間に皺を寄せると、ちゅうっと胸の膨らみに吸い付いた。突然の刺激で身体がのけ反りそうになるのを、彼の力強い腕により支えられる。既に彼によって散々いじられたそこは、すっかり赤く腫《は》れあがってしまった。

そのまま蕾を舌で転がされ、もう片方の膨らみは手で揉みしだかれる。同時に与えられる刺激は早々に私に限界をもたらし、ぽろぽろと勝手に涙がこぼれ落ちた。

「だめです、おかしく……なるから……」

無意識のうちに首を振ってサマン様に抵抗するが意味はない。

「ソフィア、すまない。あなたが相手だと自制がきかなくて……もうすぐだから……あと少し」

「あっ！　それ以上強くしたらだめっ……」

サマン様は下から腰を打ち付ける。

「俺の背に手を回してくれ。離れないで」

言われるがまま、彼の背にしっかりとしがみつく。深く出入りを繰り返す昂りが私の最奥を突き、全身に力が入らなくなった。次第にサマン様の息がどんどん荒くなっていき、その表情もいつのまにかより一層苦しげになっている。

「ああ、ソフィア！　愛している」

そう叫ぶように告げた後、一度目と同じように打ち震える彼の身体。

再び熱いもので下腹を満たされた私は、気怠《けだる》さと幸せの狭間《はざま》で荒んだ呼吸を整える。

彼の引き締まった身体を無意識のうちに指で辿《たど》るようになぞると、そっと手を押さえられた。

「あなたは……これ以上俺をおかしくしないでくれ。さすがに三度目を許してはくれないだろう？」

「なっ……何を言って……当たり前です！」

そもそも結婚式で疲れていたところに、既に二度も精を放たれたのだ。色々と限界が近いというのに、三度目など私の身が持たないだろう。

そんな私の反応を見てサマン様は困ったように笑った。そして大きく息を吐きながら、ようやく昂りを私の中から引き抜く。

「んっ……」

ずるりと引き抜かれると同時に、蜜口からこぷりと何かがこぼれた。粗相をしてしまったような感覚になるが、これが恐らくサマン様の子種なのだろう。初めて身体を繋げた際に腹の上に出されたものを目にしたが、白くどろりとした液体であったことを思い出す。

「すまない、たくさん出してしまった。しばらく横になっているといい。俺が身を清めてやろう」

激しすぎる二度の交わりのせいで、思ったよりも体力を消耗してしまった私はもうぐったりだ。

そんな私の身体をサマン様は丁寧《ていねい》に拭き、着替えさせてくれる。初めての時は恥ずかしさが勝って、自分で拭けると言って聞かなかった。だいぶサマン様と触れ合うことにも慣れてきたのだろう。

あの騎士団長様がこんなことをしているなんて、騎士の方々が目にしたら天地がひっくり返るほど驚くに違いない。

甲斐甲斐《かいがい》しく私の世話を焼くサマン様は、なんだかんだいっても自慢の旦那様《だんなさま》だ。

……と思っていたのだが。

「え、ちょっ……何をしているのですか!?　あ、んんっ……」

突然足の間に手が触れたかと思いきや、ぬるりと指が入り込んだ。そしてそのまま中の壁を擦り掻き出すように動かされ始めたのである。

――三度目はしないと、あれほど言ったのに！

「だめですサマン様、約束を忘れたのですかっ……っもう！」

起き上がって彼を止めようとするが、そのまま制されてしまう。

「こうして掻き出さないと……パーティーの時に子種がこぼれてしまったら困るだろう？」

「……っ……」

サマン様の言葉に私は恥ずかしさでおかしくなりそうだ。彼は三度目の行為を始めようとしていたのではなく、二度にわたって私の中に放出した精を外に掻き出していたのである。

前回は行為が終わる寸前にサマン様が昂りを引き抜いていたため、このようなことはなかった。しかし今回は状況が違う。確かに中で放出された精は、既に蜜口からこぼれ落ちている。この状態でパーティーに参加したら……その後に起こるであろう出来事を想像して頭から毛布を被りたくなる。

「ほら、だいぶ……。これできっと大丈夫だろう」

「もう知りません……サマン様なんて……」

ゆっくりと蜜口から引き抜かれた指。彼は優しく私のそこを拭って清めた。

「ソフィア、怒らないで。あなたに嫌われたら俺は生きていけない」

まるで幼子の機嫌をとるかのように優しい口付けが降り注がれる。そして毛布ごとぎゅっと抱き締められた。

「好きだ……気がおかしくなるほどに。幸せすぎて怖くなる」

耳元で囁かれる甘い台詞に、大人《おとな》げなく拗《す》ねていた私の気持ちが絆《ほだ》されていく。サマン様の方から背けていた顔を、ようやく彼の方へと向けた。目が合った途端に優しく微笑まれる。

「俺のことを受け入れてくれて、ありがとう」

「サマン様……」

「これから先もずっと、俺の隣で笑っていてほしい」

そう言ってニカっと笑った顔がだんだんとぼやけていく。

「ソフィア⁉　なぜ泣いて……先ほどの行為がそんなに嫌だったか？」

案の定、私の涙にサマン様はぎょっとして慌て始める。だがその理由がまた見当違いなのだから面《おも》白《しろ》い。私は彼の胸元にすり寄ると目を閉じる。

「いいえ。幸せです……」

それ以上は胸がいっぱいになり何も話すことができなかった。彼への思いは言葉では言い表すことなどできない。愛しているなんて言葉では足りないのだ。

私の返答にホッとしたように息をついたサマン様は、腕に込める力をさらに強めた。本当ならば苦しいはずなのに、今はその苦しさが心地よくて落ち着くのだ。

やがて行為の後の疲れもあり、私はサマン様の逞《たくま》しい腕を枕にしてまどろんでしまっていたらしい。

すると不意にあることを思い出した。

「あ！　大変、祝賀パーティーが！」

そうだ、今夜は大切なパーティーがあるとあれほどナンシーからも言われていたではないか。

慌てて身体を起こそうとするが、力が入らず寝台に倒れ込んでしまう。その様子を見たサマン様に、やんわりと起きるのを止められた。

「あなたにはかなり無理をさせてしまったから。早めに切り上げてゆっくり休むといい。俺がソフィアの分も代わりに出席してくる」

「でも……」

「頼む、あなたのそのように火照った顔を他の男たちに見せたくないんだ」

「え？」

——まさか。

「……最初からそのつもりでしたわね？」

絶対に間違いない。彼は最初から私を長時間パーティーに出席させたくなかったのだろう。

むっとサマン様の方を睨むが、彼は意にも介していない様子で、むしろまんざらでもなさそうに微笑んでいる。

「ひどいですわ。せっかくの門出だというのに。シード公爵令息夫人としての名に恥じます」

「そんなことはない。もしそんなことを言うやつがいたならば、俺がすぐに斬る」

「き、斬る!?」

飛び出した物騒な言葉に声が裏返ってしまった。騎士団長である彼ならばやりかねないと思えてしまうのが怖いところだ。

「冗談だよ、ソフィア。あなたは本当に純粋で可愛いな」

ふっと笑いながら私の頬を撫でたサマン様は、突然真剣な面持《おもも》ちになった。

「俺は騎士団長として、この国の安全を守らなければならない。危険な目に遭うことも、ないとは言い切れないだろう。あなたに悲しい思いだけはさせたくないと誓っているが……」

「サマン様……」

「だが何があっても必ずソフィアを守る。あなたは俺の生きがいなんだ。あなたなしではもう息も吸うことができないほどに」

私とて思いは同じだ。一度は諦めようと決心した初恋が実り、大好きな男性がその腕で私を抱き締めてくれている。これほど幸せなことがあるのだろうか？

私はサマン様の方を見つめる。きちんと自分の思いを伝えておきたいと思った。

「愛していますサマン様。一度はあなたの隣にいることを諦めた私からすれば、今こうして隣にいれるだけで、言葉にできないほど幸せなのです」

「ソフィア……」

「約束してください、必ず私の元へ帰ってくると」

その願いに彼はしっかりと頷き返すと、私の両手を包み込むようにして自らの胸元の方へと持っていく。

「ああ、約束する」

「そうだ、近々『ガルシア戦国記』の続きが出ていないか、見にいきましょうね」

私の言葉にサマン様はニカっと笑って頷いた。


結局あの後痺れを切らして部屋へやってきたナンシーは、扉を開けて満足気に微笑むサマン様と寝台に横たわる私の様子から全てを察したらしい。この世の終わりのような表情を浮かべ、サマン様を部屋から追い出すと、私にひたすら小言をぶつけながら身だしなみを整えてくれた。

「ああ、もうなんてことでしょう。人生に一度きりの祝賀パーティーなのですよ!?　サマン様もサマン様です」

「……ごめんなさいナンシー。その件に関してはあなたの言う通りよ」

「……まあ、ご夫婦仲がいいというのは何よりですが」

いつもより素直な私に対して少し言いすぎたと思ったのか、ナンシーは咳払《せきばら》いをした後にそう付け足した。

こうして支度を整えてもらった私は無事にパーティーに出席したのだが、主要な来賓たちに挨拶《あいさつ》を終えたところで先ほどまでの疲労がどっと押し寄せる。

「ソフィア、あなたは先に部屋へ戻るといい」

そんな私の様子に気づいたサマン様に気遣わしげな視線を送られるが、どうしても躊躇《ちゅうちょ》してしまう。

確かに身体は疲れているのだが、私たちの結婚を祝うパーティーは今夜限りなのだ。そう思うと今この場を抜けてしまうのはどうしても憚《はばか》られた。

「ですが……」

「俺が代わりに残りの挨拶は済ませておく」

「せっかくお世話になったアラン様たちにもご挨拶したいですし」

「いや、しなくていい！」

突然大声で私の両肩を掴み、再び激しくグラグラと揺さぶりながらサマン様はこう告げた。

「いいから、大丈夫だからあなたは帰ってくれ。アランとあなたを会わせたくない！」

「え？」

「あっ……」

しまった、というような表情を浮かべて手で口を押さえるサマン様。

——やはり、そういうことだったのね？

先ほど身体を重ねた際にもわかっていたことだが、これではっきりした。彼は私とアラン様を会わせたくなかったのだろう。アラン様との間には何もないと何度も話しているというのに。第一、彼と会ったのはあのトーランド公爵家での舞踏会の日が最後だ。だというのにこの期に及んでもそんなくだらないやきもちを焼いているサマン様には、ほとほと呆れてしまう。

「まだ私とアラン様のことを疑っておられるのですか？」

「あなたのことは信じている！　だがアランは……」

「え？　アラン様は？」

アラン様が一体なんだというのか。

「いや！　なんでもない！　いいか、とりあえず先に戻っていてくれ。ゆっくり休むといい」

サマン様は有無を言わさぬ勢いで私にそう告げると、今度は赤い瞳でじっとこちらを見つめてくる。

「……なんですか？」

「口付けてくれ」

「は？」

「今あなたの方から口付けてくれないか」

本当に今日のサマン様はどうかしている。いつもの騎士団長の威厳など、どこか遠くへ置いてきてしまったようだ。これほど大勢が集まっている場所で口付けを交わすなど、正気の沙汰《さた》ではない。

「何をおっしゃるのです!?　い、嫌ですわ！　こんな大勢の方々の前で……」

「いいから、ソフィア！」

「だからだめだと言って……きゃあっ！　……ふうっ、ん……」

またも私の返事などお構いなしに、腰を掻き抱いて口付けられる。なかなか唇を重ねようとしない私に痺れを切らしたらしい。

——何、なんなの!?

抗議するかのようにドンドンと強く彼の胸を叩くと、ようやく唇が解放された。

「何を考えているのですか、このような場所で！　……あ、アラン様……」

ふと気づけば後ろの方に、呆気に取られた様子でこちらを見る騎士団の方たちがいた。中にはアラン様の姿もあって、彼は気まずそうに笑って会釈する。

「サマン様⁉　わざと口付けたのですね⁉」

アラン様たちの存在に気づいていて、彼らに見せつけるためにわざと口付けたのだ。なんて困った人なのだろうと恥ずかしくて呆れてしまう。

「これで俺たちの仲睦まじさがわかるだろう」

私は怒っているというのに、サマン様は満足気なところにもなんだか納得がいかない。

「知りません！　私はもう部屋に戻りますわ！」

捲《まく》し立てるようにそう告げると、くるりと踵《きびす》を返してサマン様の横を足早に通り過ぎる。

――少しくらい反省してもらわないと。

「ソフィア⁉　怒っているのか⁉」

後ろからは明らかに焦りの色を含んだサマン様の声が聞こえたが、聞こえないふりをした。

どうやらなぜ私が怒っているのかもわかっていないらしい。いい機会だ。少しはやきもちを減らしてもらわなければ、これからの公爵令息夫人としての生活に支障が出てしまう。

結局それからしばらくの間、私に嫌われることを何より恐れているサマン様からの執拗な謝罪と、贈り物の嵐に悩まされることになったのである。

第九章　騎士団長様は過保護な旦那様《だんなさま》になりました

サマン様と結婚してから数ヶ月が経《た》つが、彼からの愛はますます重くなっているような気がする。

先日はつい居眠りをして彼の出迎えを忘れてしまったところ、私が体調を崩したと思い込んだサマン様が慌てて部屋へ駆け込んでくるという騒動もあった。

これほどに重い愛を一身に受けるのはかなりの負担ではないかと思われそうだが、意外にもこの新生活を楽しんでいる自分に驚いている。

「ソフィア、ここにいたのか。屋敷の中でどこかへ行く時には、あらかじめ俺に伝えてほしいとあれほど……」

シード公爵邸で私用にあつらえてもらった部屋に、サマン様がホッとしたような面持《おもも》ちで入ってきた。

この部屋には大きな本棚があり、実家のアプラノス伯爵家から持ってきた本を入れてもまだまだ有り余るほどの余裕がある。いつかはこの本棚を私好みの本でいっぱいに埋め尽くすことが今の私の夢だ。

「夫婦のお部屋でなければ、基本はこちらにおりますわ」

「この部屋を気に入ってもらえて嬉《うれ》しい」

実はこの部屋は、まだ私との結婚が正式に決まる前からサマン様が命じて用意させていたのだとか。

「ソフィアがあの日俺の思いを受け入れてくれなければ、この部屋に無理矢理連れてきて閉じ込めただろう」

「……そういう恐ろしいことをさらりと口にするのはやめてください」

「あなたと絶対に結婚したくて必死だったんだ……」

当時のサマン様のあまりの必死さには、父であるシード公爵も苦笑いを浮かべていたことが懐かしい。

『お前、気持ち悪いほどに変わったではないか。何か事件が起きる前触れでないといいが……』

『失礼な。あれほど私に結婚するようにと言い続けたのは父上でしょう』

『てっきりお前のことだから結婚は義務でするのだと思っていた。それがこのようにデレデレとした醜態を晒《さら》しまくるとは……。騎士団長としての威厳に関わる!』

『きちんと毎日の鍛錬はこなしているのですから、文句を言われる筋合いはありません。それに私は醜態など晒しておりませんので。愛《いと》しい妻を大切にしているだけです』

結婚してすぐに公爵とサマン様の間で交わされた会話を思い出して、つい笑ってしまった。そして突然笑い出した私を、彼が訝《いぶか》し気《げ》に見つめる。

「あなたとお義父《とう》様の会話を思い出しましたわ」

「……何か笑うようなところがあったか?」

「仲がいいのか悪いのか、やっぱりわからないなぁと思いまして」

「悪くはないが、よくもない。つかず離れずの関係が一番だ。うるさくてやっていられない」

口では先ほどのように厳しいことを言っているものの、シード公爵は突然公爵令息夫人となった私のことをいつも案じてくれている。

顔を合わせるたびに何か困りごとはないかと尋ねられ、サマン様によくしてもらっている旨《むね》を伝えると嬉しそうに何度も頷《うなず》くその姿は、これまでの私の中での印象を一変させた。知らなかった公爵の一面を垣間見《かいまみ》ると、なんだか微笑《ほほえ》ましい気持ちになるのだ。

なんだかんだ言っても、息子であるサマン様のことが可愛《かわい》くて仕方がないという様子が伝わってくる。果たしてその事実にサマン様が気づいているのかはわからないが……。

「それにしても、結婚式の時のあなたは女神のような美しさだった」

サマン様は腰掛けている私の背後に回ると、そっと後ろから抱き締めてくる。そして後ろに流すようにして下ろしていた髪を、手でくるくるといじりながらこんなことを呟《つぶや》いた。

「なんですか突然」

「俺は未《いま》だにあの日のソフィアのことを、毎日のように思い出している」

「まさか式の直前に、やっぱりやめたいだなんておっしゃる人がいるとは思ってもいませんでしたけどね」

「そ、それは……ソフィアが美しすぎて、誰《だれ》にも見せたくなかったんだ」

——ふふ。幸せだわ。

きっとサマン様が思っている以上に、私も彼のことを愛している。彼がいないと人生から色が抜け落ちてしまうだろう。

この何気ない日々を大切に噛《か》み締めながら過ごしていかなければならないと、心の中でそっと誓った。

「あなたといると仕事に行きたくなくなってしまう……」

とある日の早朝のこと。いつものように騎士団の訓練所へと向かうサマン様を見送るために玄関に足を運んだところ、きつく抱き寄せられた。もちろんこれも毎朝恒例の光景であり、そしていつも耳元でこの台詞《セリフ》が囁《ささや》かれるのだ。

「またそのようなことを。いつかのように、騎士団の方々から苦情が入りますわよ」

「あいつらも少しは俺なしでなんとかできるようにしていかないと……」

「そうはいっても、あなたが騎士団長なのですから」

結婚後、一週間の休暇を取るはずであったサマン様。

しかし休暇を終える間際になって延長に延長を重ね、二週間以上騎士団に顔を出さなかったのだ。

アラン様をはじめとする騎士の方々が、我が屋敷へと懇願にきたことは記憶に新しい。

『サマン様、どうしたのですか一体！　今までたとえ槍《やり》が降ろうとも鍛錬への参加を怠らなかったというのに！』

『槍など降ったことがあったか？　人生に一度の結婚休暇なのだから、これくらいいいだろう』

『……それにしても長すぎます！　あなたがいないと何も始まりません』

『ソフィアの意見を確認してからにさせてもらう。彼女が寂しがるようなら、休暇は延長する！』

そんなサマン様の発言を受けて、アラン様たちの縋《すが》るような視線が一斉に私へ向けられる。屈強な騎士たちの強い眼差《まなざ》しに、私は思わず狼狽《うろた》えてしまいそうになりながらもこう告げた。

『……あの、お仕事へ行っていただいて構いませんよ？　私は屋敷で皆さんに色々と教えてもらいたいこともありますし』

『そんな、ソフィア……』

途端に悲壮感溢《あふ》れるサマン様の顔が面白《おもしろ》い。

『ありがとうございます奥様！』

大歓声の上がる騎士たちの隣で、サマン様だけが明らかに落ち込んでいるように見えた。がっしりとした逞《たくま》しい背中が、なぜかいくらか小さく見えるのは気のせいだろうか。

『ソフィアは俺がいなくても平気なのか』

アラン様たちが屋敷を立ち去った後、彼は恨めしそうな表情で私を見つめながらこう言った。

『……だってまた夜には会えるではありませんか。デートの時しか会えなかった頃《ころ》を思い出してください』

そう。以前とは違い、私たちは正式に夫婦となり基本的には寝食を共にしているのだ。だというのにサマン様はこのようなことを言い出すので困ってしまう。

『俺は寂しい。あの頃はどうやって過ごしていたのか、もはや思い出せない。いっそのことあなたも訓練所へ連れていこうか……』

『そんな無理なこと言わないでください』

『俺が仕事をしている間、屋敷から一歩も出てはいけないぞ。誰がうろついているかわからないからな……。あなたが攫《さら》われてしまうようなことがあったら……。屋敷の警護を倍に増やすか？』

ここをどこだと思っているのだろうか。歴代の騎士団長を輩出しているシード公爵家である。並大抵の者では侵入することなど不可能な警備を置いているというのに、これ以上何をどう増やすつもりなのか。

『これ以上護衛の騎士の方が増えたら、息が詰まります。今のままで十分ですわ。あなたがお帰りになるまで、部屋で読書でもしております』

……とまあこんな感じで、その日の晩はサマン様から執拗《しつよう》に愛を囁かれたことを思い出す。

――結婚したら少しは落ち着くのかと思ったら、全く変わらないんですもの。

「そういえば。次の休日はまた俺も図書館へ行きたい」

「ようやく『ガルシア戦国記』の続刊が出ましたものね。そうしましょう」

サマン様はあれ以来すっかり『ガルシア戦国記』にはまってしまったらしい。あっという間に下巻を読み終えたかと思ったら、その関連書籍にまで手を伸ばし始めたのだから驚きだ。

ここ最近はサマン様の休日に二人で甘い物を食べにいき、その足で図書館へと向かうのがお決まりとなりつつある。本業である騎士団長としての責務はしっかりと果たしているようなのだが、早く家に帰りたいがためにものすごい速さで仕事をこなしているようで……。その姿は人間離れしていて恐ろしいくらいだと、シード公爵がこっそり教えてくれた。

「今日は少し遅くなるが、あなたが起きているうちに帰れるよう努力する。だからいつものように寝室で待っていてくれ……」

「んっ……サマン様っ……」

ふいに顎《あご》を掬《すく》われて重ねられる唇。あっという間に舌を入れられ、絡め取られてしまった私の舌は必死に彼の後を追う。だが忘れてはいけない。ここは夫婦の寝室ではなく、シード公爵邸の玄関なのだということを。

「……早く行ってください！　んっ……いつまでそうしているのですか」

どんどんと胸元を叩《たた》いて抗議すると、ようやく唇が離される。

「まるで俺を追い出したいかのように……」

「早く行かないと、早く帰れませんわよ？」

そんな私のだまし文句のような説得に折れて、サマン様はようやく出発していった。

「やれやれ、嵐が去っていったような……おっと、失礼いたしました」

私たちの後ろでずっと一部始終を見ていたであろうナンシーは、つい失言しそうになり口を閉じる。だが彼女の言う通りだ。毎朝サマン様が仕事へ向かった後の静けさといったら……。

「……ねえナンシー。きっとしっかり見ていたわよね……？」

「い、いいえお嬢様……ではなく奥様。私よそ見をしておりましたので……」

私がシード公爵家へ嫁ぐ際にアプラノス伯爵家から共に移ってきてくれたナンシーには、感謝してもしきれない。慣れない新生活の中で彼女の存在は大きな支えとなっていた。

「それにしましても、まあ毎日毎日仲がよろしいことで……私たちは目のやり場に困りますわ」

「やはり見ているじゃない」

「……失礼いたしました」

結婚してからのサマン様の変わりように、シード公爵家の面々はただただ驚くばかりであったと聞く。

これまでは身体を壊してしまうのではないかと思うほど鍛錬で自らを追い込んでいたらしいが、結婚してからそのようなことはなくなり、二人でゆっくりとした時間を過ごすことができるようになった。

使用人たちも嬉しそうにサマン様好みのお茶を毎日用意しており、なんともその光景が微笑ましい。

「さて、サマン様が帰られるまで私も色々と頑張らなくては」

今私は公爵令息夫人として、将来の公爵夫人にふさわしくなるべく勉学に励んでいる。

伯爵令嬢として基本的な貴族社会の仕組みや振る舞い方などは頭に入っているものの、やはり公爵家ともなると知識の範囲が桁違《けたちが》いなのだ。今後社交の場に出てサマン様に恥をかかせてしまうことのないように、努力しなければならないと思っている。

「あまりご無理はなさりませんように。……きっと今夜も長いのでしょうから」

「最後の言葉は聞かなかったことにしておくわね」

「ええ、そうしてくださいませ」

ナンシーの言う通り、私は結婚して以来毎晩のようにサマン様に抱き潰《つぶ》されている。

だが彼はいつだって私を宝物のように扱ってくれるのだ。身体に触れる手はいつだって優《やさ》しく、必ず自らの体重で私が潰れてしまうことのないように気にしてくれている。そこまで気にしなくていいと何度も言っているのだが、一向に聞く耳は持ってくれないから困ったものだ。

『あなたは強く触れたら壊れてしまいそうで怖いんだ。宝物のように大切にしたい』

『前にも言いましたけど、私はそこまで脆《もろ》くありませんわ』

『いいや。この前少し薄着でいただけで風邪《かぜ》を引いたではないか』

『あれは、たまたまです。結婚して風邪を引いたのはあれきりではないですか！』

『あなたを失うかもしれないと気が気でなかったのだからな。とにかく、俺がいない時には温かい屋敷の中でゆっくりと過ごしていてくれ』

過去のサマン様とのやりとりを思い出して、ついため息が出てしまう。

結婚してわかったこと、それはサマン様は私に対して異常なほど過保護で心配性だということだ。


結局その晩、サマン様の帰りはいつもよりもかなり遅かった。

「ん……」

「すまない。起こしてしまったか？」

どうやら私は彼の帰りを待っているうちに眠ってしまったらしい。ふいに感じた温《ぬく》もりと人の気配で目が覚める。ゆっくりと目を開ければ、そこには赤い瞳《ひとみ》を細めて微笑みながらこちらを見つめるサマン様の姿があった。

「あ……私ったら眠って……申し訳ございません」

慌てて身体を起こそうとするが、それを手で制される。

「いや、今日はかなり遅くなってしまったんだ。こちらこそ早く帰ると言っておきながら……すまない」

サマン様の髪は僅《わず》かに湿っており、ガウンを羽織っているところを見ると湯浴みを終えたところのようだ。

彼はそっと私の頭を撫《な》でると、部屋を出ていこうとした。

——あ、待ってっ……。

思わず後ろから引き留めるように声をかける。

「一緒に寝てはくださらないのですか……？」

「明日は朝が早いんだ。あなたを起こしてしまうのが申し訳なくて……」

「嫌です。私なら大丈夫ですから、一緒に寝てくださいませ」

「しかし……」

「サマン様……」

思わず彼のガウンの裾を掴《つか》んでしまった。公爵令息夫人としてははしたないかもしれないが、どうしても今日は彼の温もりに包まれて眠りたかったのだ。そんな私の様子にサマン様は一瞬目を見開いたものの、次の瞬間には彼の腕の中に抱き締められていた。

「ああ、可愛いソフィア……。俺がせっかく頑張ってあなたと別で眠る決心をしたというのに……」

「寂しいのです。サマン様……」

「では一緒に眠ろう。ほら、風邪を引いてしまう」

二人で一緒に寝台へと横になり、掛け物に包まった。一人の時にはなかった温もりが、私に安らぎを与えてくれる。

結婚前までは一人で眠りにつくことが当たり前であったというのに、今ではすっかり彼なしでは眠ることができなくなってしまった。そしてそんな私にまんざらでもない様子のサマン様である。

「……ソフィア、もう少し離れてもらえるか……」

「サマン様は温かくて気持ちがいいのです」

「だがこれでは俺の忍耐が……」

彼が言わんとすることはわかっている。結婚してから数ヶ月を経て、私ももう無知な貴族の娘ではない。私はそっとサマン様の両頬《ほお》に手を添えると、触れるだけの口付けを送った。はっと彼が息を呑《の》む様子が伝わってくる。

「私も、あなたと同じ気持ちです」

サマン様に愛されたい。いつものように優しく触れてもらいたい。

「……っ本当にあなたという人は……」

「あっ……」

すぐに首元へと落とされる熱い口付け。それはいつものように痕《あと》を残すと、徐々に下へと降りていく。

しゅるっと手際よく寝間着のリボンを緩めると、すぐさま露《あら》わになった膨らみを口に含まれた。突然の強い刺激でのけ反りそうになる私の背を、いつもと同じようにサマン様の力強い腕が支える。

「ソフィア、ここに手をついて……」

「え……？　サマン様、何を……」

サマン様は私の両手を寝台へとつかせ、四《よ》つん這《ば》いのような格好にする。恥ずかしい場所を彼の方に突き出してしまうことになり、羞恥で顔から火が出そうだ。

顔が見えない分サマン様の反応が気になってしまい、私は必死に身をよじってそこを隠そうとする。しかし彼の両手が腰に添えられたことでその抵抗も虚《むな》しくなってしまった。

「やっ、このような格好は恥ずかし……ああっ」

「きれいだソフィア。もっとよく見せて」

彼の方に向けて突き出した蜜口《みつくち》を、指先でゆっくりと擦《こす》られる。

「あっ……んっ……」

見られているという恥ずかしさとあまりの気持ちよさで、じわりと滲《にじ》む愛液がいつも以上に多くなっているような気がする。次第に湿り気を帯びていくそこからはみだらな水音が聞こえ始め、それは大きさを増していった。

「ソフィア……濡《ぬ》れている」

「っああ！」

するとその言葉と同時に、ぬぷっとサマン様の指がぬかるみに入り込んだ。いとも簡単にその指を根元まで呑み込んでしまった狭い入り口は、まるでそれでは足りないとでもいうようにひくひくと震えているのがわかる。入れられたままの場所で止まっている指がもどかしくて、つい腰を動かして彼に求めてしまった。

「や、サマン様……止めないでくださ……あんっ」

「動かしてほしいのか？」

ふっと意地悪な笑みを浮かべると、中に沈めた指をゆっくりと抜き挿《ぬさ》し始める。くちゅ、くちゅ、と音を立てながら出入りを繰り返す指の数は、いつの間にか二本に増やされていた。

「あっ……あっ……やっ……」

「もっと乱れた姿を見せてくれ……」

空いたもう片方の手で膨らみの頂を摘《つま》まれながら、敏感な内側を執拗に擦られ続けた私に限界が訪れる。

「サマン様、もう私……」

さざ波のように押し寄せる快感が止まらない。

下腹部に溜《た》まった熱が破裂しそうになったその時、今まで蜜口を満たしていた指が抜き取られる。

突然ぽっかりと穴が空いてしまったかのような寂しさを感じたのもつかの間で、その代わりに大きく熱いものが宛てがわれた。

それがサマン様自身であると気づくと同時に、勢いよく背後から挿し込まれた衝撃で息を呑む。

「あっ……！」

「あなたが閨《ねや》に慣れてきたら、こうしてみたかったんだ。小柄なあなたとこうしているのがたまらない……」

——今の言葉は少し変態ではないかしら？

「んっ……そ、れは……どういう……意味で……んぁっ……」

背後から抱き締められるように腕が伸びてきて、やわやわと膨らみの形を変えながらその先端を摘まれる。ぐりぐりと腰を押し付けながら昂《たかぶ》りが最奥まで挿入された。

初めて身体を繋《つな》げてからしばらくの間は、奥まで挿入されることに慣れておらず少し痛みを感じていたのだが……。何度もこうした行為を繰り返すうちにその違和感はほとんどなくなり、むしろ気持ちよさの方が上回りつつあるのだから不思議なものだ。

「小さなソフィアの身体が、俺のものを必死に受け入れてるのだと思うと……それだけでくる、、んだ」

「くる……？」

「出てしまいそうになるということだ」

「……」

あまりに直接的な表現に言葉を失う。やはりサマン様はどこか変わっているのかもしれない。

そんな私のことなどお構いなしに、彼は息を荒げながら強く腰を打ち付け始めた。

何度も出入りを繰り返す昂りの先端が胎《はら》の奥を突く。既に達する直前であったそこへと与えられる快感は、さらなる高みに到達しそうになっていたのだが、何かが物足りない。

――この体勢では、サマン様のお顔が見えないわ……。

そう、彼の顔が見たいのだ。確かに身体を一つに繋げているのだが、その表情を窺《うかが》うことができない行為はなんだか寂しい。いつもの時のように互いの顔を見つめ合いながら、口付けを交わしながら行為の終わりを迎えたい。

「……サマン様っ……」

「どうしたソフィア？　体勢が辛《つら》いのか？」

「顔が見たいのです。これではサマン様のお顔が見えません……」

「……」

「それに、あなたが達する時には口付けていてほしいのです……」

「えっ」

その声は戸惑っているように聞こえる。四つん這いの体勢では表情が見えないため、今彼がどんな顔をしているのかもわからない。

「っ……はしたないことを言って申し訳ございません……」

最後の瞬間に唇を重ねていると、まるで私の全《すべ》てがサマン様と繋がっているように感じられて幸せなのだ。しかし公爵令息夫人には似合わぬ台詞だったかもしれないと、咄嗟《とっさ》に謝罪の言葉が口から出た。

「本当に、あなたには敵《かな》わないな……」

「あっ……」

するとサマン様は少し顔を赤らめると、私の腰に両手を当てて持ち上げながらぐるりとその向きを変えた。そしてそのまま自らの上に跨《また》がるようにして私を座らせる。

対面となったおかげで彼の表情がよく見えるのだが、その分繋がりがより一層奥深くなってしまった。これ以上深くは入らないところまで昂りが押し込められたことで、敏感なところを一方的に刺激されて腰が揺れる。

「ん……サマン様、好きです……あなたが好き……」

「ソフィア……俺も愛している」

そう言って深い口付けを送るサマン様。執拗に追い掛け回す熱い舌は、私の口の中をまるで支配するかのように動き続けている。どちらのものともわからない混ざり合った唾液が唇の隙間《すきま》からこぼれ落ちるが、それを彼の親指で拭《ぬぐ》うようにしてそのまま口に含まされた。

「はあっ……サマン様……ふぅっ……」

「そろそろあなたの中に出したい……もっと激しくしてもいいだろうか？」

声に出して返事をするのが恥ずかしくなった私は、伏目がちにそっと頷いた。

それを合図に、サマン様が下から突き上げるようにして腰を打ち付け始め、両手はいつの間にか私の二つの膨らみを揉《も》みしだいている。

「あっ、はげしっ……やっ……」

「ああ、ソフィアっ……ソフィア……」

サマン様の表情が切なげになり、彼の限界が近いことを物語っている。私の中に入り込んでいる彼の屹立《きつりつ》は大きさを増し、蜜口をいっぱいに埋め尽くした。

「ソフィア……出すぞ……くっ、出るっ！」

その言葉と共に、中で大きく脈打つ昂り。そしてじわりと広がる温かさから、彼が私の中で果てたのだとわかった。愛しい人の子種が私の中に広がっていると思うと、なんとも愛おしい気持ちになり、つい下腹のあたりに手を当ててしまう。

——早くサマン様の子を授かりたいわ。

「……どうしたんだ？」

「子どもができているといいなと思いまして」

「あなたと二人で愛し合う毎日が幸せすぎて、子どもはもうしばらくいなくてもいい気がしてきたよ……」

ずる……とゆっくり昂りが引き抜かれ、同時にこぷりと精がこぼれた。いつもならすぐに身体を清めるのだが、今日は汗ばんだ肌を触れ合わせてそのまま寝台に並んで横になる。

「もう、そんなことを言って。シード公爵家の跡取りは必要でしょう？」

「俺にはあなたがいれば、それで満足だ」

サマン様に腕枕をされながら、行為後の余韻に浸《ひた》っている私に彼はそう囁いた。私はこの場所が大好きで、この時間が何より落ち着くひと時なのである。

「でもお父様たちは、そういうわけにはいきませんわ」

「まあ確かに口うるさくはあるが……きっと言いたいだけだろう」

「私はお父様から、子はできたかと会うたびに聞かれて困ってしまいます」

当初はあれほどサマン様との結婚に不安を見せていた父であったが、すっかり今では彼のことがお気に召した様子。いつのまにかシード公爵との仲も深めていたようで、私は驚いている。

「アプラノス伯爵には、今度俺から言っておこう。あまりあなたに負担をかけぬようにと」

「……今度こそお父様は倒れてしまうかもしれませんわね」

私の元を突然サマン様が訪れたあの日、父はサマン様が屋敷に立ち入るのをやんわりと断ったのだとか。そこで彼は父に対して半ば脅しのような言葉を告げていたらしい。

自分を屋敷の中へ通してもらえないのなら、シード公爵家とトーランド公爵家は今後アプラノス伯爵家との付き合いを一切断ると。

そんな恐ろしいことを告げられた父は、顔面蒼白《そうはく》となってサマン様が私の部屋へ立ち入ることを許可したと後で耳にした。

――なぜそこでトーランド公爵家まで？

この話を聞いた時に私はそう思ったのだが、これはサマン様が勝手にトーランド公爵家の名前を拝借しただけのようで。

『今まで俺はあいつの面倒を見てきてやったんだ。名前くらい借りても罰は当たらないだろう』

サマン様の言う『あいつ』とは、トーランド公爵であるオスカー様のことだろう。

今をときめく二つの公爵家から断絶を宣言されてしまっては、社交界において伯爵家である実家の立場などないも同然。父の態度の変化にも納得である。

それ以降父は私に『二度と婚約破棄など口にするな』と言い続け、結婚式を終えた際には一度目の涙とは違った意味で安堵《あんど》の涙を流していたことが記憶に新しい。

さすがはシード公爵家だと、改めて高位貴族の力を思い知ることになったのだ。

ちなみに以前執拗に私に身勝手な恨みをぶつけてきたエリザ様へも、その高位貴族の力は発揮されたのだが……。彼女に対して厳しい対応を取ったのはサマン様ではなく、トーランド公爵夫妻であった。

自分たちが主催した舞踏会で醜聞を引き起こしたというのが表向きの理由らしいが、実はこれは少し違う。サマン様から事の顛末《てんまつ》を聞かされたセレーナ様が、殊《こと》の外《ほか》お怒りになったらしい。

なんでも結婚前、同じ侯爵令嬢としてエリザ様と顔を合わせる機会が多かったようで、その時からあまりいい印象を抱いていなかったのだとか。

結局エリザ様は元々のお相手からは婚約破棄され、二つの公爵家に連なる貴族たちとの婚姻を望むことは難しくなった。このままいけばどこかの老貴族の後妻になるか、修道院に入るかの選択肢しか残されていないらしい。

『いつまでも結婚が決まらない私に対して、やれ自分は今度どこの貴族とお見合いだの婚約が決まりそうだの、本当にうるさかったんですの。蓋を開けてみれば結局全員とうまくいっていなかったのに。いい気味ですわ』

女神のような美しい顔でそう言いながらお茶を飲むセレーナ様の姿はとても恐ろしく、私はつい隣に座るサマン様を見上げてしまったほどだ。見ればサマン様も縮み上がっており、そんなセレーナ様をうっとりとした目で見つめているトーランド公爵の姿だけが異様であったことを思い出す。

とはいえお二人とも本当に親切ないい方たちで、サマン様と結婚したことをきっかけに、私も彼らと親しく付き合いをさせてもらうようになった。

以前の私ならば物怖《ものお》じして避けていたような方たちだが、実際にお話ししてみればそんなことはなく。私が勝手に線引きして距離を置いていたのだということを実感させられた。

「そういえば、オスカーのところに娘が生まれたと聞いた」

「まあ、言われてみればもう産み月でしたのね。きっと可愛らしい女の子ですわ」

「あいつが父親など、想像もつかない……果たして大丈夫なのだろうか」

「それは確かに……そうですわね」

私の中でのトーランド公爵のイメージは涙もろく、セレーナ様に嫌われることを何より恐れているといった正直少し情けないものである。だが執務においてはかなりの敏腕で次期宰相候補とも言われているらしいので、きっとすばらしい父親になるはずだ。

「落ち着いたら祝いの品をもって顔を出してみようか」

「はい！　楽しみですわ」

「あいつらの子どもを見たら、俺もあなたとの子どもが欲しくて仕方がなくなりそうだ」

サマン様はそう言うと私の額に口付ける。

彼との間に生まれる子はどのような顔をしているのだろうか。まだまだ先の話であるというのに、そんな未来を考えて笑みがこぼれる。

「サマン様の明日のご予定はなんですか？」

「午後に休みを取っているのだが……申し訳ない、少し鍛冶屋に用があるんだ」

「それなら私も一緒に行きたいです。久しぶりにトミーさんのお話も聞きたいことですし」

「もちろん、一緒に行こう。だがあなたは最近俺よりも剣術に興味があるのではないか？」

少し拗《す》ねたようなサマン様に、ぎゅっと抱き締められる。そんな彼の身体に身を預けるようにしてすり寄ると、腕に込められる力がより一層強くなった気がした。

「知れば知るほど面白いのです。私には全く縁のないお話ですけれど、サマン様が使うものだと思うと、もっともっと知りたくなりますわ」

あれほど自分とは無縁だと思っていた戦いの世界。

結局剣を持って戦うことはできていないけれど、サマン様のおかげで今までよりも身近にその存在を感じることができるようになった。騎士団長の妻としての覚悟もついてきたようで、サマン様に何かあれば私の命を投げ出してでもお支えしたいと思っている。

「剣術のことを好きになってくれるのは嬉しいが、俺のことを忘れないでくれ……」

「ついには剣術にまでやきもちですか？」

「……悪いか」

「忘れるはずがありません。サマン様は私の大切なお方なのですから」

「っ……ソフィア、愛している」

その言葉と共に顔を覗《のぞ》き込まれるようにして唇を奪われた私は、目を閉じて彼の思いを受け止めた。

そんな私たちの元に、サマン様そっくりの赤い瞳と私譲りの金髪を持った男の子がやってきてくれるのは、もう少し先のお話。

番外編

MELISSA

番外編1　私の生きがい

「っくしゅん……」

「ソフィア様、大丈夫ですか？」

シード公爵邸の自室で編み物をしていた私は、突然ぞくぞくとした寒気に襲われる。

さきほどからなんだか鼻がむずむずとして、くしゃみが止まらない。そのせいか頭もぼうっとしているようだ。

心配そうな顔でこちらを覗《のぞ》き込むナンシーを安心させるかのように、私は微笑《ほほえ》み返した。

「少し風邪《かぜ》気味なのかしら。きっとここ数日で急に寒くなったのも関係しているかもしれないわね」

「何か温かい飲み物をお持ちいたします。今日は特に予定もございませんし、ゆっくりお休みになってください」

そう言ってナンシーが手渡してくれたひざ掛けを受け取ると、足元を覆うようにしてかける。

「心配をかけてごめんなさいね。ありがとう」

「サマン様とご結婚されてからというもの、ずっと忙しくされておいででしたから」

季節はもうすぐ冬になろうとしていて、数日前は特に冷え込んだ日であった。

短時間だけなら大丈夫かとシード公爵邸の中庭を見て回っていたせいで、風邪を引いてしまったのかもしれない。

サマン様と結婚してしばらく経《た》つが、広大な公爵家の敷地はいくら見て回ってもきりがない。そして季節ごとの花々や小鳥のさえずりなどは、慣れない生活の疲れを癒《いや》してくれる。

公爵令息夫人としての執務をこなすたびに緊張でいっぱいいっぱいになってしまう私にとっては、とても大切な息抜きの時間なのだ。

ナンシーが部屋を出て行ったかと思いきや、今度はドタバタとてつもなく大きな足音が聞こえてくる。そして次第に近づくその足音が止まったと思った瞬間、バタン！　と勢いよく扉が開いた。

「……サマン様、もう少し静かに……」

しかしその音にさほど驚くことはない。私の部屋へこんな入り方をしてくるのは一人しかいないからだ。

扉の方を見れば、やはり見慣れた顔があった。かなり早足で……むしろ走ってきたように思えたが、それでも息一つ乱れていないのはさすがである。

相変わらず精巧な顔つきになぜか心配の色を浮かべたサマン様は、そんな私の苦情には一切答えずにつかつかとこちらへ近づいてきた。

「今、くしゃみをしなかったか!?」

「へ？」

「だから、今、くしゃみをしただろう!?」

両肩をガシッと掴《つか》まれ、そのままグラグラと揺さぶられる。これもいつものこと、余裕がない時のサマン様だ。その顔は至って真剣で、思わずこちらが拍子抜けしてしまうほどである。

それにしても、なぜくしゃみをしたことに気づいたのだろうか。

「くしゃみならしましたけど……それが何か？」

「風邪を引いたのか!?」

「……もしかしたらそうかもしれません。数日前にお庭を散歩したら思ったよりも身体が冷えてしまって」

するとサマン様はみるみるうちに悲壮感漂う表情となっていく。せっかくの男らしい見た目が台無しだ。

「もう。そんな顔をしては、せっかくのお顔がもったいないですわ」

そっと頬《ほお》に手を当てると、ぎゅうっと上から握り返された。私の手などあっという間に見えなくなってしまうほど大きな手のひら。毎日のように剣を握っているためにゴツゴツとして硬い手を、サマン様はいつも気にしている。


これは結婚して数日経った時のことだっただろうか。

湯浴みを済ませて夫婦の寝室に二人きりになった瞬間、いつものように唇を重ねようとサマン様が私の方へと腕を伸ばしたのだが……。彼は思い直したかのように拳《こぶし》を握ってその腕を下ろしたのである。

『どうかしたのですか……？』

いつもとは違う様子に私の胸がざわつく。何か彼の気に障《さわ》るようなことをしてしまったのだろうか？

すると不安が顔に出ていたようで、ハッと慌てた顔をしたサマン様に抱き締められた。

『すまない。そんな顔をさせるつもりじゃ……』

『何か私がしてしまいましたか……？　もしそうでしたらはっきりとおっしゃってくださ……』

『違う！　断じてそのようなことではない！』

大声を張り上げてそう否定すると、そっと顔を覗き込むようにして口付けられた。

『その……剣術の鍛錬で指の皮が剥《む》けてしまったんだ』

『えっ、大丈夫なのですか？』

思いもよらぬ返答に咄嗟《とっさ》に身体を離してそう尋ねると、困ったように笑いながら彼は頷《うなず》く。

『別に大したことはない。だがこの手で触れたらきっとあなたに痛い思いをさせてしまうかもしれない、そう思ったら……。ただでさえ俺の手は硬く荒れているだろう？』

『サマン様……』

彼に嫌われてしまったかもしれないなんて浅はかな心配をしていた自分が恥ずかしくなる。サマン様はこんなにも私のことを大切にしてくれているというのに。

私はそっと彼の右手を取ると、自らの頬の方へと持っていく。

『ソフィア……？』

上から戸惑いがちな声が降ってくるが、気にせずにこう告げた。

『私はこの手が落ち着いて大好きなのです』

『……あなたはこんなに柔らかい手のひらなのに』

『それだけ日々の鍛錬を一生懸命やられているという証《あかし》です。鼻が高いですわ』

『ああっ……ソフィア！』

すると突然ぎゅっと手を握り返されたかと思えば、食らいつくような口付けが待っていた。

……もちろんその後はどうなったのか、想像にかたくないだろう。

それからというもの、この会話をした後は大抵そのまま寝台へと連れ込まれてしまうのだが、全《すべ》ては新婚ゆえだと思いたい。

「……手が熱いぞソフィア。まさか熱があるのでは？」

「え？」

物思いに耽《ふけ》っていた私は、サマン様からの声掛けによりハッと意識を取り戻す。言われてみれば、なんだか先ほどよりも頭がぼうっとしているような……。

思い返せばシード公爵家に嫁いできてから、気が張り詰めっぱなしであった。

もちろん公爵家の皆は優《やさ》しく親切で、ここでの暮らしに不満など何一つない。だがやはり私は元はと言えば伯爵家の出身。公爵家とは雲泥の差があるのだということを、日々の生活で感じていたこともまた事実で……。

社交界における役割も伯爵家と公爵家では大きく異なるのだ。

サマン様は不慣れな私に精一杯付き添ってくれていて、彼のその優しさに申し訳なさすら感じてしまう時がある。彼はこんな私のことを選んでくれた。

果たして私はそんなサマン様に何か恩返しができているのだろうか。ただの足手まといになっているのでは……？

このような卑屈な考えに囚われることは結婚してから滅多《めった》にないのだが、なぜか今日はそんな黒い気持ちに包まれそうになってしまう。体調が悪いということも関係しているのかもしれない。きっと疲れているのだろう。

サマン様の言う通り、なんだか身体が火照っている気がする。

「そういえば少し熱っぽいような……」

「ああ！　ほら、やはり具合が悪いのではないか！　早く横になるんだ、すぐにこの国で一番の医者を連れてくるから」

顔面蒼白《そうはく》のサマン様に捲《まく》し立てられる。

「ただの風邪にそんな方を連れてこないでください！　っきゃあ!?」

気づけば彼によって横抱きにされた私は、そのまま夫婦の寝室へと連れていかれた。

力強い腕、逞《たくま》しい胸板に大好きな香り。思わず胸元にすり寄るようにしてしがみつく。私だけの大好きな場所だ。初めてこうして抱き抱えられた時は落ちてしまわないか不安に感じていたが、今ではすっかり安心して身を任せられるようになっていた。

――不思議だわ、最初はあれほど緊張していたのに……。

これほどまでに身体を密着させるという行為が気持ちを落ち着かせてくれるとは、結婚前までは思いもしなかった。きっとそれも全てサマン様のことを心からお慕いしているからなのだろう。

あまりに早歩きなので今回は少しだけ心配になったが、サマン様はそんな私の不安を感じ取ったのかもしれない。まるで返事をするかのようにぎゅっと強く抱き締め返してくれた。

やがて寝台へと到着すると、これまでの強引さとは打って変わってゆっくりと優しく下ろされる。肩まで掛け物をかけられ、そのまま労《いたわ》るように頬に手を当てられた。

「寝ているんだぞ、すぐに診《み》てもらえるように手配するから」

「ただの風邪ですのに……」

「いいから俺のためだと思って、診てもらってくれ」

そう言って私の額にそっと口付ける。

そのままいつものように唇へと移動しようとしたサマン様の口を、私は手のひらで押さえた。口付けを途中で遮られた彼は、むっと唇を突き出して不満げな表情を浮かべている。

「うつってしまいますわ」

「ソフィアの風邪ならぜひもらいたいくらいだ。俺が風邪をもらう代わりに、あなたが元気になってくれるなら……」

「だめです。サマン様がいなくてはシード公爵家も騎士団も、回らなくなってしまいます」

「あなたがいなくなったらそもそも俺が生きていけないのだから、シード公爵家は終わりだ。この国の騎士団もな」

「……」

最後の言葉があまりにも重すぎて、余計に熱が上がりそうだ。

それと同時に、突然上がり始めた熱のせいか頭がくらくらする。そんな私を見たサマン様の表情が変わった。

「……ソフィア、やはり先ほどよりも具合が!?」

「ぐっすり眠れば治りますわ。とりあえず一人に……って、サマン様!?」

まるで嵐のように部屋から去っていったサマン様。きっと彼のことだ、大慌てで医者を呼びにいったに違いない。

——もう、人の話を最後まで聞いてほしいわ。

ただの風邪ごときで呼び出される医師に申し訳ないと思いつつも、身体のだるさも相まって今は動く気になれない。私はだんだんと重くなってきた瞼《まぶた》をゆっくりと閉じて、眠りについたのである。

「……サマン様？」

どうやら私はかなり長い間眠ってしまっていたようで、先ほどまで明るかったはずの窓の外はすっかり暗くなっている。

気配を感じて横を向けば、鎮痛そうな面持《おもも》ちでこちらを見つめながら椅子《いす》に腰掛けるサマン様の姿があった。彼はずっと隣にいてくれたのだろうか。

「ソフィア、具合は大丈夫なのか？　かなり長い間眠っていたようだが……」

「はい。一眠りしたら少し楽になったような気がします」

「ああ、よかった……あなたを失うかと思った」

「え？　きゃ……ちょっと！」

がばっと上から覆い被さるようにして抱き締められた私は、そのあまりの力強さに窒息しそうになる。少し楽になったとはいえ、まだ身体は重だるく力が入らない。

サマン様の勢いで気が遠のきそうになるが、そんな私の様子に気づいた彼が慌てて身体を離してくれた。

「っすまない！　悪かった、大丈夫か？」

「大丈夫ですけど、少し静かにしてください。大きな声が頭に響きますわ」

そう言って非難を込めた視線を送ると、彼は気まずそうに口を噤《つぐ》んだ。

「すまない。だがもう少しここにいていいだろうか」

「あまり騒がしくなるようでしたら、お部屋を出ていただきますからね」

いつの間にかそっと部屋の隅に控えていたナンシーが、ちくりとサマン様に釘《くぎ》を刺す。さすがのサマン様も今日はナンシーの言うことに従うつもりらしく、その口から反論は出てこない。

私はゆっくりと寝台の上で身体を起こした。

「ソフィア、無理はしないでくれ」

すぐにサマン様が気遣わしげな表情を浮かべながら手を差し伸べる。彼は私の背に手を添えるような形で身体を支えてくれた。

「これくらいなら大丈夫ですわ。ナンシー、少しサマン様とお話がしたいの。悪いけど二人にしてもらってもいいかしら？」

「……風邪が悪化するようなことはおやめくださいね」

ナンシーの言わんとしていることがなんであるのか、もちろん私もサマン様もわかっている。

チラ、と彼の方を見るとまるで他人事《ひとごと》のように澄ました顔をしているではないか。

「っもう！　そんなことしないわ！」

と言ってもこれまでのあれこれで信じてもらえないだろう。ナンシーは名残惜しそうに何度もこちらを振り返りながら部屋を出ていった。

彼女が完全に立ち去ったことを確認したサマン様に、今度は腫《は》れ物《もの》に触れるかのように優しくふわりと抱き締められる。その広い背中に私も腕を回した。

「本当に心配したんだ。あなたに何かあったらと……」

私の肩口に顔を埋《うず》め絞り出すような声でそう呟《つぶや》いたサマン様は、泣いているのだろうか。自分ではただの風邪だと思って大して気にも留めていなかったが、彼には想像以上の心配をかけてしまったらしい。

「サマン様、申し訳ありませ……」

「謝らなくていい。謝るのはむしろ俺の方だ」

「……なぜあなたが？」

　すると彼はまるで幼子の機嫌をとるかのように、私の頭をそっと優しく撫でた。その行為がなんとも心地よくて、思わず目を閉じてしまいそうになる。

「結婚してからソフィアがシード公爵令息夫人として、必死に新しい環境に慣れようとしているのはわかっていた。あなたは真面目《まじめ》だから、頑張りすぎてしまうこともわかっていたはずなのに……」

　肩口から顔を上げて私の顔をじっと見つめながら、サマン様がぽつりぽつりと話しだす。

「何か嫁いできて不便なことや辛《つら》いことがあるなら、正直に話してほしい」

「え……」

「ソフィアが何を言おうと、あなたの希望にできる限り添うことのできるよう努力する」

「っ……」

「だがあなたを離してやることだけはできない。俺はソフィアがいないとだめなんだ」

　必死な顔でそう訴えかけてくるサマン様の姿を見て、申し訳なさが込み上げる。

　公爵家の一員になるということの意味を、結婚が正式に決まってから何度も考えてきたはずなのに。自分で決めて、自分が望み選んだ道だというのに。

「公爵家の皆様はとても親切です。不便なことなど何もありませんわ」

「では何が……」

「……ですが私は貴族の娘と言っても所詮《しょせん》は伯爵家出身。公爵家の暮らしとは雲泥の差がある場所で育ちました。公爵令息夫人として、シード公爵家の恥になってしまわないか……」

「ソフィアはよくやってくれている。公爵家の付き合いが負担になるなら、全部やめてもいい。その分俺が社交の場で補えば大丈夫だ。あなたが気に病むことは何もない」

「いいえ、それでは私が嫌なのです……」

サマン様と対等になれるはずがないということはわかっていた。だが彼の負担にはなりたくないのだ。

すると頑《かたく》なになっている私の様子を見たサマン様が、はぁ……と呆《あき》れたようなため息をつく。

――愛想を尽かされてしまったのかしら。それも当然ね。今の私はただの役立たずだわ……。

大した働きもできていないくせに、何を言うのかと思われてしまったに違いない。

彼が口を開くのが怖くなり、思わず顔を逸《そ》らしてしまった。

「ソフィア……」

「……」

名を呼ばれるが、彼の方に顔を向けることができない。

「結婚する時に、一緒に公爵家を盛り上げていこうと誓っただろう？　俺はあなたなしでは生きていけないんだ。あなたがいなければ、シード公爵家はこの先滅んでしまう」

いつもは『またサマン様の重すぎる愛の言葉が始まった』と思うのだが、今日は違う。なぜか今日はその言葉に涙が溢《あふ》れそうになる。

「私……サマン様のお邪魔になっているような気がして……一緒に剣を持つことはできないけれど、公爵家を守ると約束したのに……何の役にも立てていません」

話しているうちにみるみる視界がぼやけ、グスグスと嗚咽《おえつ》が漏れる。

彼の前で涙など見せたくなかった。意気地のない女だと、呆れられてしまうかもしれない。

「ソフィア、泣かないで。俺はあなたの涙には弱い」

ポロポロとこぼれ落ちる涙をサマン様が唇でそっと吸い取った。その熱がいつまでも目尻に残っているようで、思わず指で触れてしまう。

「大丈夫、何も心配はいらない。ソフィアがいてくれれば、俺は本当に心から幸せだ。それに、あなたはもう十分公爵令息夫人としての責務を果たしてくれている」

「そのようなこと……」

「ソフィアが来てから屋敷が一気に明るくなった。使用人たちの表情も晴れ晴れとしている。あなたが彼らに色々と声をかけてくれたんだろう？」

確かに私が来たばかりの時のシード公爵家は、厳格なシード公爵と騎士団長のサマン様によって切り盛りされていた。サマン様の母であるシード公爵夫人は、既に儚《はかな》くなっていたからだ。

そのせいか、どことなく緊張感が溢れる雰囲気であったということは否めない。

「社交の場でもそうだ。武器のことや鍛錬のことに話が向きがちの俺のそばで、色々と話題を投げかけてくれているだろう？　社交が潤滑に進むようになったのはソフィアのおかげだ」

「サマン様……」

「オスカーやセレーナ様との親交を深めることができているのも、あなたのおかげなんだ。実を言うとオスカーが先に結婚した時、俺は少し取り残されたような気がしていた」

「そうだったのですか……？」

初めて聞いたサマン様の本心は意外であった。かねてより親交の深いトーランド公爵とサマン様は学生の時からの付き合いだと聞いている。互いに結婚適齢期となっても妻を迎える気配がなかったところを、突然トーランド公爵がセレーナ様を迎えられたのだ。

「オスカーがセレーナ様を迎えて、これまでのようにはいかないのだと……。だがソフィアがセレーナ様と仲良くなってくれたおかげで、あのように夫婦揃《そろ》って集まることができるようになった。本当に感謝している、ありがとう」

「セレーナ様はとても優しいお方ですので……」

「すぐに誰《だれ》とでも打ち解けて話すことができるのは、あなたの才能だろう」

あまりにサマン様が私のことを褒め続けるので、どんな顔をしていればいいのかわからなくなってしまう。ただ俯《うつむ》きながらぎゅっと掛け物を握り締めた。

「そして何より」

しかしサマン様はまだ言葉を続ける。

「ソフィアがいなくなって一番困るのは、俺だ」

彼は私の手を取ると、大きな両手で包み込むようにして握る。いつもとは違い、その手に込められた力は優しかった。

「あなたのおかげで毎日が楽しい。公爵令息という身分も煩《わずら》わしく思っていたが、今はそれもありがたいと思っている。ソフィアの夢をなんでも叶《かな》えてやることができるからな。まずは欲しい本があるのだろう？　今度一緒に買いにいこう」

「どうしてそれを……」

「そばで見ていればわかる」

本はとても高価なものだ。だから私は以前からよく図書館を利用していたのである。

もちろん気に入った本を全て自分の手に……という夢を抱いたこともあるが、伯爵令嬢の自分には到底手の届かない夢であったのだ。

「それに、騎士団に所属しているおかげで身体も鍛えてあるからな。ソフィアに何かあればすぐに駆け付ける。必ずあなたを守るから」

だから……と握り締めた私の手にそっと口付けを落とすと、真剣な眼差《まなざ》しでこちらを覗き込む。

「ソフィアがいないと、生きている意味がない。あなたがいるから頑張ろうと思えるんだ。頼むから俺の前からいなくなろうとしないでくれ」

その顔は必死そのもので、私がシード公爵家から去ってしまうのではないかということを本気で恐れているように見えた。

不謹慎かもしれないが、サマン様のその姿がとても嬉《うれ》しかった。やはりあの時彼を選んだ自分の気持ちは正しかったのだということを実感する。

「シード公爵家を去ったりなどしませんわ……」

「本当か？　絶対にいなくならないでくれ……愛しているんだ」

「あっ……サマン様、風邪がうつってしまいます」

「うつったらソフィアが看病してくれるだろう？」

「もう……」

顔中に降りかかる優しい口付け。涙を吸い取りながらやがてそれは私の唇へと移動していく。

「んっ……」

「大丈夫、しばらく無理にあなたを求めたりはしないから」

「ふふ、誰もそんなこと言っていないのに」

いつもならこのまま押し倒されるところなのだが、さすがの彼も今は空気を読んでくれているらしい。健気《けなげ》なサマン様の様子に思わず笑みがこぼれる。

——ああ、このお方と結婚することができて私は本当に幸せ者だ。

きっとこれから先も大変なことはたくさんあるだろう。逃げ出したくなるようなこともあるかもしれない。でもサマン様と一緒なら、どんなに辛いことも乗り越えられるような気がしてくるから不思議なものだ。

それと同時に、生涯彼を支えていきたいという思いもより一層強くなる。サマン様の心の安らぎとなることができるよう、彼に寄り添っていきたいと決意を新たにした。

「ソフィア？　どうした、また具合でも？」

急に黙り込んだ私を、サマン様はまた心配している。

私はゆっくりと首を振ると彼に抱きついた。思えば自分からこのようなことをするのは初めてかもしれない。サマン様はそんな私に驚きを見せつつも、やがて安心したかのように頭を撫《な》でてくれる。

――愛《いと》していますサマン様。私も生涯あなたをお支えしますわ。

その温《ぬく》もりが心地よく、私は彼に抱かれたまま再び眠りについたのであった。

「見てくださいサマン様！　とっても可愛《かわい》らしいですわ」

「本当に……セレーナ様とオスカー二人によく似ているな」

私たち夫婦はトーランド公爵家の一室で、セレーナ様に抱かれて眠る幼子に見入っていた。オスカー様はまだ執務が終わっていないということで、この場には来ていない。

数ヶ月前にセレーナ様とオスカー様の間に生まれた女の子は、セレスティア様と名付けられて大切に育てられている。

くりくりとした大きな茶色の瞳《ひとみ》はセレーナ様譲りだろうか。今もその目を大きく開けて、こちらをじっと見つめている。ふわふわと絹のように柔らかな金色の髪の毛は、父であるオスカー様そっくりだ。

「ソフィア様、抱いてみますか？」

そう言いながらこちらを見てにっこりと微笑《ほほえ》むセレーナ様のあまりの美しさに、私は見惚《みと》れてしまいそうになった。以前は少しきつい印象があったセレーナ様ではあるが、サマン様と結婚して交流の機会が増えればそんなことは全くなく。

母になったことでさらに輝くような美しさを放つようになった彼女は、私にとっての憧れの存在だ。

「大丈夫でしょうか？　泣いてしまったら……」

自分より下にきょうだいがいなかった私は、赤ん坊を抱いたことなどもちろんなかった。どのようにして抱けばいいのかもわからず心配になってしまう。

「大丈夫です。その時はその時ですわ」

そう言いながらセレーナ様は、隣に腰掛けていた私にセレスティア様をゆっくりと手渡す。

見よう見まねでしっかりとこの腕にその儚《はかな》げな存在を抱きとめると、彼女はもぞもぞと身体を動かした後に目を開けてにっこりと笑った。その顔を見ているだけで、なんだか心が満たされる。

それにミルクの甘い香りがして、とても柔らかい。赤ん坊とはこれほど可愛い存在であったのかと初めて気づかされた。

「ね？　泣かなかったでしょう？」

「本当に可愛くて……愛《いと》おしい存在ですね。ね、サマン様？」

「……」

「サマン様？」

ソファに腰掛けている私たちの後ろに立っているはずのサマン様にそう話しかけるが、一向に返事がない。不審に思った私が振り返ると、そこには真っ赤な瞳を見開いたまま立ち尽くしているサマン様の姿があった。

「一体どうしたのですか？　お身体の具合でも？」

「いや……その……」

「なんですか、はっきりとおっしゃってください！」

私にそう問い詰められたサマン様は、僅《わず》かに顔を赤らめながらこう告げた。

「いや、その……あなたが子どもを抱いている姿に見惚れてしまって」

「は？」

「はい？」

思わずそんな間抜けな声を出してしまったが、隣からも同じような呆《あき》れ声が聞こえてきた。見れば隣のセレーナ様がぽかんとしたお顔でサマン様の方を見上げている。

それもそのはずだ。セレーナ様の中でのサマン様の印象といえば、凛々《りり》しく男らしい騎士団長としての姿に違いない。まさかこのようなよくわからないことを言い始めるとは思ってもいないだろう。

私たちのそんな様子に気づいたのか、彼は先ほどの発言を誤魔化《ごまか》すかのように慌てて咳払《せきばら》いをすると姿勢を正した。

しかし次の瞬間サマン様の口から飛び出したのはとんでもない台詞《セリフ》であったのだ。

「……なんとも庇護欲《ひごよく》をそそられるというか……あまりに美しく眩《まぶ》しすぎて」

「ちょ、サマン様！　お外でそういうことを言うのはやめてください！」

一体このお方はセレーナ様の前でなんということを……と眩暈《めまい》がしそうになるのを堪《こら》える。

「なぜだ。事実だろう」

「事実だとか嘘《うそ》だとか、そういうことではないのです！」

――本当にサマン様ったら。恥ずかしいわ……。

私は恥ずかしさを誤魔化すかのように視線を胸元へと戻した。セレスティア様はいつのまにか眠ってしまったらしく、手元から伝わる温かさに思わず笑みがこぼれそうになる。

すると突然部屋の扉が勢いよく開かれたかと思うと、オスカー様が早足で入ってきた。

「セレちゃん！　お父様はお仕事が終わったからいつでも……って、サマンいたのか」

でれでれと緩み切ったお顔でそんなことを言いながら部屋へとやってきたオスカー様の姿に、サマン様は絶句している。

「オスカー、お前何か変なものでも食べたのか……？」

まるで気味の悪いものを見るかのような目つきを向けるが、オスカー様は大して気にしていないようだ。

「私はいつも通りだが何か？」

「まさかお前がそんなに緩み切った男になるとは……いや確かにセレーナ様と結婚してからもだいぶおかしくなっていたが……」

……その件に関しては私も同意だ。セレーナ様と結婚する前のオスカー様のことはあまり知らないが、結婚後は明らかに様子がおかしい時が多々あるように見える。

舞踏会の時はセレーナ様のそばから片時も離れず、常にうっとりとしたお顔で彼女のことを見つめているのは有名な話で。それを世間では愛妻家と呼ばれているのだが、結婚前のオスカー様を知るサマン様からすると信じられない光景なのだろう。

「妻と娘が愛おしくて仕方がないのだから、どうしようもないだろう。大体お前だって、ソフィア様と結婚してからかなりおかしいぞ」

そんな会話を繰り広げる夫たちを横目に、妻の私たちは呆れ顔だ。

「オスカー様は娘のことをセレちゃんと呼ぶのですけれど、自分がそう呼ばれているみたいでぞっとしますわ」

ふいにセレーナ様がそんなことを小声で教えてくれる。確かに思い返せば先ほど部屋へ入ってくる際に、そんな呼び方をしていたかもしれない。

「私の名前に似た名をつけたいと言っていましたが、まさかこんな呼び方をするなんて考えてもいませんでした」

「確かにそれはそうですね……」

自分とサマン様に置き換えて想像してみると、確かに異様だ。

「娘のことは可愛くて仕方がないようで、こうして執務の合間を縫っては会いにきてくださるのですけど……あの呼び方だけはどうにかしてほしいものですわ」

セレーナ様はそう言って肩をすくめると、紅茶を口に含む。その仕草は相変わらず優雅で美しい。

恐らくオスカー様はサマン様と会話しながら、今もセレーナ様のことを見つめ続けている。だがあえてそのことには気づかないふりをしよう。

トーランド公爵夫妻の仲睦《なかむつ》まじさは社交界でも有名であるが、オスカー様からセレーナ様へと向けられる愛の方がだいぶ重いように見受けられる。しかしなんだかんだセレーナ様も幸せそうなお顔をしているので、これでうまくいっているのだろう。

私はすっかり深い眠りへと入ったセレスティア様を子ども用の寝台へとそっと下ろすと、セレーナ様の向かいへと移動してソファに腰掛ける。その刺激で起きてしまわないか心配になったが、彼女は一瞬身体を動かした後再び眠りに入ったようだ。

「ソフィア様、ありがとうございます」

「いいえ。セレーナ様も一息ついてくださいね」

そんな言葉を交わしながらゆっくりとお茶を飲んでいたのもつかの間で、気づけばいつのまにか私たちの隣にはそれぞれの夫が腰掛けている。

——もう、ゆっくりお茶を飲むこともできないわね。

「……サマン様、狭いです。もう少し向こうへ行ってください」

「何をそのように冷たいことを……先ほどから俺のことを放っておいただろう？　少しの間離れているだけでも耐えがたいというのに」

「放っておくって……」

「セレーナ様と仲良くなってくれたのはとても嬉《うれ》しいが、いつもここへ来ると俺のことを忘れていないか？」

本当に呆れたお方だ。毎日毎日こんなふうに押し潰《つぶ》されるほどの愛を与えられている。

すると何やら正面でも同じような光景が繰り広げられていた。

「セレーナ……君は今日も美しい」

「先ほども顔を合わせたばかりでしょう」

「日を追うごとに美しさが増していて、私は心配だ。そうだセレーナ、セレスティアも眠ったことだしこのまま部屋に……」

「嫌ですわ。せっかくサマン様とソフィア様が来てくださっているのに」

二人から放たれる甘すぎる雰囲気《ふんいき》に、思わず目を逸《そ》らした。

――サマン様とオスカー様……性格は違ってもどっちもどっちね。

セレーナ様にぴしゃりと断られたオスカー様は、しょんぼりと子犬のような顔をしている。まったくこの国の公爵家はどうなっていることやら。他《ほか》の貴族たちが知ったら腰を抜かすだろう。

トーランド公爵家に一時間ほど滞在した私たちは、まだあたりが暗くならないうちに帰りの馬車へと乗り込んだ。

次にお会いする時にはセレスティア様も少し大きくなっているに違いない。彼女の成長を共に見守っていくという楽しみができ、セレーナ様という親しい友人に会うこともできた私は、別れを惜しむかのようにトーランド公爵家の屋敷の方を振り返る。

「そんなに楽しかったのか？」

子どものように何度も窓の外を振り返る私の様子に、サマン様は笑いを堪えているようだ。

「はい、とっても」

「それならば来た甲斐《かい》があったな。だが……」

「……だが？」

「俺は今どうしようもなくソフィアに触れたい」

一瞬サマン様が何を言っているのかわからず、私は目を丸くした。

「それはどういう意味……きゃっ、ちょっと！　サマン様!?」

次の瞬間、サマン様は私の腕を掴《つか》むとぐいっと自らの方に引き寄せた。そしてそのまま膝《ひざ》の上に跨《また》がって向かい合うような形で座らされる。

「だめです、こんなところで」

「問題ない。シード公爵家の馬車だ。何かあっても見て見ぬふりをしてくれる」

「っそういう問題では……あっ……」

すかさず首元に唇が這《は》わされた。熱い吐息がかかり、そのまま舌でなぞるように鎖骨の方へと降りていく。

「やっ……だめ……」

口ではそんなことを言って抵抗しながらも、与えられる刺激で身体に力が入らない。

サマン様もその事実に気づいているらしく、これ幸いとやめる気はないらしい。

「セレスティア嬢を抱いていたあなたの姿といったら……！　あれほど神々しく輝いているあなたを

見たら、もう我慢ができなくて……」

——その動機は少しどうかと思うわ。

「いつかはあなたもあのように我が子を抱くのかと思うと……」

そこでサマン様は言葉を止めた。

「どうしたのですか？」

「いや……おかしいな。俺はあいつのせいで変な癖がついてしまったのかもしれない」

「……え……」

驚くことにサマン様は僅かに涙ぐんでいた。馬車に乗り込んでからこれまでの間に、果たして涙ぐむような出来事があっただろうか。サマン様はオスカー様とは異なり、普段私の前では滅多に涙など見せないお方なのだ。

「とても幸せだと思ったんだ。ソフィアが俺の妻となり、隣で笑っていてくれる。そしてあなたがいつかは俺の子を産んでくれるのかもしれないと思ったら……」

「オスカー様の泣き癖がうつってしまったのですか？」

私のことを思ってくれているがゆえの涙であるのだが、サマン様まで涙もろくなってしまうのはなんとしてでも阻止したい。

「……それは困るな。騎士団長ともあろう者が涙もろくては、他の団員たちに示しがつかない」

サマン様はそう言うと、馬車の天井を見上げて鼻をすする。これ以上涙が出ないよう抑えているのだろう。大きく深呼吸を繰り返して呼吸を整えると、幾分涙は引いたらしい。

「ソフィアに負担をかけるつもりはないんだ。これから先もしも子どもが生まれなかったとしても、跡継ぎのことは心配しなくていい。父たちはうるさいが、俺が必ずあなたを守り抜くと誓おう」

サマン様はいつだって私のことを考えていてくれる。

跡継ぎのことも彼の口から何かを言われたことは一度もない。そのおかげで私も公爵令息夫人という肩書ながら、比較的のびのびとさせてもらっているかもしれない。

「先のことはわかりませんけれど……私はサマン様との子が生まれたらいいなと思っていますわ」

「ソフィア……」

「今日セレスティア様にお会いして、より一層その思いが強くなった気がします。愛する男性の血を引く我が子を腕に抱くことができたら、どれほど幸せか……」

いつの間にかサマン様は私の背に両腕を回して抱き締めてくれている。その顔を見下ろせば、恥ずかしそうにこちらを見つめる赤い瞳と目が合った。

「我慢ができそうにない。もうそろそろ屋敷に着く頃《ころ》だろうか……着いたらすぐにあなたに触れたい」

「っ……もう……せっかくいい雰囲気でしたのに」

「ソフィアが可愛すぎるのがいけないんだ」

「んっ、んんっ……」

掬《すく》うように顎《あご》を持ち上げられると唇が重なる。蕩《とろ》けるように優《やさ》しく甘い口付けに、それだけで頭がくらくらとしてしまいそうだ。

気づけば胸元に当てられた彼の手が、ドレスの上から優しく膨らみの形を変えていく。

「だめですわこのようなところで……屋敷に着いたら御者に見られてしまいます」

「わかっている……わかってはいるが……」

目元を赤く染めて唸《うな》るようにそう繰り返すサマン様の足の付け根の部分が、大きく膨らんでいることに私は気づいていた。彼に跨るようにして腰掛けている私の敏感なところにちょうどそこが触れ、恥ずかしくなって腰を浮かせようとするが遮られてしまう。

——サマン様ったら、わざとそうしているのね。

「やっ……んっ……」

あえてそこを擦《こす》り付けられるように腰を動かされ、抑えきれずに甘い声が漏れ出る。じわりと下着が濡《ぬ》れてしまったような気がして、彼の服を汚してしまわないかが心配になった。

「サマン様……」

「ん？」

「その……」

恥ずかしさが勝ってしまい、その先に言葉が続かない。

「どうした？　言ってごらん」

「ちょ、耳元で喋《しゃべ》らないでくださっ……」

熱い吐息と共に耳元で囁《ささや》かれると、全身に震えるような刺激が走る。サマン様は私の反応をわかっていて、やはりわざとそうしているのだ。

髪の毛を耳にかけ、頰《ほお》をなぞるようにして顔が近づくと再び唇が重ねられる。幾度となく繰り返される口付けのせいでじんじんと痺《しび》れる唇は、恐らく赤くなってしまっているに違いない。

「感じてしまった？」

「っ……」

こうして直接的な言葉を伝えてくるところは、サマン様の直してほしいところでもある。私の口からそのような恥ずかしいことは言いたくないのだ。

ただでさえ馬車の中でこのような行為をするつもりなどなかったというのに……。

「ここ、濡れている」

そう言って彼はドレスの中に腕を滑り込ませると、下着の上からなぞるようにして敏感な場所に触れる。あえてその事実を口に出され、恥ずかしさでどうにかなってしまいそうだ。

「あっ……だ、め……馬車の中でなんて……」

「いつもは必死に屋敷に到着するまで抑えていたが……もう今日は我慢できそうにない。少しだけ触れさせてくれ」

「だめって言って……ひゃっ」

下着の隙間からサマン様のごつごつとした指が入り込み、既にぬかるんでいた蜜口《みつくち》に触れた。静まり返った馬車の中に、くちゅ……と水音が響く。

「ほらやはり、濡れている」

そう言いながら指を擦り付けるように動かし、蜜をまぶしてひと際敏感な花芯に触れた。サマン様との連日の行為ですっかり刺激に弱くなってしまっているそこは、ただ触れられただけでジンと灼《や》けるような快感を生み出してしまう。

「あ、やっ……ん、ん……」

「ああ可愛いソフィア。屋敷に戻ったら早く繋《つな》がりたい」

とんでもなく卑猥《ひわい》なことをまた言われているような気がしたが、今の私はそれどころではない。

やがて指はぬかるみの中へ吸い込まれるように押し進められ、あっという間に私のそこは付け根まで咥《くわ》え込んでしまった。中も十分に濡れているとわかったのだろう。サマン様はゆっくりと指を動かし始める。

「あっ、あっ、……やぁっ……」

馬車の中でこんな行為を始めたサマン様に対して非難したい気持ちはあるのに、実際は快楽に負けてこのような喘《あえ》ぎ声しか出すことができない。やがて指は二本に増やされると、内壁を擦りながら掻《か》き出すような動きへと変わった。

「あの、サマン……さま……」

「ん？」

「んっ……その、サマン様のお洋服が……」

思わず身をよじりながらそう告げれば、彼は一瞬目を丸くした後にフッと笑った。

「もしや、先ほどからそれを気にして？」

「……」

恥ずかしい。穴があったら入りたい。しかしサマン様はそんな私の様子を目を細めて愛おしそうに眺め、再び指の動きを再開させる。

「えっ⁉　なんで⁉」

「こんな可愛い顔を見せられて、途中で止められるほど俺はできた男ではない」

「だから、汚れてしまう、から……ああんっ……」

突然ぐり、と中のある一点を押し込まれ、息が止まりそうになった。

まるでこれ以上の抵抗は許さないとでも言うような彼の動きに、思わず恨めし気な視線を送る。しかしサマン様はいたずら好きの子どものような顔でそのままそこをいじり続けた。

「あなたに汚れなどない。むしろ本望だ」

「……言っている意味がわかりません」

日に日におかしくなっている旦那様が、これから先どうなってしまうのか末恐ろしい。

「ほら、我慢せずに達してしまえばいい」

「や、いやっ……ふう、んんっ……」

声を塞《ふさ》ぐように唇を重ねられ、うまく呼吸ができない。中からは一定のリズムで叩《たた》くように刺激が与えられ、溜《た》まりに溜まった何かを爆発させたいという衝動が生まれ始めた。

やがて気づけば自ら指に擦り付けるかのように腰を動かしており、必死にサマン様の胸元に縋《すが》りつく。

「サマン様、私……だめ、もうっ……」

全身を大きく震わせると、がっくりとサマン様の胸に倒れ込んだ。


その宣言通り、シード公爵邸に到着するや否や私はサマン様に横抱きにされた。軽々と私の身体を持ち上げたサマン様は颯爽《さっそう》と屋敷の中を進んでいく。

そんな公爵令息夫妻を見つめる屋敷の者たちの視線が生温かくて、どうしようもなく恥ずかしくなるが今に始まったことではない。

「まあおかえりなさいま……いってらっしゃいませ」

帰ってきた私たちを出迎えてくれたナンシーは、目の前の光景に事情を察したのだろう。何とも言えない神妙な面持《おもも》ちで頭を下げている。

『いってらっしゃいませ』という彼女の言葉が何を意味しているのか、もちろん私にはわかっていた。

「ちょっとサマン様！　困りますわ、このような……あとでどのような顔をして皆様と接すればいいかわかりません」

そんな私の抵抗も、サマン様には全く届いていない。

「これが日常だと、皆にも慣れてもらう必要がある」

どんな日常なのかと心の中で言い返すが、何を言っても意味がないのだということをこの数ヶ月の結婚生活の間で嫌というほど思い知らされてきた。

しかしこの国の騎士団長夫妻ともあろう私たちが、このような体たらくで本当にいいのだろうか。そんな疑問は拭《ぬぐ》えないが、今はただ彼に従うことにする。

そうこうしているうちにサマン様は私を抱きかかえたまま夫婦の寝室へと到着し、迷わず寝台の方へと足を進めていく。そして私をゆっくりと横たわらせた。ここに至るまでの行動は強引そのものであったというのに、似ても似つかぬ優しい手つきに思わず笑ってしまう。

「……何か笑うようなことがあったか？」

「いつもあまりに優しく下ろしてくださるんですもの。あんなに強引に私のことを抱き上げておきながら」

そこがサマン様らしいというかなんというか……。

「未《いま》だに俺の中でソフィアは綿菓子のような……触れたら壊れてしまうような存在だからな」

「またそのようなことを。そんなに脆《もろ》くないと、何度も言っているでしょう？」

その割にはあれほどしつこく閨《ねや》を求めてくるのだから、困ったものだ。

やがて仰向《あおむ》けとなった私を見下ろすように覆い被さったサマン様は、性急に唇を重ねる。

「あっ……」

いつもは啄《ついば》むように始まることが多いが、今日はすぐに舌が入り込んできた。それは大きくうねるように口の中を動き回り、あっという間に絡め取られた私の舌は勢いよく吸い上げられる。

「んっ……やあっ……」

「はあ、可愛いソフィア……あなたの前ではこれまで鍛えてきたどんな理性も働かなくなってしまう」

そう呟きながらするりと大きな手が頬を撫《な》で、首筋から胸元へと下りていく。だがここで私はあることに気づいた。

「あ、待ってください！　今日は外出をして汗を……」

いつもは夕食をとり湯浴みを済ませた後にこうした行為をおこなっているのだ。汗をかいたままというのは少し抵抗がある。

「そんな理由で俺がやめられるとでも？」

わかっている。わかってはいるが、どうしても気になってしまったのだ。やはり好きな男性と触れ合う時は万全の状態でいたいという乙女心である。

「あなたのものなら全《すべ》てが愛おしい」

「ひゃっ……だめ、サマン様……痕《あと》は少なめにしてください」

唇が首元へ触れたと思った瞬間、ちくりとしたいつもの痛みが私を襲う。

――もう、言ったそばから……。

だめだと言われるほど燃える質《たち》なのだろうか。次から次へと唇が落とされていき、唇が離された場所には赤い所有の証《あかし》が花のように咲いていく。胸元には特に執拗《しつよう》に痕を散らされ、見下ろしてみれば何とも恥ずかしい光景が広がっていた。

これではしばらく胸元の開いたドレスを着ることはできないだろう。だがそれがサマン様の目的なのだ。

『今日のドレスは胸元が開きすぎでは？』

この言葉は結婚してから彼が何度も私に伝えてきたものである。

想像していた以上にサマン様は嫉妬《しっと》深く、舞踏会などで私の肌を他の男性たちが見るという事実が不安で仕方ないらしい。もちろん社交の場ではある程度の華やかなドレスが求められるのだということを、サマン様も十分理解はしている。しかしそれでも一言何か言わないと気が済まないのだ。

そのたびに私に適当にあしらわれ、ふてくされたような顔で私の部屋を出ていくサマン様の姿は、シード公爵家の中では見慣れた光景だ。

「あっ……そこそんなに強く……」

物思いに耽《ふけ》っていた私は、突然膨らみの先端を摘《つま》まれたことで現実へと引き戻される。

「何か考え事をしていただろう？　今は俺のことだけを考えていてくれ……」

「あ、ああっ……サマン様……」

サマン様は片方の蕾《つぼみ》を口に含んで舌で転がしながら、もう片方を指先で摘む。同時に与えられる強い刺激が私の身体の奥に疼《うず》きを生み出していき、足の間がもどかしくなって両足を擦り合わせた。それが合図となって彼は私の足をゆっくりと左右に広げる。

「だめです、まだ明るいというのに……見えてしまいますわ」

何度も彼とこうした行為を繰り返してはいるものの、未だに明るい場所でのそれには慣れていない。身体の隅々まで見られてしまうし、何より恥ずかしい顔を見られてしまうことにも抵抗があった。

「むしろ見せてくれ」

「……もう、またそのようなことを」

また始まった、とでも言うべきか。普段澄ました顔で騎士団を率いている人物と同じだとは思えないような、変態発言だ。しかしこれも私といる時の至って通常なサマン様なのである。

「どこもかしこも可愛いなソフィアは……」

「ひゃっ……あ、あんっ……待って……」

足の間へとかがみ込んだサマン様は、顔を蜜口へと近づけた。興奮していることを物語る荒く熱い吐息がかかり、じんと熱を帯びていく。そのまま舌でちろちろと蕾を舐《な》められ震えてしまいそうになる身体を、敷布を両手で掴んで支えた。

「んん、あっ、ああっ……」

「ほらどんどん溢《あふ》れてくる」

そう言って蜜口に触れ、ぬるりと蜜をまとわせた指をこちらへ見せつけてくる。

「いや、見たくありませ……ああっ」

その蜜を秘芯にまぶすようにして擦り付けると、クイ、と表皮を剥《む》くようにしてさらに敏感なところを剥き出しにさせた。そして迷うことなくそこに唇を這わせる。熱すぎる舌で下から上へと蕾を舐め上げられた瞬間、私の身体はびくんと大きく波打った。

「ここ、いいのだろう?」

意地悪な顔で微笑みながら、その場所への愛撫《あいぶ》をやめようとしない。痛いほどに強い刺激から逃げ出したいはずなのに、なぜか私は彼の顔に蜜口を擦り付けようと腰を動かしている。

「ソフィアのここも、もっとしてほしそうだ」

「やっ、……ふぅ、ん……」

サマン様は舌を動かしながら、ぷつりと指をぬかるみに入れた。蕩けるほどにぐずぐずのそこは、まるで底なし沼のようにどこまでも太い彼の指を呑《の》み込んでいく。

「熱くて溶けそうだ」

ゆっくりと指が抜《ぬ》き挿《さ》しされる。中から溢れ出る愛液を、まるで隘路《あいろ》全体に塗り込むかのような執拗なその動き。ぷっくりと充血した中の壁を擦りながら何度も繰り返される行為に、次第に声が甘く大きくなっていく。

「あっ、もうそこそれ以上は……とめ、て……」

「ソフィア、あなたの達する姿が見たい」

いやいやと首を振るが、それが本心ではないことくらいサマン様にはお見通しだ。この中途半端な快楽のまま終わらせることなどできない。

彼は指の数を二本へと増やし、その動きを速める。ぐちゅぐちゅと水音がどんどん大きくなっていき、蜜が止まらない。溢れ出した蜜を掬い取り、再び蜜口の中へ戻すように指で押し込まれる。

「ん、んん、あっ、早く……」

「ソフィア、可愛いっ……」

やがて押し寄せた大波が弾《はじ》けるかのように、気持ちよさに包まれる。それと同時にじゅわっと愛液とは違う何かが漏れ出たように感じた。今度こそ間違えて粗相をしてしまったのではと不安になって起き上がろうとするが、サマン様の手によってそっと身体を戻される。

「粗相ではない。気持ちいいと感じてくれた証拠だ」

「でも、私汚してしまって……」

「大丈夫。汚くなどはない。それに俺がこうして……」

「っ!? サマン様何をっ……だめです、それはさすがにっ……」

あろうことかサマン様は私の太腿《ふともも》から鼠径部《そけいぶ》を舌でつ……となぞっていく。先ほどの液体を舐め取っているらしい。

——そんな恥ずかしいことをするなんて！

「もう大丈夫ですから、早く……」

「ほら綺麗《きれい》になった」

「そんなことは聞いていません！」

本当に私の旦那様はどうかしている。こうして私が恥ずかしがると余計に嬉しそうな顔をするのだから、困ったものだ。

「ああ、もう我慢できない。挿《い》れるぞ」

「えっちょっと待って……あっ！」

そう言うが否や私の抵抗など聞かずに両足を押し広げ、熱いものを宛てがう。そしてそのまま体重をかけるようにして最奥まで押し込まれた。恐ろしいほど凶暴な塊を、あっという間に受け入れてしまうようになった私の身体が信じられない。それほどサマン様の手によって変えられてしまったということなのだろうか。

「もう余裕がない、一度出させてくれ」

一度、ということは二度目があるということなのか。きっと今夜は眠れないかもしれない。

その言葉の通りサマン様の限界は差し迫っていたようで、私の腰を両手で掴むと強く自らの身体を打ち付けてくる。

「ん、はっ……あ、んんっ……」

互いの身体が強くぶつかり合うたびに、思わず声が漏れてしまう。全身が揺さぶられ、もはや正常な思考など持ち合わせていない。熱い身体が覆い被さり、口付けを繰り返す。

「あっ……ソフィアっ……くっ……」

最奥で精が放たれていく。じんわりと温かいものが胎《はら》の中で広がっていく瞬間は、まるでサマン様に包まれているようだ。サマン様はかなり長時間びくびくと身体を震わせながらその余韻に浸《ひた》っていた。

「んん、そんなに奥に……」

精を放ったというのに、まるで奥深くに子種を擦り込むかのように腰を押し付けられる。しかも気づけば再び彼の昂《たかぶ》りはその大きさを取り戻しているような……。

「え、もう……？」

先ほど精を出したばかりだというのに、その体力はさすがは騎士様というべきか……。

「あなたとならば何度だってできる」

またそんな恥ずかしいことを耳元で囁かれながら、私はサマン様に両手を引かれる形で上半身を起こす。まだ私たちの身体は繋がったままだ。そしてそのまま彼は横たわると、その上に私を座らせた。

「んんっ、この体勢は……」

私自身の体重で、彼の屹立《きつりつ》が勝手に奥に届いてしまう。出されたばかりの白濁がじわりとサマン様の下生えを濡らした。

「ソフィア、動いて」

「いや、恥ずかし……ああっ！」

ずん！　と下からサマン様が腰を突き上げた。昂りに全身を貫かれたような、そんな錯覚に陥る。

私は彼の腹に両手を置くと、恐る恐る腰を揺らし始めた。

ちょうどいいところが擦れて当たり、これ以上気持ちよくなってしまうのが怖くて腰を動かすのを止めようとするが、サマン様はそれを許してはくれない。私の動きが止まりそうになると、腰が突き上げられる。そしてまるで知らしめるかのように執拗に腰を擦り付けられるのだ。

「ソフィア、止まっているぞ？」

「っ……意地悪……」

「ここから見るあなたの姿はなんとも……そそられるな」

そんなことばかり言っているサマン様を黙らせるかのように、私は身体を被せて唇を塞ぐ。突然の私からの口付けに彼は一瞬驚いた様子を見せるが、すぐに舌を絡ませるようにして受け入れた。ちゅく、ちゅくと舌が絡まり合うさまは心地よく、うっとりとその行為を続けているといつのまにかサマン様によって交わりが激しくなっていた。

「あっ、……待ってください、そんなにっ……」

先ほど出された精は白く泡立ち、どちらのものともわからぬ液体がひたすらに漏れ出ていく。すっかりサマン様の下腹部が濡れてしまったが、彼はそのようなことは気にしていないらしい。眉間《みけん》に皺《しわ》を寄せた切なげな顔で私の両腰を掴み、ひたすら昂りを最奥へと突き立てる。

「ああ、もういきそうだ……またあなたの奥に子種を注いでも？」

「っ……言いたくありません」

いつもこうした時に恥ずかしい台詞を言わせようとするのはやめてもらいたい。

やがて彼は私の答えなど聞かずに、より一層腰の動きを速めた。揺れる二つの膨らみを下から揉《も》みしだかれ、手足に力が入らなくなっていく。

「あっサマン様、私ももう……」

「一緒に……っく……ソフィアっ愛している」

掠《かす》れた声で愛の言葉を呟《つぶや》くと同時にサマン様は果てた。ほぼ同時に私の中でも快楽の波が弾ける。彼の昂りがびくびくと震えるのをしっかりと中で感じて受け止めると、上半身を起こしたサマン様によってそっと身体を倒された。

「んんっ……」

仰向けになった私の身体からゆっくりと引き抜かれる屹立。これまで蜜口を塞いでいたものがなくなりぽっかりと穴が空いたそこから、こぷりと白濁がこぼれ落ちる。せっかくの子種がこぼれてしまうのが惜しくて、私は思わず手で押さえてしまった。

「ソフィア？　何を……」

そんな私の様子をサマン様が不思議そうに見つめている。

「その……出てしまうのがもったいなくて……」

「出て……？」

何を言っているのかわからない、という顔をしていたサマン様であったが、やがてその発言の真意に気づいたらしい。

「だってせっかく……きゃあ!?　ちょっとサマン様何をっ」

突然がばっと覆い被さられ、頭を撫でられる。しかしその優しい手つきとは裏腹に、顔には意地悪な笑みを浮かべていた。

「煽《あお》ったのはソフィアの方だぞ」

「え、私煽ってなど……ちょ、むうっ……」

まだ喋っている途中だというのに、食《は》むように唇を奪われた。

「絶対に俺たちの子を作る」

「何も今日無理にそこまでしなくとも……あっ」

さすがに三回目は体力的にも……と思って止めようとしたが、時既に遅かった。すぐに首筋へ唇が這い、もう何度目かもわからないチクリとした痛みが走る。


結局それから二度ほどサマン様に抱き潰された私は、次の日しばらくの間寝台から起き上がることすらできなかった。そんな私を彼は満足気に見つめて世話を焼き、ナンシーは呆れた顔で私たち夫婦を眺めていたのだ。


サマン様の執念が実ったというべきか、それからほどなくして私の妊娠が発覚した。

まだ平らな自分の腹の中にサマン様の血を引く子がいるのだという事実が信じられなくて、存在を確かめるかのように何度も腹に手を当てていたことが懐かしい。

そしてそれはサマン様も同じだったようで……。

毎日のように私の腹に耳を当てては、まだ見ぬ我が子に話しかけていたことを思い出す。大きな身体を丸めてかがみ込むその姿が面白《おもしろ》くて、何度も笑ってしまったものだ。

私たちの間に生まれた子は男の子で、待望のシード公爵家の跡取りとなった。もちろん両家の父親は大喜びで、息子が誕生してからしばらく祝いの宴が催されていたらしい。

シード公爵は幼い頃のサマン様に厳しく接しすぎたことを悔いているらしく、孫に対しては恐ろしいほどに甘い。あの怖い顔をしたシード公爵が、デレデレの顔で孫をあやしている姿を見ると、思わず二度見してしまう。

サマン様などその姿がよほど信じられなかったらしく、初めてその光景を目にした日には、何度も頬をつねって現実の出来事であるのかを確認していたほどだ。

私はこれまで読んでいた本をそっと閉じて、薬指にはめられている結婚指輪に触れた。真っ赤な宝石の輝きは、結婚式から数年経《た》った今も色褪《いろあ》せることはない。あの舞踏会の日にサマン様が贈ってくれた首飾りは、今は誰《だれ》よりも近くで私たちのことを見守ってくれている。

公爵令息夫人としての立場に慣れたかと言われると、未だにわからないことや不安に思うことも多くある。しかしそのたびにサマン様がそばで支えてくれているのだ。彼の存在がなければ、とっくに限界を迎えてしまっていただろう。

サマン様はいつも私を砂糖菓子のように優しく扱ってくれる。

嫁いでから不自由のないように環境を整えてくれ、公爵令息夫人としての教育に疲れた時には町へと連れ出してくれた。てっきり以前のデートのように突拍子もない場所へ連れていかれるのかと思いきや、新しくできたばかりのカフェであったから驚きだ。出会った頃の不器用さが嘘のようである。

後にサマン様が騎士団の方々に助言を求めていたことを知り、胸が温かくなったことを覚えている。

するとふいに扉が静かに開き、幼子を抱いた男性が部屋へと入ってきた。

「ソフィア、やはりまたここにいたのか」

「サマン様」

「捜したぞ」

そう、私の愛しい旦那様だ。その腕には生まれて半年ほどの最愛の一人息子、ルークが抱かれている。

サマン様譲りの赤い瞳に私と同じ金髪を持つその子は、シード公爵家きっての人気者だ。最近では私たちのことを認識してくれているらしく、目が合うとにっこりと笑うのがたまらなく可愛い。

先ほどまで昼寝をしていたのだが、どうやら起きたところをサマン様が連れてきたのだろう。ぱっちりと大きな目を開けてこちらを見つめている。

「おはようルーク。たくさん寝たのね？」

「俺が見にいったらちょうど起きたところだった」

私が息子の方へと手を伸ばすと、サマン様がそっと引き渡してくれる。数ヶ月の間にずっしりと重くなった息子を落とさぬようにしっかりと抱きとめれば、ミルクの甘い香りが鼻をかすめた。

私にぴったりとくっつくルークが愛おしくて、思わず柔らかな頬に顔を付けて頬ずりをする。我が子がこれほどまでに愛おしい存在であるとは、思いもしなかった。サマン様の血を引いていると思うと余計にその愛おしさが増すのだ。

「ソフィア……」

「なんですか？　っん……」

名を呼ばれて彼の方を見れば、かがみ込むようにして唇を重ねられた。

「ちょ、ルークが見てますからっ……やめ、ん……」

「大丈夫、まだわからない」

「ルークにやきもちを焼くのはやめてくださいね」

「やきもちなんて、俺は別に……」

図星だったのだろう、むっと唇を突き出して気まずげに視線を逸らされる。

本当に困ったお父様だ。サマン様の嫉妬深さは今も健在で、相変わらず舞踏会の時などは私から一秒たりとも離れようとはしない。騎士団の方々……特にアラン様が挨拶《あいさつ》をする時のサマン様の表情といったら……。何度思い返しても笑ってしまいそうだ。騎士の方々もそんなサマン様のことを面白がっているのだと噂《うわさ》に聞いている。

「それにしても、我が子は本当に可愛い」

ひとしきり唇を奪って満足したのか、サマン様は再び私の腕からルークを抱き取った。

ぷっくりとした頬を指でつんとつつけば、にっこりとした笑みが返される。その笑みを見たサマン様の顔にも、幸せそうな微笑みが浮かんでいた。その微笑みを眺めているだけで、私まで満たされた気持ちになるのだから不思議なものだ。

「きっとサマン様に似て、背も大きくなりますわね」

「男の子どもは母に似ると聞く。あなたに似て優しい子に育つはずだ。だが将来の騎士団長として、剣術の腕は磨いてもらう必要があるがな」

「もう……まだ気が早いですわ」

自分の跡を継ぐであろう息子の誕生は、サマン様にとっても大きな喜びであった。

生まれてすぐにルークと初めての対面を果たした際に、彼は涙を流したのだ。以前オスカー様がセレスティア様の誕生の際に涙を流したという話を耳にして、サマン様はオスカー様のことをからかっていたというのに。まさか彼が泣くなんて思ってもいなかった。

泣き虫で有名なオスカー様とは違い、サマン様は私の前でほとんど涙を見せたことがない。というよりも、彼の弱いところをあまり見たことがないのだ。唯一私に嫌われることを異常なほどに恐れているのだが……。そんなサマン様が涙を見せるほど、ルークの誕生は彼にとって大切な瞬間であったのだろう。

「オスカーのところのセレスティア嬢と、ルークを結婚させたら面白いと思わないか？」

「それは確かに……ですが、まだそれはオスカー様には……」

「先日偶然顔を合わせた際に話したら、物すごい剣幕で叱《しか》られたよ」

サマン様はそう言って呆れたように両手を肩口に上げた。それもそのはずだ。オスカー様の娘への愛情は凄《すさ》まじく、今から嫁入りの話などたまったものではないだろう。よくもそんな話題を口に出すことができたものだ。

「そうだソフィア。前から話していたように、明日は休みを取った。だから今晩はゆっくり……」

近頃騎士団の任務やシード公爵家の執務に追われていたサマン様は、なかなか休みを取ることができていなかった。夫婦水入らずの時間もしばらくはお預けとなっていたのだが、近々必ず休暇を取るという約束を彼は守ってくれたのだろう。

「……そのような恥ずかしいこと、お外が明るいうちから言わないでください」

「何日も前から今夜を楽しみにしてきたんだ。久しぶりに朝まであなたと愛し合いたい」

「もう……」

きっと今夜は執拗に求められるのだろう。でもこうしていつも愛を囁いてくれるサマン様の存在は、私にとってもも支えであり生きがいなのだ。彼から与えられる熱は心地よく、何より唇を重ねている瞬間は心が満たされる。

「ではその代わりに……今夜はたくさん口付けていただけますか？」

「えっ」

予想外の私の返答に、サマン様の動きが一瞬止まる。そして瞳を丸く見開いたかと思いきや、みるみるうちにその顔が赤く染まった。自分からはあれほど恥ずかしい台詞を囁くくせに、私から言われるのにはめっぽう弱いのだ。

「ああ、もう……あなたという人は！」

結局その後、夜まで待てないと執拗な要求を受けることとなってしまった。もちろん日の高いうちはお断りしたのだが。

そんな騒ぎの中再び眠ってしまったルークは大したものだ。サマン様の手によって子ども用の寝台に寝かせられると、すうすうと穏やかな寝息を立てている。

きっとこれから先もずっと、こうしてサマン様と年月を共に過ごしていくのだろう。騒がしいながらも、満ち足りた幸せな日々だ。

「私も今夜が楽しみですわ」

そう言って彼の方を見上げれば、またもや言葉に詰まった様子のサマン様の姿が。

未だにこのお方が私の旦那様なのかと信じられないほどに、凛々しく見目麗《うるわ》しい。その見た目に反してとても不器用で優しいところも、男らしく頼もしいところも、サマン様の全てが大好きだ。

……この台詞はどこかで聞いたことがなかっただろうか？

あの日サマン様の婚約の申し出を受け入れて本当に良かった。

本来ならば出会うはずのなかった私たちは、運命のいたずらで結ばれたのだ。

絶対に結婚することなどできないと思っていた男性は、今最愛の人となって私の隣にいる。

「ソフィアは俺を扱うのがうまいな……」

「だってあなたの妻ですもの」

そう告げた私をサマン様は優しく抱き締める。あの時と変わらぬ香りが私を包み込み、目一杯その大好きな香りを吸い込んだ。

——これからもあなたをお支えします。

剣を持って戦うことはできないけれど、いつだってサマン様の心の拠《よ》りどころとなることができるように努力しよう。彼が苦しんでいる時にはそっと抱き締めるのだ。

今の私にできることはそれくらいしかないけれど、持てるだけの精いっぱいの愛を捧《ささ》げよう。

私はサマン様の気持ちに応《こた》えるかのように、その広い背に手を回したのであった。

あとがき

　この度は『騎士団長様に頼み込まれて婚約を結びましたが、私たちの相性は最悪です』をお手に取っていただき、誠にありがとうございます。作者の桜百合と申します。

　前作に引き続き、私にとって思い入れのあるシリーズを書籍化していただくことができて幸せです。前作のあとがきの中で、『オスカー夫妻と未来のサマン夫妻が仲良くなってくれていたらいいな』と書いたことを覚えています。今作の中でそのシーンを書き下ろすことができ、本当に感無量です。

　オスカーとはまた違った意味で不器用なサマンですが、生涯その言葉通りソフィアのことを愛して守り抜くでしょう。いつか彼らの子どもたちを主人公にした作品も書いてみたいな……なんてことも考えています。

　作品に関してはこのあたりといたしまして……こちらの作品を出版するにあたりお世話になりました方々に、お礼の言葉をお伝えしたいと思います。まずは読者の皆様。皆様のおかげでスピンオフも書籍化していただくことができました。本当にありがとうございます。

　また一迅社様、担当編集M様、貴重な機会をいただきありがとうございました。

　前作に引き続き素敵なイラストを描いてくださった、三浦ひらく先生。思い描いていた通りの二人を描いてくださり、宝物が増えました。ありがとうございました。

　最後にまとめてのお礼とはなってしまいますが、本作を出版するにあたりご尽力くださった全ての方々に、感謝申し上げます。

騎《き》士《し》団《だん》長《ちょう》様《さま》に頼《たの》み込《こ》まれて婚《こん》約《やく》を結《むす》びましたが、私《わたし》たちの相《あい》性《しょう》は最《さい》悪《あく》です

桜百合

2025年5月5日　初版発行

著者　桜百合

発行者　野内雅宏

発行所　株式会社一迅社
〒160-0022 東京都新宿区新宿3-1-13　京王新宿追分ビル5F
電話　03-5312-7432（編集）
電話　03-5312-6150（販売）
発売元：株式会社講談社（講談社・一迅社）

印刷・製本　株式会社DNP出版プロダクツ

DTP　株式会社三協美術

装丁　小沼早苗（Gibbon）

ICHIJINSHA

ISBN978-4-7580-9722-2

●本書は「ムーンライトノベルズ」（https://mnlt.syosetu.com/）に掲載されていたものを改稿の上書籍化したものです。
●この作品はフィクションです。実際の人物・団体・事件などには関係ありません。

MELISSA